Lord Arthur Savile's Crime and Other Stories
El crimen de Lord Arthur Savile y otras historias

Oscar Wilde

Lord Arthur Savile's Crime and Other Stories
El crimen de Lord Arthur Savile y otras historias

Texto paralelo bilingüe
Bilingual edition

Ingles - Español
English - Spanish

texto en español, traducido del inglés por Guillermo Tirelli

ROSETTA EDU

Título original: Lord Arthur Savile's Crime and Other Stories

Primera publicación: 1912

© 2024, Guillermo Tirelli, por la traducción al español.

Primera edición: Abril 2024

Publicado por Rosetta Edu
Londres, Abril 2024
www.rosettaedu.com

ISBN: 978-1-916939-96-7

Rosetta Edu
Ediciones bilingües

Páginas enfrentadas
Páginas enfrentadas de la traducción y texto original en libros impresos.

Párrafos alineados en libros impresos
En libros impresos, los párrafos alineados entre los dos idiomas facilitan la comparación y la comprensión, ahorrando la necesidad de referirse constantemente al diccionario.

Párrafos enlazados en libros electrónicos
En libros electrónicos la comparación y la comprensión son facilitadas por citas al pie colocadas al principio de cada párrafo enlazando el texto en el idioma original y su traducción.

Integridad y fidelidad
Traducciones íntegras, fieles y no abreviadas del texto original.

Cuidado del vocabulario
Traducciones especiales para ediciones bilingües, con especial cuidado por la hegemonía de vocabulario utilizando glosarios en el proceso de traducción.

Contexto educativo
Ediciones enfocadas a estudiantes intermedios y avanzados del idioma original del texto en libros coleccionables y aptos para el contexto educativo.

INDICE

Lord Arthur Savile's Crime: A Study of Duty

I

It was Lady Windermere's last reception before Easter, and Bentinck House was even more crowded than usual. Six Cabinet Ministers had come on from the Speaker's Levée in their stars and ribands, all the pretty women wore their smartest dresses, and at the end of the picture-gallery stood the Princess Sophia of Carlsrühe, a heavy Tartar-looking lady, with tiny black eyes and wonderful emeralds, talking bad French at the top of her voice, and laughing immoderately at everything that was said to her. It was certainly a wonderful medley of people. Gorgeous peeresses chatted affably to violent Radicals, popular preachers brushed coat-tails with eminent sceptics, a perfect bevy of bishops kept following a stout prima-donna from room to room, on the staircase stood several Royal Academicians, disguised as artists, and it was said that at one time the supper-room was absolutely crammed with geniuses. In fact, it was one of Lady Windermere's best nights, and the Princess stayed till nearly half-past eleven.

As soon as she had gone, Lady Windermere returned to the picture-gallery, where a celebrated political economist was solemnly explaining the scientific theory of music to an indignant virtuoso from Hungary, and began to talk to the Duchess of Paisley. She looked wonderfully beautiful with her grand ivory throat, her large blue forget-me-not eyes, and her heavy coils of golden hair. *Or pur* they were - not that pale straw colour that nowadays usurps the gracious name of gold, but such gold as is woven into sunbeams or hidden in strange amber; and gave to her face something of the frame of a saint, with not a little of the fascination of a sinner. She was a curious psychological study. Early in life she had discovered the important truth that nothing looks so like innocence as an indiscretion; and by a series of reckless escapades, half of them quite harmless, she had acquired all the privileges of a personality. She had more than once changed her husband; indeed, Debrett credits her with three marriages; but as she had never changed her lover, the world had long ago ceased to talk scandal about her. She was now forty years of age, childless, and with that inordinate passion for pleasure which is the secret of remaining young.

El crimen de Lord Arthur Savile: Un estudio del deber

I

Era la última recepción de Lady Windermere antes de Pascua, y Bentinck House estaba aún más abarrotada que de costumbre. Seis Ministros del Gabinete habían llegado desde Speaker's Levée con sus estrellas y cintas, todas las mujeres guapas llevaban sus vestidos más elegantes, y al final de la pinacoteca se encontraba la Princesa Sofía de Carlsrühe, una pesada dama de aspecto tártaro, con pequeños ojos negros y maravillosas esmeraldas, hablando mal francés a los gritos y riéndose sin moderación de todo lo que se le decía. Era, sin duda, un maravilloso popurrí de gente. Preciosas mujeres de los Pares charlaban afablemente con violentos Radicales, populares predicadores rozaban los faldones con eminentes escépticos, un perfecto grupo de obispos seguía a una robusta *prima-donna* de una habitación a otra, en la escalera había varios miembros de la Real Academia, disfrazados de artistas, y se decía que en un momento dado el comedor estaba absolutamente abarrotado de genios. De hecho, fue una de las mejores noches de Lady Windermere, y la Princesa se quedó hasta casi las once y media.

En cuanto se hubo marchado, Lady Windermere regresó a la pinacoteca, donde un célebre economista político explicaba solemnemente la teoría científica de la música a un indignado virtuoso de Hungría, y se puso a hablar con la Duquesa de Paisley. Tenía un aspecto maravillosamente bello, con su gran garganta de marfil, sus grandes ojos azules de nomeolvides y sus pesados bucles de cabello dorado. *Or pur* eran... no ese pálido color pajizo que hoy en día usurpa el gracioso nombre de oro, sino un oro como el que se teje en los rayos del sol o se oculta en un extraño ámbar; y daban a su rostro algo del marco de una santa, con no poco de la fascinación de una pecadora. Ella era un curioso estudio psicológico. Temprano en la vida había descubierto la importante verdad de que nada se parece tanto a la inocencia como una indiscreción; y mediante una serie de escapadas imprudentes, la mitad de ellas bastante inofensivas, había adquirido todos los privilegios de una personalidad. Había cambiado más de una vez de marido; de hecho, Debrett le atribuye tres matrimonios; pero como nunca había cambiado de amante, hacía tiempo que el mundo había dejado de hablar escandalosamente de ella. Ahora tenía cuarenta años, sin hijos y con esa pasión desmedida por el placer que es el secreto para permanecer joven.

Suddenly she looked eagerly round the room, and said, in her clear contralto voice, 'Where is my cheiromantist?'.

'Your what, Gladys?' exclaimed the Duchess, giving an involuntary start.

'My cheiromantist, Duchess; I can't live without him at present.

'Dear Gladys! you are always so original,' murmured the Duchess, trying to remember what a cheiromantist really was, and hoping it was not the same as a cheiropodist.

'He comes to see my hand twice a week regularly,' continued Lady Windermere, 'and is most interesting about it.'

'Good heavens!' said the Duchess to herself 'he is a sort of cheiropodist after all. How very dreadful. I hope he is a foreigner at any rate. It wouldn't be quite so bad then.'

'I must certainly introduce him to you.'

'Introduce him!' cried the Duchess; 'you don't mean to say he is here?' and she began looking about for a small tortoise-shell fan and a very tattered lace shawl, so as to be ready to go at a moment's notice.

'Of course he is here, I would not dream of giving a party without him. He tells me I have a pure psychic hand, and that if my thumb had been the least little bit shorter, I should have been a confirmed pessimist, and gone into a convent.'

'Oh, I see! said the Duchess, feeling very much relieved; 'he tells fortunes, I suppose?' 'And misfortunes, too,' answered Lady Windermere, 'any amount of them. Next year, for instance, I am in great danger, both by land and sea, so I am going to live in a balloon, and draw up my dinner in a basket every evening. It is all written down on my little finger, or on the palm of my hand, I forget which.'

'But surely that is tempting Providence, Gladys.'

De repente miró ansiosamente alrededor de la habitación y dijo, con su clara voz de contralto: «¿Dónde está mi quiromántico?».

«¿Tu qué, Gladys?», exclamó la Duquesa, dando un respingo involuntario.

«Mi quiromántico, Duquesa; en este momento no puedo vivir sin él».

«¡Querida Gladys! Eres siempre tan original», murmuró la Duquesa, intentando recordar qué era realmente un quiromántico, y esperando que no fuera lo mismo que un quiropodista.

«Viene regularmente a ver mi mano dos veces por semana», continuó Lady Windermere, «y es de lo más interesante al respecto».

«¡Santo cielo!», se dijo la Duquesa, «después de todo es una especie de quiropodista. Qué horror. Espero que en todo caso sea extranjero. Entonces no sería tan malo».

«Sin duda debo presentártelo».

«¡Presentarme!», gritó la Duquesa; «¿no querrás decir que está aquí?» y empezó a buscar a su alrededor un pequeño abanico de concha de tortuga y un chal de encaje muy raído, para estar lista para salir en cualquier momento.

«Por supuesto que está aquí, no se me ocurriría dar una fiesta sin él. Me dice que tengo una mano psíquica pura, y que si mi pulgar hubiera sido un poquito más corto, habría sido una pesimista empedernida y me habría metido en un convento».

«¡Oh, ya veo!», dijo la Duquesa, sintiéndose muy aliviada; «¿dice la buena fortuna, supongo?». «Y también las desgracias», contestó Lady Windermere, «cualquier cantidad de ellas. El año que viene, por ejemplo, corro un gran peligro, tanto por tierra como por mar, así que voy a vivir en un globo, y prepararé mi cena en una cesta todas las noches. Lo tengo todo escrito en el dedo meñique, o en la palma de la mano, no recuerdo dónde».

«Pero seguramente eso es tentar a la Providencia, Gladys».

'My dear Duchess, surely Providence can resist temptation by this time. I think every one should have their hands told once a month, so as to know what not to do. Of course, one does it all the same, but it is so pleasant to be warned. Now, if some one doesn't go and fetch Mr. Podgers at once, I shall have to go myself.'

'Let me go, Lady Windermere,' said a tall handsome young man, who was standing by, listening to the conversation with an amused smile.

'Thanks so much, Lord Arthur; but I am afraid you wouldn't recognise him.'

'If he is as wonderful as you say, Lady Windermere, I couldn't well miss him. Tell me what he is like, and I'll bring him to you at once.'

'Well, he is not a bit like a cheiromantist. I mean he is not mysterious, or esoteric, or romantic-looking. He is a little, stout man, with a funny, bald head, and great gold-rimmed spectacles; something between a family doctor and a country attorney. I'm really very sorry, but it is not my fault. People are so annoying. All my pianists look exactly like poets, and all my poets look exactly like pianists; and I remember last season asking a most dreadful conspirator to dinner, a man who had blown up ever so many people, and always wore a coat of mail, and carried a dagger up his shirt-sleeve; and do you know that when he came he looked just like a nice old clergyman, and cracked jokes all the evening? Of course, he was very amusing, and all that, but I was awfully disappointed; and when I asked him about the coat of mail, he only laughed, and said it was far too cold to wear in England. Ah, here is Mr. Podgers! Now, Mr. Podgers, I want you to tell the Duchess of Paisley's hand. Duchess, you must take your glove off. No, not the left hand, the other.'

'Dear Gladys, I really don't think it is quite right,' said the Duchess, feebly unbuttoning a rather soiled kid glove.

'Nothing interesting ever is,' said Lady Windermere: '*on a fait le monde ainsi.* But I must introduce you. Duchess, this is Mr. Podgers,

«Mi querida Duquesa, seguro que la Providencia puede resistir la tentación a estas alturas. Creo que a todo el mundo deberían avisarle una vez al mes, para saber lo que no debe hacer. Por supuesto, una lo hace igualmente, pero es tan agradable ser advertido. Ahora, si alguien no va a buscar a Mr. Podgers de inmediato, tendré que ir yo misma».

«Déjeme ir, Lady Windermere», dijo un joven alto y apuesto, que estaba de pie, escuchando la conversación con una sonrisa divertida.

«Muchas gracias, Lord Arthur; pero me temo que no le reconocerá».

«Si es tan maravilloso como dice, Lady Windermere, no podría perdérmelo. Dígame cómo es y se lo traeré enseguida».

«Bueno, no se parece en nada a un quiromántico. Quiero decir que no es misterioso, ni esotérico, ni de aspecto romántico. Es un hombre pequeño y corpulento, con una graciosa cabeza calva y grandes gafas de montura dorada; algo entre un médico de familia y un abogado rural. Lo siento mucho, pero no es culpa mía. La gente es muy molesta. Todos mis pianistas tienen exactamente el aspecto de los poetas, y todos mis poetas tienen exactamente el aspecto de los pianistas; y recuerdo que la temporada pasada invité a cenar a un conspirador de lo más espantoso, un hombre que había volado por los aires a muchísima gente, y que siempre vestía una cota de malla y llevaba un puñal en la manga de la camisa; ¿y sabe que cuando llegó tenía el mismo aspecto que un viejo y agradable clérigo, y estuvo contando chistes toda la velada? Por supuesto, fue muy divertido, y todo eso, pero me decepcionó terriblemente; y cuando le pregunté por la cota de malla, sólo se rió y dijo que era demasiado fría para llevarla en Inglaterra. Ah, ¡aquí está Mr. Podgers! Ahora, Mr. Podgers, quiero que le lea la mano a la Duquesa de Paisley. Duquesa, debe quitarse el guante. No, la mano izquierda no, la otra».

«Querida Gladys, la verdad es que no me parece del todo correcto», dijo la Duquesa, desabrochándose débilmente un guante de seda bastante sucio.

«Nunca nada interesante lo es», dijo Lady Windermere: *«on a fait le monde ainsi.* Pero debo presentarle. Duquesa, éste es Mr. Podgers, mi

my pet cheiromantist. Mr. Podgers, this is the Duchess of Paisley, and if you say that she has a larger mountain of the moon than I have, I will never believe in you again.'

'I am sure, Gladys, there is nothing of the kind in my hand,' said the Duchess gravely.

'Your Grace is quite right,' said Mr. Podgers, glancing at the little fat hand with its short square fingers, 'the mountain of the moon is not developed. The line of life, however, is excellent. Kindly bend the wrist. Thank you. Three distinct lines on the rascette! You will live to a great age, Duchess, and be extremely happy. Ambition - very moderate, line of intellect not exaggerated, line of heart--'

'Now, do be indiscreet, Mr. Podgers,' cried Lady Windermere.

'Nothing would give me greater pleasure,' said Mr. Podgers, bowing, 'if the Duchess ever had been, but I am sorry to say that I see great permanence of affection, combined with a strong sense of duty.'

'Pray go on, Mr. Podgers,' said the Duchess, looking quite pleased.

'Economy is not the least of your Grace's virtues,' continued Mr. Podgers, and Lady Windermere went off into fits of laughter. 'Economy is a very good thing,' remarked the Duchess complacently; 'when I married Paisley he had eleven castles, and not a single house fit to live in.'

'And now he has twelve houses, and not a single castle,' cried Lady Windermere.

'Well, my dear,' said the Duchess, 'I like--'

'Comfort,' said Mr. Podgers, 'and modern improvements, and hot water laid on in every bedroom. Your Grace is quite right. Comfort is the only thing our civilisation can give us.'

'You have told the Duchess's character admirably, Mr. Podgers,

quiromántico favorito. Mr. Podgers, ésta es la Duquesa de Paisley, y si usted dice que ella tiene una montaña de la luna mayor que la mía, no volveré a creer en usted».

«Estoy segura, Gladys, de que no hay nada de eso en mi mano», dijo la Duquesa con gravedad.

«Su Alteza tiene mucha razón», dijo Mr. Podgers, mirando la pequeña mano gorda con sus cortos dedos cuadrados, «la montaña de la luna no está desarrollada. La línea de la vida, sin embargo, es excelente. Tenga la amabilidad de doblar la muñeca. Gracias. ¡Tres líneas distintas en la rascette! Vivirá hasta una gran edad, Duquesa, y será extremadamente feliz. Ambición... muy moderada, línea del intelecto no exagerada, línea del corazón...».

«Sea indiscreto, Mr. Podgers», gritó Lady Windermere.

«Nada me daría mayor placer», dijo Mr. Podgers, inclinándose, «si la Duquesa lo hubiera sido alguna vez, pero lamento decir que veo una gran permanencia del afecto, combinada con un fuerte sentido del deber».

«Continúe, Mr. Podgers», dijo la Duquesa, con cara de satisfacción.

«La economía no es la menor de las virtudes de Su Alteza», continuó Mr. Podgers, y Lady Windermere estalló en carcajadas. «La economía es algo muy bueno», comentó la Duquesa complacida; «cuando me casé Paisley tenía once castillos, y ni una sola casa apta para vivir».

«Y ahora tiene doce casas y ni un solo castillo», gritó Lady Windermere.

«Bueno, querida», dijo la Duquesa, «me gusta la...».

«Comodidad», dijo Mr. Podgers, «y mejoras modernas, y agua caliente lista en cada dormitorio. Su Alteza tiene toda la razón. La comodidad es lo único que nuestra civilización puede darnos».

Ha descripto usted admirablemente el carácter de la Duquesa, Mr.

and now you must tell Lady Flora's;' and in answer to a nod from the smiling hostess, a tall girl, with sandy Scotch hair, and high shoulder-blades, stepped awkwardly from behind the sofa, and held out a long, bony hand with spatulate fingers.

'Ah, a pianist! I see,' said Mr. Podgers, 'an excellent pianist, but perhaps hardly a musician. Very reserved, very honest, and with a great love of animals.'

'Quite true!' exclaimed the Duchess, turning to Lady Windermere, 'absolutely true! Flora keeps two dozen collie dogs at Macloskie, and would turn our town house into a menagerie if her father would let her.'

'Well, that is just what I do with my house every Thursday evening,' cried Lady Windermere, laughing, 'only I like lions better than collie dogs.'

'Your one mistake, Lady Windermere,' said Mr. Podgers, with a pompous bow.

'If a woman can't make her mistakes charming, she is only a female,' was the answer. 'But you must read some more hands for us. Come, Sir Thomas, show Mr. Podgers yours;' and a genial-looking old gentleman, in a white waistcoat, came forward, and held out a thick rugged hand, with a very long third finger.

'An adventurous nature; four long voyages in the past, and one to come. Been shipwrecked three times. No, only twice, but in danger of a shipwreck your next journey. A strong Conservative, very punctual, and with a passion for collecting curiosities. Had a severe illness between the ages of sixteen and eighteen. Was left a fortune when about thirty. Great aversion to cats and Radicals.'

'Extraordinary!' exclaimed Sir Thomas; 'you must really tell my wife's hand, too.'

'Your second wife's,' said Mr. Podgers quietly, still keeping Sir

Podgers, y ahora debe describir el de Lady Flora»; y en respuesta a un gesto de la sonriente anfitriona, una muchacha alta, de pelo arenoso escocés y hombreras altas, salió torpemente de detrás del sofá y extendió una mano larga y huesuda con dedos espatulados.

«¡Ah, una pianista! Ya veo», dijo Mr. Podgers, «una excelente pianista, pero apenas un músico. Muy reservada, muy honesta, y con un gran amor por los animales».

«¡Muy cierto!», exclamó la Duquesa, volviéndose hacia Lady Windermere, «¡absolutamente cierto! Flora tiene dos docenas de perros collie en Macloskie, y convertiría nuestra casa del pueblo en una casa de fieras si su padre se lo permitiera».

«Bueno, eso es justo lo que yo hago con mi casa todos los jueves por la noche», exclamó Lady Windermere, riendo, «sólo que me gustan más los leones que los perros collie».

«Su único error, Lady Windermere», dijo Mr. Podgers, con una pomposa reverencia.

«Si una mujer no puede hacer que sus errores sean encantadores, no es más que una hembra», fue la respuesta. «Pero debe leer algunas manos más para nosotros. Venga, Sir Thomas, enséñele la suya a Mr. Podgers»; y un anciano caballero de aspecto agradable, con chaleco blanco, se adelantó y le tendió una mano gruesa y rugosa, con un tercer dedo muy largo.

«Una naturaleza aventurera; cuatro largos viajes en el pasado, y uno por venir. Ha naufragado tres veces. No, sólo dos veces, pero corre peligro de naufragar en su próximo viaje. Un Conservador fuerte, muy puntual, y con pasión por coleccionar curiosidades. Tuvo una grave enfermedad entre los dieciséis y los dieciocho años. Le dejaron una fortuna cuando tenía unos treinta años. Gran aversión a los gatos y a los Radicales».

«¡Extraordinario!», exclamó Sir Thomas; «de verdad que también debe leer la mano de mi esposa».

«De su segunda esposa», dijo Mr. Podgers en voz baja, manteniendo

Thomas's hand in his. 'Your second wife's. I shall be charmed;' but Lady Marvel, a melancholy-looking woman, with brown hair and sentimental eyelashes, entirely declined to have her past or her future exposed; and nothing that Lady Windermere could do would induce Monsieur de Koloff the Russian Ambassador, even to take his gloves off. In fact, many people seemed afraid to face the odd little man with his stereotyped smile, his gold spectacles, and his bright, beady eyes; and when he told poor Lady Fermor, right out before every one, that she did not care a bit for music, but was extremely fond of musicians, it was generally felt that cheiromancy was a most dangerous science, and one that ought not to be encouraged, except in a *tête-a-tête*.

Lord Arthur Savile, however, who did not know anything about Lady Fermor's unfortunate story, and who had been watching Mr. Podgers with a great deal of interest, was filled with an immense curiosity to have his own hand read, and feeling somewhat shy about putting himself forward, crossed over the room to where Lady Windermere was sitting, and, with a charming blush, asked her if she thought Mr. Podgers would mind.

'Of course, he won't mind,' said Lady Windermere 'that is what he is here for. All my lions, Lord Arthur, are performing lions, and jump through hoops whenever I ask them. But I must warn you beforehand that I shall tell Sybil everything. She is coming to lunch with me to-morrow, to talk about bonnets, and if Mr. Podgers finds out that you have a bad temper, or a tendency to gout, or a wife living in Bayswater, I shall certainly let her know all about it.'

Lord Arthur smiled, and shook his head. 'I am not afraid,' he answered. 'Sybil knows me as well as I know her.'

'Ah! I am a little sorry to hear you say that. The proper basis for marriage is a mutual misunderstanding. No, I am not at all cynical, I have merely got experience, which, however, is very much the same thing. Mr. Podgers, Lord Arthur Savile is dying to have his hand read. Don't tell him that he is engaged to one of the most beautiful girls in London, because that appeared in the Morning Post a month ago.'

'Dear Lady Windermere,' cried the Marchioness of Jedburgh, 'do

aún la mano de Sir Thomas en la suya. «De su segunda esposa. Estaré encantado»; pero Lady Marvel, una mujer de aspecto melancólico, pelo castaño y pestañas sentimentales, declinó por completo que se expusiera su pasado o su futuro; y nada de lo que Lady Windermere pudiera hacer induciría a Monsieur de Koloff, el embajador ruso, ni siquiera a quitarse los guantes. De hecho, mucha gente parecía tener miedo de enfrentarse a aquel extraño hombrecillo con su sonrisa estereotipada, sus gafas de oro y sus ojos redondos y brillantes; y cuando le dijo a la pobre Lady Fermor, delante de todos, que a ella no le importaba nada la música, pero que le gustaban mucho los músicos, la opinión general fue que la quiromancia era una ciencia muy peligrosa y que no debía fomentarse, salvo en un *tête-a-tête*.

Sin embargo, Lord Arthur Savile, que no sabía nada de la desafortunada historia de Lady Fermor y que había estado observando a Mr. Podgers con gran interés, se sintió invadido por una inmensa curiosidad por que leyeran su propia mano y, sintiéndose algo tímido a la hora de presentarse, cruzó la sala hasta donde estaba sentada Lady Windermere y, con un encantador rubor, le preguntó si creía que a Mr. Podgers le importaría.

«Por supuesto, que no», dijo Lady Windermere, «para eso está aquí. Todos mis leones, Lord Arthur, son leones del espectáculo y pasan por el aro siempre que se lo pido. Pero debo advertirle de antemano que se lo contaré todo a Sybil. Ella vendrá a almorzar conmigo mañana, para hablar de bonetes, y si Mr. Podgers descubre que usted tiene mal carácter, o tendencia a la gota, o una esposa que vive en Bayswater, sin duda se lo haré saber todo».

Lord Arthur sonrió y sacudió la cabeza. «No tengo miedo», respondió. «Sybil me conoce tan bien como yo a ella».

«¡Ah! Siento un poco oírle decir eso. La base adecuada para el matrimonio es un malentendido mutuo. No, no soy nada cínica, simplemente tengo experiencia, que, sin embargo, es casi lo mismo. Mr. Podgers, Lord Arthur Savile se muere por que le lean la mano. No le diga que está prometido con una de las chicas más bellas de Londres, porque eso apareció en el *Morning Post* hace un mes».

«Querida Lady Windermere», gritó la Marquesa de Jedburgh, «deje

let Mr. Podgers stay here a little longer. He has just told me I should go on the stage, and I am so interested.'

'If he has told you that, Lady Jedburgh, I shall certainly take him away. Come over at once, Mr. Podgers, and read Lord Arthur's hand.'

'Well,' said Lady Jedburgh, making a little moue as she rose from the sofa, 'if I am not to be allowed to go on the stage, I must be allowed to be part of the audience at any rate.'

'Of course; we are all going to be part of the audience,' said Lady Windermere; 'and now, Mr. Podgers, be sure and tell us something nice. Lord Arthur is one of my special favourites.'

But when Mr. Podgers saw Lord Arthur's hand he grew curiously pale, and said nothing. A shudder seemed to pass through him, and his great bushy eyebrows twitched convulsively, in an odd, irritating way they had when he was puzzled. Then some huge beads of perspiration broke out on his yellow forehead, like a poisonous dew, and his fat fingers grew cold and clammy.

Lord Arthur did not fail to notice these strange signs of agitation, and, for the first time in his life, he himself felt fear. His impulse was to rush from the room, but he restrained himself. It was better to know the worst, whatever it was, than to be left in this hideous uncertainty.

'I am waiting, Mr. Podgers,' he said.

'We are all waiting,' cried Lady Windermere, in her quick, impatient manner, but the cheiromantist made no reply.

'I believe Arthur is going on the stage,' said Lady Jedburgh, 'and that, after your scolding, Mr. Podgers is afraid to tell him so.'

Suddenly Mr. Podgers dropped Lord Arthur's right hand, and seized hold of his left, bending down so low to examine it that the gold rims of his spectacles seemed almost to touch the palm. For a moment his face became a white mask of horror, but he soon recov-

que Mr. Podgers se quede aquí un poco más. Acaba de decirme que debería subir al escenario y estoy muy interesada».

«Si le ha dicho eso, Lady Jedburgh, sin duda me lo llevaré. Venga enseguida, Mr. Podgers, y léale la mano a Lord Arthur».

«Bueno», dijo Lady Jedburgh, haciendo una pequeña mueca al levantarse del sofá, «si no se me va a permitir subir al escenario, aunque sea se me debe permitir formar parte del público».

«Por supuesto; todos vamos a formar parte del público», dijo Lady Windermere; «y ahora, Mr. Podgers, asegúrese de decirnos algo bonito. Lord Arthur es uno de mis favoritos especiales».

Pero cuando Mr. Podgers vio la mano de Lord Arthur se puso curiosamente pálido y no dijo nada. Un escalofrío pareció atravesarle y sus grandes y pobladas cejas se movieron convulsivamente, de un modo extraño e irritante, tal como lo hacían cuando él estaba desconcertado. Entonces unas enormes gotas de sudor brotaron en su frente amarilla, como un rocío venenoso, y sus gordos dedos se volvieron fríos y húmedos.

Lord Arthur no dejó de advertir estos extraños signos de agitación y, por primera vez en su vida, él mismo sintió miedo. Su impulso fue salir corriendo de la habitación, pero se contuvo. Era mejor saber lo peor, fuera lo que fuera, que quedarse en aquella espantosa incertidumbre.

«Estoy esperando, Mr. Podgers», dijo.

«Todos estamos esperando», gritó Lady Windermere, con su manera rápida e impaciente, pero el quiromántico no respondió.

«Creo que Arthur va a subir al escenario», dijo Lady Jedburgh, «y que, después de que usted me regañó, Mr. Podgers teme decírselo».

De pronto, Mr. Podgers soltó la mano derecha de Lord Arthur y se apoderó de la izquierda, agachándose tanto para examinarla que los bordes dorados de sus gafas casi parecían tocar la palma. Por un momento su rostro se convirtió en una máscara blanca de horror, pero pronto recu-

ered his sang-froid, and looking up at Lady Windermere, said with a forced smile, 'It is the hand of a charming young man.'

'Of course it is!' answered Lady Windermere, 'but will he be a charming husband? That is what I want to know.'

'All charming young men are,' said Mr. Podgers.

'I don't think a husband should be too fascinating,' murmured Lady Jedburgh pensively, 'it is so dangerous.'

'My dear child, they never are too fascinating,' cried Lady Windermere. 'But what I want are details. Details are the only things that interest. What is going to happen to Lord Arthur?'

'Well, within the next few months Lord Arthur will go a voyage--'
'Oh yes, his honeymoon, of course!'

'And lose a relative.'

'Not his sister, I hope?' said Lady Jedburgh, in a piteous tone of voice.

'Certainly not his sister,' answered Mr. Podgers, with a deprecating wave of the hand, 'a distant relative merely.'

'Well, I am dreadfully disappointed,' said Lady Windermere. 'I have absolutely nothing to tell Sybil to-morrow. No one cares about distant relatives nowadays. They went out of fashion years ago. However, I suppose she had better have a black silk by her; it always does for church, you know. And now let us go to supper. They are sure to have eaten everything up, but we may find some hot soup. François used to make excellent soup once, but he is so agitated about politics at present, that I never feel quite certain about him. I do wish General Boulanger would keep quiet. Duchess, I am sure you are tired?'

'Not at all, dear Gladys,' answered the Duchess, waddling towards the door. 'I have enjoyed myself immensely, and the cheiropodist, I mean the cheiromantist, is most interesting. Flora, where can my

peró su *sang-froid,* y mirando a Lady Windermere, dijo con una sonrisa forzada: «Es la mano de un joven encantador».

«¡Por supuesto que lo es!», respondió Lady Windermere, «¿pero será un marido encantador? Eso es lo que quiero saber».

«Todos los jóvenes encantadores lo son», dijo Mr. Podgers.

«No creo que un marido deba ser demasiado fascinante», murmuró Lady Jedburgh pensativa, «es tan peligroso».

«Mi querida niña, nunca son demasiado fascinantes», exclamó Lady Windermere. «Pero lo que quiero son detalles. Los detalles son lo único que interesa. ¿Qué le va a ocurrir a Lord Arthur?»

«Bueno, en los próximos meses Lord Arthur se irá de viaje…». «¡Oh sí, su luna de miel, por supuesto!».

«Y perder a un familiar».

«¿No será su hermana, espero?», dijo Lady Jedburgh, con un tono de voz lastimero.

«Ciertamente no es su hermana», respondió Mr. Podgers, con un gesto despectivo de la mano, «un pariente lejano simplemente».

«Bueno, estoy terriblemente decepcionada», dijo Lady Windermere. «No tengo absolutamente nada que decirle a Sybil mañana. Hoy en día a nadie le importan los parientes lejanos. Pasaron de moda hace años. Sin embargo, supongo que será mejor que tenga un trozo de seda negra a su lado; siempre viene bien para la iglesia, ya sabe. Y ahora vayamos a cenar. Seguro que se lo han comido todo, pero puede que encontremos algo de sopa caliente. François solía hacer una sopa excelente una vez, pero está tan agitado por la política en la actualidad, que nunca me siento segura de él. Me gustaría que el General Boulanger se callara. Duquesa, estoy segura de que está cansada».

«En absoluto, querida Gladys», contestó la Duquesa, contoneándose hacia la puerta. «He disfrutado enormemente, y el quiropodista, quiero decir el quiromántico, es de lo más interesante. Flora, ¿dónde puede es-

tortoise-shell fan be? Oh, thank you, Sir Thomas, so much. And my lace shawl, Flora? Oh, thank you, Sir Thomas, very kind, I'm sure;' and the worthy creature finally managed to get downstairs without dropping her scent- bottle more than twice.

All this time Lord Arthur Savile had remained standing by the fireplace, with the same feeling of dread over him, the same sickening sense of coming evil. He smiled sadly at his sister, as she swept past him on Lord Plymdale's arm, looking lovely in her pink brocade and pearls, and he hardly heard Lady Windermere when she called to him to follow her. He thought of Sybil Merton, and the idea that anything could come between them made his eyes dim with tears.

Looking at him, one would have said that Nemesis had stolen the shield of Pallas, and shown him the Gorgon's head. He seemed turned to stone, and his face was like marble in its melancholy. He had lived the delicate and luxurious life of a young man of birth and fortune, a life exquisite in its freedom from sordid care, its beautiful boyish insouciance; and now for the first time he became conscious of the terrible mystery of Destiny, of the awful meaning of Doom.

How mad and monstrous it all seemed! Could it be that written on his hand, in characters that he could not read himself, but that another could decipher, was some fearful secret of sin, some blood-red sign of crime? Was there no escape possible? Were we no better than chessmen, moved by an unseen power, vessels the potter fashions at his fancy, for honour or for shame? His reason revolted against it, and yet he felt that some tragedy was hanging over him, and that he had been suddenly called upon to bear an intolerable burden. Actors are so fortunate. They can choose whether they will appear in tragedy or in comedy, whether they will suffer or make merry, laugh or shed tears. But in real life it is different. Most men and women are forced to perform parts for which they have no qualifications. Our Guildensterns play Hamlet for us, and our Hamlets have to jest like Prince Hal. The world is a stage, but the play is badly cast.

Suddenly Mr. Podgers entered the room. When he saw Lord Arthur he started, and his coarse, fat face became a sort of greenish-yellow

tar mi abanico de concha de tortuga? Oh, muchas gracias, Sir Thomas. ¿Y mi chal de encaje, Flora? Oh, gracias, Sir Thomas, muy amable, estoy segura...», y la digna criatura consiguió finalmente bajar las escaleras sin que se le cayera el frasco de perfume más de dos veces.

Todo este tiempo Lord Arthur Savile había permanecido de pie junto a la chimenea, con la misma sensación de pavor sobre él, la misma sensación enfermiza del mal que se avecinaba. Sonrió tristemente a su hermana, cuando ésta pasó junto a él del brazo de Lord Plymdale, con un aspecto encantador en su brocado rosa y sus perlas, y apenas oyó a Lady Windermere cuando le llamó para que la siguiera. Pensó en Sybil Merton, y la idea de que algo pudiera interponerse entre ellos hizo que sus ojos se empañaran de lágrimas.

Mirándolo, uno habría dicho que Némesis había robado el escudo de Palas y le había mostrado la cabeza de la Gorgona. Parecía convertido en piedra, y su rostro era como el mármol en su melancolía. Había vivido la vida delicada y lujosa de un joven de nacimiento y fortuna, una vida exquisita en su libertad de cuidados sórdidos, su hermosa despreocupación juvenil; y ahora, por primera vez, tomó conciencia del terrible misterio del Destino, del espantoso significado de la Perdición.

¡Qué loco y monstruoso parecía todo! ¿Podría ser que escrito en su mano, en caracteres que él mismo no podía leer, pero que otro podía descifrar, hubiera algún temible secreto de pecado, alguna señal roja de sangre de crimen? ¿No había escapatoria posible? ¿No éramos más que piezas de ajedrez, movidas por un poder invisible, vasijas que el alfarero moldea a su antojo, para el honor o para la vergüenza? Su razón se rebelaba contra ello y, sin embargo, sentía que alguna tragedia se cernía sobre él y que de repente había sido llamado a soportar una carga intolerable. Los actores son muy afortunados. Pueden elegir si aparecerán en la tragedia o en la comedia, si sufrirán o se alegrarán, si reirán o derramarán lágrimas. Pero en la vida real es diferente. La mayoría de los hombres y mujeres se ven obligados a interpretar papeles para los que no están cualificados. Nuestros Guildensterns interpretan a Hamlet para nosotros, y nuestros Hamlets tienen que bromear como el Príncipe Hal. El mundo es un escenario, pero la obra tiene mal reparto.

De repente, Mr. Podgers entró en la sala. Al ver a Lord Arthur se sobresaltó y su rostro tosco y gordo adquirió una especie de color amarillo

colour. The two men's eyes met, and for a moment there was silence.

'The Duchess has left one of her gloves here, Lord Arthur, and has asked me to bring it to her,' said Mr. Podgers finally. 'Ah, I see it on the sofa! Good evening.'

'Mr. Podgers, I must insist on your giving me a straightforward answer to a question I am going to put to you.'

'Another time, Lord Arthur, but the Duchess is anxious. I am afraid I must go.' 'You shall not go. The Duchess is in no hurry.'

'Ladies should not be kept waiting, Lord Arthur,' said Mr. Podgers, with his sickly smile. 'The fair sex is apt to be impatient.'

Lord Arthur's finely-chiselled lips curled in petulant disdain. The poor Duchess seemed to him of very little importance at that moment. He walked across the room to where Mr. Podgers was standing, and held his hand out.

'Tell me what you saw there,' he said. 'Tell me the truth. I must know it. I am not a child.'

Mr Podgers's eyes blinked behind his gold-rimmed spectacles, and he moved uneasily from one foot to the other, while his fingers played nervously with a flash watch-chain.

'What makes you think that I saw anything in your hand, Lord Arthur, more than I told you?'

'I know you did, and I insist on your telling me what it was. I will pay you. I will give you a cheque for a hundred pounds.'

The green eyes flashed for a moment, and then became dull again.

'Guineas?' said Mr. Podgers at last, in a low voice.

'Certainly. I will send you a cheque to-morrow. What is your club?'

verdoso. Los ojos de los dos hombres se encontraron y durante un momento se hizo el silencio.

«La Duquesa se ha dejado aquí uno de sus guantes, Lord Arthur, y me ha pedido que se lo lleve», dijo finalmente Mr. Podgers. «¡Ah, ahí lo veo, en el sofá! Buenas noches».

«Mr. Podgers, debo insistir en que me dé una respuesta directa a una pregunta que voy a hacerle».

«En otra ocasión, Lord Arthur, la Duquesa está ansiosa. Me temo que debo ir». «No debe ir. La Duquesa no tiene prisa».

«No hay que hacer esperar a las damas, Lord Arthur», dijo Mr. Podgers, con su sonrisa enfermiza. «El sexo débil tiende a impacientarse».

Los labios finamente cincelados de Lord Arthur se curvaron con petulante desdén. La pobre Duquesa le parecía de muy poca importancia en aquel momento. Él atravesó la habitación hasta donde se encontraba Mr. Podgers y le tendió la mano.

«Dígame lo que vio allí», dijo. «Dígame la verdad. Debo saberla. No soy un niño».

Los ojos de Mr. Podgers parpadeaban tras sus gafas de montura dorada y se movía inquieto de un pie a otro, mientras sus dedos jugaban nerviosos con la cadena de un reloj de pulsera.

«¿Qué le hace pensar que vi algo en su mano, Lord Arthur, más de lo que le dije?».

«Sé que lo hizo, e insisto en que me diga qué fue. Le pagaré. Le daré un cheque de cien libras».

Los ojos verdes brillaron un instante y luego volvieron a apagarse.

«¿Guineas?», dijo por fin Mr. Podgers, en voz baja.

«Por supuesto. Le enviaré un cheque mañana. ¿Cuál es su club?».

'I have no club. That is to say, not just at present. My address is----
--but allow me to give you my card;' and producing a bit of gilt-edged
pasteboard from his waistcoat pocket, Mr. Podgers handed it, with a
low bow, to Lord Arthur, who read on it,

MR. SEPTIMUS R. PODGERS
Professional Cheiromantist
103a West Moon Street

'My hours are from ten to four,' murmured Mr. Podgers mechani-
cally, 'and I make a reduction for families.'

'Be quick,' cried Lord Arthur, looking very pale, and holding his
hand out.

Mr. Podgers glanced nervously round, and drew the heavy portière
across the door.

'It will take a little time, Lord Arthur, you had better sit down.'

'Be quick, sir,' cried Lord Arthur again, stamping his foot angrily on
the polished floor.

Mr. Podgers smiled, drew from his breast-pocket a small magnifying glass, and wiped it carefully with his handkerchief.

'I am quite ready,' he said.

«No tengo club. Es decir, no por el momento. Mi dirección es... pero permítame que le dé mi tarjeta», y sacando del bolsillo de su chaleco un trozo de cartulina con bordes dorados, Mr. Podgers se la entregó, con una leve inclinación, a Lord Arthur, que leyó en ella,

MR. SEPTIMUS R. PODGERS
Quiromántico profesional
103a West Moon Street

«Mi horario es de diez a cuatro», murmuró mecánicamente Mr. Podgers, «y hago un descuento a familias».

«Rápido», gritó Lord Arthur, muy pálido, y tendiendo la mano.

Mr. Podgers miró nerviosamente a su alrededor y descorrió la pesada portezuela de la puerta.

«Tomará un poco de tiempo, Lord Arthur, será mejor que se siente».

«Dese prisa, señor», volvió a gritar Lord Arthur, dando un pisotón furioso en el suelo pulido.

Mr. Podgers sonrió, sacó del bolsillo de su pecho una pequeña lupa y la limpió cuidadosamente con su pañuelo.

«Estoy completamente listo», dijo él.

II

Ten minutes later, with face blanched by terror, and eyes wild with grief Lord Arthur Savile rushed from Bentinck House, crushing his way through the crowd of fur-coated footmen that stood round the large striped awning, and seeming not to see or hear anything. The night was bitter cold, and the gas-lamps round the square flared and flickered in the keen wind; but his hands were hot with fever, and his forehead burned like fire. On and on he went, almost with the gait of a drunken man. A policeman looked curiously at him as he passed, and a beggar, who slouched from an archway to ask for alms, grew frightened, seeing misery greater than his own. Once he stopped under a lamp, and looked at his hands. He thought he could detect the stain of blood already upon them, and a faint cry broke from his trembling lips.

Murder! that is what the cheiromantist had seen there. Murder! The very night seemed to know it, and the desolate wind to howl it in his ear. The dark corners of the streets were full of it. It grinned at him from the roofs of the houses.

First he came to the Park, whose sombre woodland seemed to fascinate him. He leaned wearily up against the railings, cooling his brow against the wet metal, and listening to the tremulous silence of the trees. 'Murder! murder!' he kept repeating, as though iteration could dim the horror of the word. The sound of his own voice made him shudder, yet he almost hoped that Echo might hear him, and wake the slumbering city from its dreams. He felt a mad desire to stop the casual passer-by, and tell him everything.

Then he wandered across Oxford Street into narrow, shameful alleys. Two women with painted faces mocked at him as he went by. From a dark courtyard came a sound of oaths and blows, followed by shrill screams, and, huddled upon a damp doorstep, he saw the crook-backed forms of poverty and eld. A strange pity came over him. Were these children of sin and misery predestined to their end, as he to his? Were they, like him, merely the puppets of a monstrous show?

And yet it was not the mystery, but the comedy of suffering that

II

Diez minutos más tarde, con el rostro pálido por el terror y los ojos desorbitados por la pena, Lord Arthur Savile salió corriendo de Bentinck House, abriéndose paso entre la multitud de lacayos con abrigos de piel que rodeaban el gran toldo a rayas, y en apariencia no viendo ni oyendo nada. La noche era muy fría, y las lámparas de gas que rodeaban la plaza llameaban y parpadeaban bajo el viento cortante; pero él tenía las manos calientes por la fiebre y la frente le ardía como el fuego. Avanzaba y avanzaba, casi a la manera de un borracho. Un policía le miró con curiosidad al pasar, y un mendigo, que se descolgaba de un arco para pedir limosna, se asustó al ver una miseria mayor que la suya. Una vez se detuvo bajo una lámpara y se miró las manos. Creyó detectar la mancha de sangre ya en ellas, y un débil grito brotó de sus temblorosos labios.

¡Asesinato! Eso es lo que el quiromántico había visto allí. ¡Asesinato! La misma noche parecía saberlo, y el viento desolado aullarlo a su oído. Los oscuros rincones de las calles estaban llenos de él. Le sonreía desde los tejados de las casas.

Primero llegó al Parque, cuya sombría arboleda parecía fascinarle. Se apoyó cansinamente en la barandilla, refrescándose la frente contra el húmedo metal y escuchando el trémulo silencio de los árboles. «¡Asesinato! ¡Asesinato!», repetía una y otra vez, como si la iteración pudiera atenuar el horror de la palabra. El sonido de su propia voz le hacía estremecerse, pero casi esperaba que Eco pudiera oírle y despertar a la adormecida ciudad de sus sueños. Sintió un deseo loco de detener al transeúnte casual y contárselo todo.

Luego atravesó Oxford Street y se adentró en callejuelas estrechas y vergonzosas. Dos mujeres con la cara pintada se burlaron de él a su paso. De un patio oscuro le llegó un sonido de juramentos y golpes, seguido de gritos estridentes, y, acurrucado en el húmedo umbral de una puerta, vio las formas encorvadas de la pobreza y la vejez. Una extraña piedad se apoderó de él. ¿Estaban estos hijos del pecado y la miseria predestinados a su fin, como él al suyo? ¿Eran, como él, meras marionetas de un monstruoso espectáculo?

Y sin embargo, no fue el misterio, sino la comedia del sufrimiento

struck him; its absolute uselessness, its grotesque want of meaning. How incoherent everything seemed! How lacking in all harmony! He was amazed at the discord between the shallow optimism of the day, and the real facts of existence. He was still very young.

After a time he found himself in front of Marylebone Church. The silent roadway looked like a long riband of polished silver, flecked here and there by the dark arabesques of waving shadows. Far into the distance curved the line of flickering gas-lamps, and outside a little walled-in house stood a solitary hansom, the driver asleep inside. He walked hastily in the direction of Portland Place, now and then looking round, as though he feared that he was being followed. At the corner of Rich Street stood two men, reading a small bill upon a hoarding. An odd feeling of curiosity stirred him, and he crossed over. As he came near, the word 'Murder,' printed in black letters, met his eye. He started, and a deep flush came into his cheek. It was an advertisement offering a reward for any information leading to the arrest of a man of medium height, between thirty and forty years of age, wearing a billy-cock hat, a black coat, and check trousers, and with a scar upon his right cheek. He read it over and over again, and wondered if the wretched man would be caught, and how he had been scarred. Perhaps, some day, his own name might be placarded on the walls of London. Some day, perhaps, a price would be set on his head also.

The thought made him sick with horror. He turned on his heel, and hurried on into the night.

Where he went he hardly knew. He had a dim memory of wandering through a labyrinth of sordid houses, of being lost in a giant web of sombre streets, and it was bright dawn when he found himself at last in Piccadilly Circus. As he strolled home towards Belgrave Square, he met the great waggons on their way to Covent Garden. The white-smocked carters, with their pleasant sunburnt faces and coarse curly hair, strode sturdily on, cracking their whips, and calling out now and then to each other; on the back of a huge grey horse, the leader of a jangling team, sat a chubby boy, with a bunch of primroses in his battered hat, keeping tight hold of the mane with his little hands, and laughing; and the great piles of vegetables looked like masses of jade

lo que le impresionó; su absoluta inutilidad, su grotesca falta de senti-do. ¡Qué incoherente parecía todo! ¡Cuán carente de toda armonía! Le asombraba la discordia entre el optimismo superficial de la época y los hechos reales de la existencia. Aún era muy joven.

Al cabo de un rato se encontró frente a la Iglesia de Marylebone. La silenciosa calzada parecía una larga cinta de plata pulida, moteada aquí y allá por los oscuros arabescos de sombras ondulantes. A lo lejos se curvaba la línea de parpadeantes lámparas de gas, y en el exterior de una pequeña casa tapiada se erguía un solitario carro, con el conductor dormido en su interior. Él caminaba apresuradamente en dirección a Portland Place, mirando de vez en cuando a su alrededor, como si temiera que le estuvieran siguiendo. En la esquina de Rich Street había dos hombres, leyendo un pequeño anuncio en una valla publicitaria. Un extraño sentimiento de curiosidad le despertó, y cruzó hacia allí. Al acercarse, la palabra «Asesinato», impresa en letras negras, le llamó la atención. Se sobresaltó y un profundo rubor apareció en su mejilla. Era un anuncio en el que se ofrecía una recompensa por cualquier infor-mación que condujera a la detención de un hombre de mediana esta-tura, de entre treinta y cuarenta años de edad, que llevaba un sombre-ro bombín, abrigo negro y pantalones a cuadros, y con una cicatriz en la mejilla derecha. Lo leyó una y otra vez, y se preguntó si atraparían a aquel desgraciado, y cómo se había hecho la cicatriz. Tal vez, algún día, su propio nombre podría figurar en los muros de Londres. Algún día, tal vez, también se pondría precio a su cabeza.

El pensamiento le hizo enfermar de horror. Giró sobre sus talones y se adentró en la noche.

Apenas sabía adónde iba. Tenía un vago recuerdo de vagar por un la-berinto de casas sórdidas, de perderse en una gigantesca telaraña de calles sombrías, y amanecía de forma brillante cuando se encontró por fin en Piccadilly Circus. Mientras paseaba hacia Belgrave Square, se encontró con los grandes carros que se dirigían a Covent Garden. Los carreros, de cascos blancos, con sus agradables rostros quemados por el sol y su pelo áspero y rizado, avanzaban a grandes trancos, haciendo chasquear sus látigos y llamándose de vez en cuando unos a otros; a lomos de un enorme caballo gris, el líder de un tintineante equipo, iba sentado un niño regordete, con un ramo de prímulas en su maltrecho sombrero, sujetando fuertemente la crin con sus manitas y riendo; y los

against the morning sky, like masses of green jade against the pink petals of some marvellous rose. Lord Arthur felt curiously affected, he could not tell why. There was something in the dawn's delicate loveliness that seemed to him inexpressibly pathetic, and he thought of all the days that break in beauty, and that set in storm. These rustics, too, with their rough, good-humoured voices, and their nonchalant ways, what a strange London they saw! A London free from the sin of night and the smoke of day, a pallid, ghost-like city, a desolate town of tombs! He wondered what they thought of it, and whether they knew anything of its splendour and its shame, of its fierce, fiery-coloured joys, and its horrible hunger, of all it makes and mars from morn to eve. Probably it was to them merely a mart where they brought their fruits to sell, and where they tarried for a few hours at most, leaving the streets still silent, the houses still asleep. It gave him pleasure to watch them as they went by. Rude as they were, with their heavy, hobnailed shoes, and their awkward gait, they brought a little of Arcady with them. He felt that they had lived with Nature, and that she had taught them peace. He envied them all that they did not know.

By the time he had reached Belgrave Square the sky was a faint blue, and the birds were beginning to twitter in the gardens.

grandes montones de verduras parecían masas de jade contra el cielo de la mañana, como masas de jade verde contra los pétalos rosados de alguna rosa maravillosa. Lord Arthur se sintió curiosamente afectado, no sabía decir por qué. Había algo en la delicada hermosura del amanecer que le parecía inexpresablemente patético, y pensó en todos los días que rompen en belleza y que cuajan en tormenta. Estos rústicos, también, con sus voces ásperas y de buen humor, y sus maneras despreocupadas, ¡qué extraño Londres el que veían! Un Londres libre del pecado de la noche y del humo del día, una ciudad pálida y fantasmal, ¡una desolada ciudad de tumbas! Se preguntaba qué pensarían de ella, y si sabrían algo de su esplendor y su vergüenza, de sus alegrías feroces y ardientes y de su horrible hambre, de todo lo que hace y estropea de la mañana a la noche. Probablemente para ellos no era más que un mercado al que llevaban sus frutos para vender, y donde se quedaban como mucho unas horas, dejando las calles aún en silencio, las casas aún dormidas. Le producía placer verlos pasar. Rudos como eran, con sus pesados zapatos con clavos y su andar torpe, traían un poco de Arcadia con ellos. Sentía que habían vivido con la Naturaleza, y que ella les había enseñado la paz. Les envidiaba todo lo que no conocían.

Cuando llegó a Belgrave Square el cielo era de un azul tenue y los pájaros empezaban a trinar en los jardines.

III

When Lord Arthur woke it was twelve o'clock, and the mid-day sun was streaming through the ivory-silk curtains of his room. He got up and looked out of the window. A dim haze of heat was hanging over the great city, and the roofs of the houses were like dull silver. In the flickering green of the square below some children were flitting about like white butterflies, and the pavement was crowded with people on their way to the Park. Never had life seemed lovelier to him, never had the things of evil seemed more remote.

Then his valet brought him a cup of chocolate on a tray. After he had drunk it, he drew aside a heavy *portière* of peach coloured plush, and passed into the bathroom. The light stole softly from above, through thin slabs of transparent onyx, and the water in the marble tank glimmered like a moonstone. He plunged hastily in, till the cool ripples touched throat and hair, and then dipped his head right under, as though he would have wiped away the stain of some shameful memory. When he stepped out he felt almost at peace. The exquisite physical conditions of the moment had dominated him, as indeed often happens in the case of very finely-wrought natures, for the senses, like fire, can purify as well as destroy.

After breakfast, he flung himself down on a divan, and lit a cigarette. On the mantel-shelf, framed in dainty old brocade, stood a large photograph of Sybil Merton, as he had seen her first at Lady Noel's ball. The small, exquisitely-shaped head drooped slightly to one side, as though the thin, reed-like throat could hardly bear the burden of so much beauty; the lips were slightly parted, and seemed made for sweet music; and all the tender purity of girlhood looked out in wonder from the dreaming eyes. With her soft, clinging dress of crepe-de-chine, and her large leaf-shaped fan, she looked like one of those delicate little figures men find in the olive-woods near Tanagra; and there was a touch of Greek grace in her pose and attitude. Yet she was not petite. She was simply perfectly proportioned - a rare thing in an age when so many women are either over life-size or insignificant.

III

Cuando Lord Arthur se despertó eran las doce y el sol del mediodía se colaba por las cortinas de seda color marfil de su habitación. Se levantó y miró por la ventana. Una tenue bruma templada se cernía sobre la gran ciudad, y los tejados de las casas parecían hechos de plata opaca. En el verde titilante de la plaza de abajo, algunos niños revoloteaban como mariposas blancas, y la acera estaba abarrotada de gente que se dirigía al Parque. Nunca la vida le había parecido más hermosa, nunca las cosas del mal le habían parecido más remotas.

Entonces su ayuda de cámara le trajo una taza de chocolate en una bandeja. Después de bebérsela, apartó un pesado *portière* de felpa color melocotón y pasó al cuarto de baño. La luz se filtraba suavemente desde arriba, a través de finas losas de ónice transparente, y el agua de la cisterna de mármol brillaba como una piedra lunar. Se zambulló apresuradamente, hasta que las frescas ondas tocaron garganta y cabello, y luego sumergió la cabeza justo debajo, como si quisiera borrar la mancha de algún recuerdo vergonzoso. Cuando salió se sintió casi en paz. Las exquisitas condiciones físicas del momento le habían dominado, como de hecho sucede a menudo en el caso de naturalezas muy finamente forjadas, pues los sentidos, como el fuego, pueden purificar tanto como destruir.

Después del desayuno, se tumbó en un diván y encendió un cigarrillo. En la repisa de la chimenea, enmarcada en un delicado brocado antiguo, había una gran fotografía de Sybil Merton, tal como él la había visto por primera vez en el baile de Lady Noel. La cabeza, pequeña y de formas exquisitas, estaba ligeramente inclinada hacia un lado, como si la garganta, delgada como un junco, apenas pudiera soportar la carga de tanta belleza; los labios estaban ligeramente entreabiertos, y parecían hechos para la dulce música; y toda la tierna pureza de la niñez miraba maravillada desde los ojos soñadores. Con su suave y ceñido vestido de *crepé de chine* y su gran abanico en forma de hoja, parecía una de esas delicadas figuritas que los hombres encuentran en los olivares cercanos a Tanagra; y había un toque de gracia griega en su pose y actitud. Sin embargo, no era menuda. Simplemente estaba perfectamente proporcionada, algo poco frecuente en una época en la que tantas mujeres tienen un tamaño superior al natural o son insignificantes.

Now as Lord Arthur looked at her, he was filled with the terrible pity that is born of love. He felt that to marry her, with the doom of murder hanging over his head, would be a betrayal like that of Judas, a sin worse than any the Borgia had ever dreamed of. What happiness could there be for them, when at any moment he might be called upon to carry out the awful prophecy written in his hand? What manner of life would be theirs while Fate still held this fearful fortune in the scales? The marriage must be postponed, at all costs. Of this he was quite resolved. Ardently though he loved the girl, and the mere touch of her fingers, when they sat together, made each nerve of his body thrill with exquisite joy, he recognised none the less clearly where his duty lay, and was fully conscious of the fact that he had no right to marry until he had committed the murder. This done, he could stand before the altar with Sybil Merton, and give his life into her hands without terror of wrongdoing. This done, he could take her to his arms, knowing that she would never have to blush for him, never have to hang her head in shame. But done it must be first; and the sooner the better for both.

Many men in his position would have preferred the primrose path of dalliance to the steep heights of duty; but Lord Arthur was too conscientious to set pleasure above principle. There was more than mere passion in his love; and Sybil was to him a symbol of all that is good and noble. For a moment he had a natural repugnance against what he was asked to do, but it soon passed away. His heart told him that it was not a sin, but a sacrifice; his reason reminded him that there was no other course open. He had to choose between living for himself and living for others, and terrible though the task laid upon him undoubtedly was, yet he knew that he must not suffer selfishness to triumph over love. Sooner or later we are all called upon to decide on the same issue - of us all, the same question is asked. To Lord Arthur it came early in life - before his nature had been spoiled by the calculating cynicism of middle-age, or his heart corroded by the shallow, fashionable egotism of our day, and he felt no hesitation about doing his duty. Fortunately also, for him, he was no mere dreamer, or idle dilettante. Had he been so, he would have hesitated, like Hamlet, and let irresolution mar his purpose. But he was essentially practical. Life to him meant action, rather than thought. He had that rarest of all things, common sense.

Ahora, mientras Lord Arthur la miraba, se llenó de la terrible lástima que nace del amor. Sintió que casarse con ella, con la condena del asesinato pendiendo sobre su cabeza, sería una traición como la de Judas, un pecado peor que cualquiera que los Borgia hubieran soñado jamás. ¿Qué felicidad podría haber para ellos, cuando en cualquier momento podría ser llamado a cumplir la horrible profecía escrita en su mano? ¿Qué clase de vida sería la suya mientras el Destino mantuviera aún esta temible fortuna en la balanza? El matrimonio debía posponerse, a toda costa. Eso estaba completamente decidido. Aunque amaba ardientemente a la muchacha, y el mero roce de sus dedos, cuando se sentaban juntos, hacía que cada nervio de su cuerpo se estremeciera de exquisita alegría, reconocía con no menos claridad dónde residía su deber, y era plenamente consciente del hecho de que no tenía derecho a casarse hasta que hubiera cometido el asesinato. Hecho esto, podría presentarse ante el altar con Sybil Merton, y entregar su vida en sus manos sin terror a equivocarse. Hecho esto, podría tomarla en sus brazos, sabiendo que ella nunca tendría que sonrojarse por él, nunca tendría que agachar la cabeza avergonzada. Pero primero tenía que ser hecho; y cuanto antes, mejor para ambos.

Muchos hombres de su posición habrían preferido el camino de rosas propio a los devaneos a las escarpadas alturas del deber; pero Lord Arthur era demasiado concienzudo para poner el placer por encima de los principios. Había algo más que mera pasión en su amor; y Sybil era para él un símbolo de todo lo bueno y noble. Por un momento sintió una repugnancia natural contra lo que se le pedía que hiciera, pero pronto eso pasó. Su corazón le decía que no era un pecado, sino un sacrificio; su razón le recordaba que no había otro camino abierto. Tenía que elegir entre vivir para sí mismo y vivir para los demás, y aunque la tarea que se le había encomendado era sin duda terrible, sabía que no debía permitir que el egoísmo triunfara sobre el amor. Tarde o temprano todos estamos llamados a decidir sobre la misma cuestión; a todos se nos plantea la misma pregunta. A Lord Arthur le llegó pronto en la vida —antes de que su naturaleza se hubiera estropeado por el cinismo calculador de la edad madura, o su corazón corroído por el egoísmo superficial y a la moda de nuestros días— y no sintió ninguna vacilación a la hora de cumplir con su deber. Afortunadamente también para él, no era un mero soñador, ni un ocioso diletante. Si lo hubiera sido, habría vacilado, como Hamlet, y dejado que la irresolución estropeara su propósito. Pero era esencialmente práctico. La vida para él significaba acción, más que

The wild, turbid feelings of the previous night had by this time completely passed away, and it was almost with a sense of shame that he looked back upon his mad wanderings from street to street, his fierce emotional agony. The very sincerity of his sufferings made them seem unreal to him now. He wondered how he could have been so foolish as to rant and rave about the inevitable. The only question that seemed to trouble him was, whom to make away with; for he was not blind to the fact that murder, like the religions of the Pagan world, requires a victim as well as a priest. Not being a genius, he had no enemies, and indeed he felt that this was not the time for the gratification of any personal pique or dislike, the mission in which he was engaged being one of great and grave solemnity. He accordingly made out a list of his friends and relatives on a sheet of notepaper, and after careful consideration, decided in favour of Lady Clementina Beauchamp, a dear old lady who lived in Curzon Street, and was his own second cousin by his mother's side. He had always been very fond of Lady Clem, as every one called her, and as he was very wealthy himself, having come into all Lord Rugby's property when he came of age, there was no possibility of his deriving any vulgar monetary advantage by her death. In fact, the more he thought over the matter, the more she seemed to him to be just the right person, and, feeling that any delay would be unfair to Sybil, he determined to make his arrangements at once.

The first thing to be done was, of course, to settle with the cheiromantist; so he sat down at a small Sheraton writing-table that stood near the window, drew a cheque for £105, payable to the order of Mr. Septimus Podgers, and, enclosing it in an envelope, told his valet to take it to West Moon Street. He then telephoned to the stables for his hansom, and dressed to go out. As he was leaving the room, he looked back at Sybil Merton's photograph, and swore that, come what may, he would never let her know what he was doing for her sake, but would keep the secret of his self-sacrifice hidden always in his heart.

On his way to the Buckingham, he stopped at a florist's, and sent Sybil a beautiful basket of narcissi, with lovely white petals and star-

pensamiento. Tenía esa cosa tan rara que es el sentido común.

Los sentimientos salvajes y turbios de la noche anterior se habían desvanecido por completo en aquel momento, y fue casi con una sensación de vergüenza que miró hacia atrás, a sus locos vagabundeos de calle en calle, a su feroz agonía emocional. La propia sinceridad de sus sufrimientos hacía que ahora le parecieran irreales. Se preguntaba cómo había podido ser tan insensato como para despotricar sobre lo inevitable. La única cuestión que parecía preocuparle era de quién deshacerse; pues no estaba ciego ante el hecho de que el asesinato, como las religiones del mundo pagano, requiere una víctima además de un sacerdote. Al no ser un genio, no tenía enemigos, y de hecho sintió que no era el momento para la gratificación de ningún rencor o aversión personal, ya que la misión en la que estaba comprometido era de una gran y grave solemnidad. En consecuencia, hizo una lista de sus amigos y parientes en una hoja de papel de carta y, tras considerarlo detenidamente, se decidió por Lady Clementina Beauchamp, una querida anciana que vivía en Curzon Street y era su propia prima segunda por parte de madre. Siempre le había tenido mucho cariño a Lady Clem, como todo el mundo la llamaba, y como él mismo era muy adinerado, habiendo heredado todas las propiedades de Lord Rugby cuando alcanzó la mayoría de edad, no había posibilidad de que obtuviera ninguna vulgar ventaja monetaria con la muerte de ella. De hecho, cuanto más pensaba en el asunto, más le parecía que ella era la persona adecuada y, sintiendo que cualquier retraso sería injusto para Sybil, decidió hacer sus preparativos de inmediato.

Lo primero que había que hacer era, por supuesto, saldar las cuentas con el quiromántico; así que se sentó ante una pequeña mesa de escribir Sheraton que había cerca de la ventana, extendió un cheque por 105 libras, pagadero a la orden de Mr. Septimus Podgers, y, metiéndolo en un sobre, le dijo a su ayuda de cámara que lo llevara a West Moon Street. A continuación telefoneó a los establos para pedir su coche y se vistió para salir. Cuando salía de la habitación, volvió a mirar la fotografía de Sybil Merton y juró que, pasara lo que pasara, nunca le haría saber lo que estaba haciendo por ella; mantendría el secreto de su abnegación oculto siempre en su corazón.

De camino al Buckingham, se detuvo en una floristería y envió a Sybil una hermosa cesta de narcisos, con preciosos pétalos blancos y ojos de

ing pheasants' eyes, and on arriving at the club, went straight to the library, rang the bell, and ordered the waiter to bring him a lemon-and-soda, and a book on Toxicology. He had fully decided that poison was the best means to adopt in this troublesome business. Anything like personal violence was extremely distasteful to him, and besides, he was very anxious not to murder Lady Clementina in any way that might attract public attention, as he hated the idea of being lionised at Lady Windermere's, or seeing his name figuring in the paragraphs of vulgar society-newspapers. He had also to think of Sybil's father and mother, who were rather old-fashioned people, and might possibly object to the marriage if there was anything like a scandal, though he felt certain that if he told them the whole facts of the case they would be the very first to appreciate the motives that had actuated him. He had every reason, then, to decide in favour of poison. It was safe, sure, and quiet, and did away with any necessity for painful scenes, to which, like most Englishmen, he had a rooted objection.

Of the science of poisons, however, he knew absolutely nothing, and as the waiter seemed quite unable to find anything in the library but Ruff's Guide and Bailey's Magazine, he examined the bookshelves himself, and finally came across a handsomely-bound edition of the Pharmacopeia, and a copy of Erskine's Toxicology, edited by Sir Mathew Reid, the President of the Royal College of Physicians, and one of the oldest members of the Buckingham, having been elected in mistake for somebody else; a *contretemps* that so enraged the Committee, that when the real man came up they black-balled him unanimously. Lord Arthur was a good deal puzzled at the technical terms used in both books, and had begun to regret that he had not paid more attention to his classics at Oxford, when in the second volume of Erskine, he found a very complete account of the properties of aconitine, written in fairly clear English. It seemed to him to be exactly the poison he wanted. It was swift - indeed, almost immediate, in its effect - perfectly painless, and when taken in the form of a gelatine capsule, the mode recommended by Sir Mathew, not by any means unpalatable. He accordingly made a note, upon his shirt-cuff of the amount necessary for a fatal dose, put the books back in their places, and strolled up St. James's Street, to Pestle and Humbey's, the great chemists. Mr. Pestle, who always attended personally on the aristocracy, was a good deal surprised at the order, and in a very def-

faisán, y al llegar al club, se dirigió directamente a la biblioteca, tocó el timbre y ordenó al camarero que le trajera una limonada y un libro de Toxicología. Estaba completamente decidido que el veneno era el mejor medio a adoptar en este problemático asunto. Cualquier cosa parecida a la violencia personal le resultaba extremadamente desagradable y, además, estaba muy ansioso por no asesinar a Lady Clementina de ningún modo que pudiera atraer la atención pública, ya que odiaba la idea de ser tratado como un personaje en casa de Lady Windermere o de ver su nombre figurando en los párrafos de vulgares periódicos de sociedad. También tenía que pensar en el padre y la madre de Sybil, que eran gente más bien anticuada, y posiblemente se opusieran al matrimonio si se producía algo parecido a un escándalo, aunque estaba seguro de que si les contaba todos los hechos del caso serían los primeros en apreciar los motivos que le habían movido. Tenía todas las razones, pues, para decidirse por el veneno. Era seguro y tranquilo, y eliminaba cualquier necesidad de escenas dolorosas, a las que, como la mayoría de los ingleses, tenía una arraigada objeción.

De la ciencia de los venenos, sin embargo, no sabía absolutamente nada, y como el camarero parecía incapaz de encontrar en la biblioteca algo más que la Guía de Ruff y la Revista de Bailey, examinó él mismo las estanterías, y finalmente dio con una edición de la Farmacopea encuadernada con buen gusto, y un ejemplar de Toxicología de Erskine, editado por Sir Mathew Reid, el Presidente del Real Colegio de Médicos, y uno de los miembros más antiguos del Buckingham, habiendo sido elegido por error en lugar de otra persona; un contratiempo que enfureció tanto al Comité, que cuando se presentó el verdadero hombre lo rechazaron por unanimidad. Lord Arthur estaba bastante desconcertado por los términos técnicos utilizados en ambos libros, y había empezado a lamentar no haber prestado más atención a sus clásicos en Oxford cuando en el segundo volumen de Erskine, encontró un relato muy completo de las propiedades de la aconitina, escrito en un inglés bastante claro. Le pareció exactamente el veneno que buscaba. Era rápido —de hecho, casi inmediato, en su efecto—, perfectamente indoloro, y cuando se tomaba en forma de cápsula de gelatina, el modo recomendado por Sir Mathew, no era en absoluto desagradable al paladar. En consecuencia, tomó nota, en el puño de su camisa, de la cantidad necesaria para una dosis mortal, volvió a colocar los libros en su sitio y paseó por St. James's Street, hasta Pestle and Humbey's, los grandes farmacéuticos. Mr. Pestle, que siempre atendía personalmente a la aristocracia, se mostró

erential manner murmured something about a medical certificate being necessary. However, as soon as Lord Arthur explained to him that it was for a large Norwegian mastiff that he was obliged to get rid of, as it showed signs of incipient rabies, and had already bitten the coachman twice in the calf of the leg, he expressed himself as being perfectly satisfied, complimented Lord Arthur on his wonderful knowledge of Toxicology, and had the prescription made up immediately.

Lord Arthur put the capsule into a pretty little silver *bonbonnière* that he saw in a shop-window in Bond Street, threw away Pestle and Humbey's ugly pill-box, and drove off at once to Lady Clementina's.

'Well, *monsieur le mauvais sujet,*' cried the old lady, as he entered the room, 'why haven't you been to see me all this time?'

'My dear Lady Clem, I never have a moment to myself,' said Lord Arthur, smiling.

'I suppose you mean that you go about all day long with Miss Sybil Merton, buying chiffons and talking nonsense? I cannot understand why people make such a fuss about being married. In my day we never dreamed of billing and cooing in public, or in private for that matter.

'I assure you I have not seen Sybil for twenty-four hours, Lady Clem. As far as I can make out, she belongs entirely to her milliners.'

'Of course; that is the only reason you come to see an ugly old woman like myself. I wonder you men don't take warning. *On a fait des folies pour moi,* and here I am, a poor, rheumatic creature, with a false front and a bad temper. Why, if it were not for dear Lady Jansen, who sends me all the worst French novels she can find, I don't think I could get through the day. Doctors are no use at all, except to get fees out of one. They can't even cure my heartburn.'

'I have brought you a cure for that, Lady Clem,' said Lord Arthur gravely. 'It is a wonderful thing, invented by an American.'

bastante sorprendido por el encargo, y de manera muy deferente murmuró algo sobre la necesidad de un certificado médico. Sin embargo, en cuanto Lord Arthur le explicó que era para un gran mastín noruego del que se veía obligado a deshacerse, ya que mostraba signos de rabia incipiente y ya había mordido al cochero dos veces en la pantorrilla de la pierna, se mostró perfectamente satisfecho, felicitó a Lord Arthur por sus maravillosos conocimientos de Toxicología e hizo preparar la receta de inmediato.

Lord Arthur puso la cápsula en una bonita bombonera de plata que vio en el escaparate de una tienda de Bond Street, tiró el feo pastillero de Pestle and Humbey's y se dirigió enseguida a casa de Lady Clementina.

«Bueno, *monsieur le mauvais sujet*», gritó la anciana al entrar en la habitación, «¿por qué no has venido a verme en todo este tiempo?».

«Mi querida Lady Clem, nunca tengo un momento para mí», dijo Lord Arthur, sonriendo.

«¿Supongo que quieres decir que estás todo el día con Miss Sybil Merton, comprando *chiffons* y diciendo tonterías? No puedo entender por qué la gente hace tanto alboroto por estar casada. En mis tiempos ni siquiera soñábamos con anidar y arrullar en público, o en privado para el caso».

«Le aseguro que no he visto a Sybil desde hace veinticuatro horas, Lady Clem. Por lo que puedo deducir, ella pertenece enteramente a sus sombrereros».

«Por supuesto; esa es la única razón por la que vienes a ver a una vieja fea como yo. Me sorprende que ustedes los hombres no tomen precauciones. *On a fait des folies pour moi,* y aquí estoy, una criatura pobre y reumática, con una frente falsa y un temperamento malo. Vaya, si no fuera por la querida Lady Jansen, que me envía todas las peores novelas francesas que puede encontrar, no creo que pudiera pasar el día. Los médicos no sirven para nada, salvo para sacarle honorarios a una. Ni siquiera pueden curarme el ardor de estómago».

«Le he traído una cura para eso, Lady Clem», dijo Lord Arthur gravemente. «Es una cosa maravillosa, inventada por un americano».

'I don't think I like American inventions, Arthur. I am quite sure I don't. I read some American novels lately, and they were quite non-sensical.'

'Oh, but there is no nonsense at all about this, Lady Clem! I assure you it is a perfect cure. You must promise to try it;' and Lord Arthur brought the little box out of his pocket, and handed it to her.

'Well, the box is charming, Arthur. Is it really a present? That is very sweet of you. And is this the wonderful medicine? It looks like a bonbon. I'll take it at once.'

'Good heavens! Lady Clem,' cried Lord Arthur, catching hold of her hand, 'you mustn't do anything of the kind. It is a homoeopathic medicine, and if you take it without having heartburn, it might do you no end of harm. Wait till you have an attack, and take it then. You will be astonished at the result.'

'I should like to take it now,' said Lady Clementina, holding up to the light the little transparent capsule, with its floating bubble of liquid aconitine. 'I am sure it is delicious. The fact is that, though I hate doctors, I love medicines. However, I'll keep it till my next attack.'

'And when will that be?' asked Lord Arthur eagerly. 'Will it be soon?'

'I hope not for a week. I had a very bad time yesterday morning with it. But one never knows.'

'You are sure to have one before the end of the month then, Lady Clem?'

'I am afraid so. But how sympathetic you are to-day, Arthur! Really, Sybil has done you a great deal of good. And now you must run away, for I am dining with some very dull people, who won't talk scandal, and I know that if I don't get my sleep now I shall never be able to keep awake during dinner. Good-bye, Arthur, give my love to Sybil, and thank you so much for the American medicine.'

«Creo que no me gustan los inventos americanos, Arthur. Estoy bastante segura de que no. Últimamente leí algunas novelas americanas y eran bastante disparatadas».

«¡Oh, pero no hay ningún disparate en esto, Lady Clem! Le aseguro que es una cura perfecta. Debe prometerme que la probará»; y Lord Arthur sacó la cajita de su bolsillo y se la entregó.

«Bueno, la caja es encantadora, Arthur. ¿Es realmente un regalo? Es muy amable de tu parte. ¿Y esta es la maravillosa medicina? Parece un bombón. La tomaré enseguida».

«¡Santo cielo! Lady Clem», gritó Lord Arthur agarrándola de la mano, «no debe hacer nada de eso. Es un medicamento homeopático, y si lo toma sin tener acidez, podría hacerle mucho daño. Espere a tener un ataque y tómelo entonces. Se asombrará del resultado».

«Me gustaría tomarla ahora», dijo Lady Clementina, sosteniendo a la luz la pequeña cápsula transparente, con su burbuja flotante de aconitina líquida. «Estoy segura de que es deliciosa. Lo cierto es que, aunque odio a los médicos, me encantan las medicinas. Sin embargo, la guardaré hasta mi próximo ataque».

«¿Y cuándo será eso?», preguntó Lord Arthur con impaciencia. «¿Será pronto?».

«Espero que no, por una semana. Lo pasé muy mal ayer por la mañana. Pero una nunca sabe».

«¿Está segura de tener un ataque antes de fin de mes entonces, Lady Clem?».

«Me temo que sí. ¡Pero qué comprensivo estás hoy, Arthur! Realmente, Sybil te ha hecho mucho bien. Y ahora debes irte, porque estaré cenando con gente muy aburrida, que no quiere hablar de escándalos, y sé que si no duermo ahora no podré mantenerme despierta durante la cena. Adiós, Arthur, dale recuerdos a Sybil, y muchas gracias por la medicina americana».

'You won't forget to take it, Lady Clem, will you?' said Lord Arthur, rising from his seat.

'Of course I won't, you silly boy. I think it is most kind of you to think of me, and I shall write and tell you if I want any more.'

Lord Arthur left the house in high spirits, and with a feeling of immense relief.

That night he had an interview with Sybil Merton. He told her how he had been suddenly placed in a position of terrible difficulty, from which neither honour nor duty would allow him to recede. He told her that the marriage must be put off for the present, as until he had got rid of his fearful entanglements, he was not a free man. He implored her to trust him, and not to have any doubts about the future. Everything would come right, but patience was necessary.

The scene took place in the conservatory of Mr. Merton's house, in Park Lane, where Lord Arthur had dined as usual. Sybil had never seemed more happy, and for a moment Lord Arthur had been tempted to play the coward's part, to write to Lady Clementina for the pill, and to let the marriage go on as if there was no such person as Mr. Podgers in the world. His better nature, however, soon asserted itself, and even when Sybil flung herself weeping into his arms, he did not falter. The beauty that stirred his senses had touched his conscience also. He felt that to wreck so fair a life for the sake of a few months' pleasure would be a wrong thing to do.

He stayed with Sybil till nearly midnight, comforting her and being comforted in turn, and early the next morning he left for Venice, after writing a manly, firm letter to Mr. Merton about the necessary postponement of the marriage.

«No se olvidará de tomarla, Lady Clem, ¿verdad?», dijo Lord Arthur, levantándose de su asiento.

«Por supuesto que no, muchacho tonto. Creo que es muy amable de tu parte pensar en mí, y te escribiré para decirte si quiero más».

Lord Arthur salió de la casa muy animado y con una sensación de inmenso alivio.

Aquella noche conversó con Sybil Merton. Le contó cómo se había visto de repente en una situación de terrible dificultad, de la que ni el honor ni el deber le permitirían retroceder. Le dijo que el matrimonio debía aplazarse por el momento, ya que hasta que no se hubiera librado de sus temibles enredos, no sería un hombre libre. Le imploró que confiara en él y que no tuviera dudas sobre el futuro. Todo saldría bien, pero era necesario tener paciencia.

La escena tuvo lugar en el invernadero de la casa de Mr. Merton, en Park Lane, donde Lord Arthur había cenado como de costumbre. Sybil nunca había parecido más feliz, y por un momento Lord Arthur había estado tentado de hacer el papel de cobarde, escribir a Lady Clementina para pedirle la píldora y dejar que el matrimonio siguiera adelante como si no existiera en el mundo una persona como Mr. Podgers. Su mejor naturaleza, sin embargo, pronto se impuso, e incluso cuando Sybil se arrojó llorosa a sus brazos, él no vaciló. La belleza que agitaba sus sentidos había tocado también su conciencia. Sintió que destrozar una vida tan hermosa por el placer de unos meses sería un error.

Se quedó con Sybil hasta casi medianoche, consolándola y siendo consolado a su vez, y a primera hora de la mañana siguiente partió hacia Venecia, después de escribir una carta varonil y firme a Mr. Merton sobre el necesario aplazamiento del matrimonio.

IV

In Venice he met his brother, Lord Surbiton, who happened to have come over from Corfu in his yacht. The two young men spent a delightful fortnight together. In the morning they rode on the Lido, or glided up and down the green canals in their long black gondola; in the afternoon they usually entertained visitors on the yacht; and in the evening they dined at Florian's, and smoked innumerable *cigarettes* on the *Piazza.* Yet somehow Lord Arthur was not happy. Every day he studied the obituary column in the *Times,* expecting to see a notice of Lady Clementina's death, but every day he was disappointed. He began to be afraid that some accident had happened to her, and often regretted that he had prevented her taking the aconitine when she had been so anxious to try its effect. Sybil's letters, too, though full of love, and trust, and tenderness, were often very sad in their tone, and sometimes he used to think that he was parted from her for ever.

After a fortnight Lord Surbiton got bored with Venice, and determined to run down the coast to Ravenna, as he heard that there was some capital cock-shooting in the Pinetum. Lord Arthur, at first, refused absolutely to come, but Surbiton, of whom he was extremely fond, finally persuaded him that if he stayed at Danielli's by himself he would be moped to death, and on the morning of the 15th they started, with a strong nor'-east wind blowing, and a rather sloppy sea. The sport was excellent, and the free, open-air life brought the colour back to Lord Arthur's cheeks, but about the 22nd he became anxious about Lady Clementina, and, in spite of Surbiton's remonstrances, came back to Venice by train.

As he stepped out of his gondola on to the hotel steps, the proprietor came forward to meet him with a sheaf of telegrams. Lord Arthur snatched them out of his hand, and tore them open. Everything had been successful. Lady Clementina had died quite suddenly on the night of the 17th!

His first thought was for Sybil, and he sent her off a telegram announcing his immediate return to London. He then ordered his valet to pack his things for the night mail, sent his gondoliers about five times their proper fare, and ran up to his sitting-room with a light

En Venecia se encontró con su hermano, Lord Surbiton, que casualmente había llegado de Corfú en su yate. Los dos jóvenes pasaron juntos dos semanas deliciosas. Por la mañana paseaban por el Lido, o se deslizaban arriba y abajo por los verdes canales en su larga góndola negra; por la tarde solían agasajar a los visitantes en el yate; y por la noche cenaban en Florian's, y fumaban innumerables cigarrillos en la *Piazza*. Sin embargo, de algún modo, Lord Arthur no era feliz. Todos los días estudiaba la columna de necrológicas del *Times,* esperando ver una noticia de la muerte de Lady Clementina, pero todos los días se sentía decepcionado. Empezó a temer que le hubiera ocurrido algún accidente, y a menudo lamentaba haberle impedido tomar la aconitina cuando ella estaba tan ansiosa por probar su efecto. También las cartas de Sybil, aunque llenas de amor, confianza y ternura, eran a menudo muy tristes en su tono, y a veces él solía pensar que se separaba de ella para siempre.

Al cabo de quince días, Lord Surbiton se aburrió de Venecia y decidió bajar por la costa hasta Rávena, pues había oído que en el Pinetum había una gran cacería de gallos. Lord Arthur, al principio, se negó absolutamente a ir, pero Surbiton, al que apreciaba mucho, acabó por persuadirle de que si se quedaba solo en Danielli's moriría de apatía, y la mañana del día 15 partieron, con un fuerte viento del nordeste soplando, y un mar bastante movido. El deporte fue excelente y la vida en libertad y al aire libre devolvió el color a las mejillas de Lord Arthur, pero hacia el día 22 empezó a preocuparse por Lady Clementina y, a pesar de las protestas de Surbiton, regresó a Venecia en tren.

Cuando bajó de su góndola a la escalinata del hotel, el propietario salió a su encuentro con un fajo de telegramas. Lord Arthur se los arrebató de la mano y los abrió rasgándolos. Todo había sido un éxito. ¡Lady Clementina había muerto repentinamente la noche del 17!

Su primer pensamiento fue para Sybil, y le envió un telegrama anunciándole su regreso inmediato a Londres. A continuación ordenó a su ayuda de cámara que empaquetara sus cosas para el correo nocturno, envió a sus gondoleros cinco veces su tarifa adecuada y subió corriendo

step and a buoyant heart. There he found three letters waiting for him. One was from Sybil herself, full of sympathy and condolence. The others were from his mother, and from Lady Clementina's solicitor. It seemed that the old lady had dined with the Duchess that very night, had delighted every one by her wit and *esprit,* but had gone home somewhat early, complaining of heartburn. In the morning she was found dead in her bed, having apparently suffered no pain. Sir Mathew Reid had been sent for at once, but, of course, there was nothing to be done, and she was to be buried on the 22nd at Beauchamp Chalcote. A few days before she died she had made her will, and left Lord Arthur her little house in Curzon Street, and all her furniture, personal effects, and pictures, with the exception of her collection of miniatures, which was to go to her sister, Lady Margaret Rufford and her amethyst necklace, which Sybil Merton was to have. The property was not of much value; but Mr. Mansfield the solicitor was extremely anxious for Lord Arthur to return at once, if possible, as there were a great many bills to be paid, and Lady Clementina had never kept any regular accounts.

Lord Arthur was very much touched by Lady Clementina's kind remembrance of him, and felt that Mr. Podgers had a great deal to answer for. His love of Sybil, however, dominated every other emotion, and the consciousness that he had done his duty gave him peace and comfort. When he arrived at Charing Cross, he felt perfectly happy.

The Mertons received him very kindly, Sybil made him promise that he would never again allow anything to come between them, and the marriage was fixed for the 7th June. Life seemed to him once more bright and beautiful, and all his old gladness came back to him again.

One day, however, as he was going over the house in Curzon Street, in company with Lady Clementina's solicitor and Sybil herself, burning packages of faded letters, and turning out drawers of odd rubbish, the young girl suddenly gave a little cry of delight.

'What have you found, Sybil?' said Lord Arthur, looking up from his work, and smiling.

a su salón con paso ligero y el corazón boyante. Allí encontró tres cartas esperándole. Una era de la propia Sybil, llena de simpatía y condolencias. Las otras eran de su madre y del abogado de Lady Clementina. Al parecer, la anciana había cenado con la Duquesa esa misma noche, había deleitado a todos con su ingenio y su *esprit,* pero se había marchado a casa algo temprano, quejándose de acidez estomacal. Por la mañana la encontraron muerta en su cama, sin haber sufrido aparentemente ningún dolor. Se mandó llamar inmediatamente a Sir Mathew Reid, pero, por supuesto, no hubo nada que hacer, y fue enterrada el día 22 en Beauchamp Chalcote. Pocos días antes de morir había hecho su testamento, y había dejado a Lord Arthur su casita de Curzon Street, y todos sus muebles, efectos personales y cuadros, a excepción de su colección de miniaturas, que iría a parar a su hermana, Lady Margaret Rufford, y su collar de amatistas, que quedaría para Sybil Merton. La propiedad no era de mucho valor; pero Mr. Mansfield, el abogado, estaba sumamente ansioso por que Lord Arthur regresara de inmediato, si era posible, ya que había muchas facturas que pagar y Lady Clementina nunca había llevado una contabilidad regular.

Lord Arthur se sintió muy conmovido por el amable recuerdo que Lady Clementina tuvo de él, y sintió que Mr. Podgers tenía mucho de lo que responder. Su amor por Sybil, sin embargo, dominaba cualquier otra emoción, y la conciencia de que había cumplido con su deber le daba paz y consuelo. Cuando llegó a Charing Cross, se sintió perfectamente feliz.

Los Merton le recibieron muy amablemente, Sybil le hizo prometer que nunca más permitiría que nada se interpusiera entre ellos, y el matrimonio se fijó para el 7 de junio. La vida le pareció una vez más brillante y hermosa, y toda su antigua alegría volvió de nuevo a él.

Un día, sin embargo, mientras revisaba la casa de Curzon Street, en compañía del abogado de Lady Clementina y de la propia Sybil, quemando paquetes de cartas descoloridas y revolviendo cajones de basura extraña, la joven dio de repente un gritito de alegría.

«¿Qué has encontrado, Sybil?», dijo Lord Arthur, levantando la vista de su trabajo y sonriendo.

'This lovely little silver *bonbonnière,* Arthur. Isn't it quaint and Dutch? Do give it to me! I know amethysts won't become me till I am over eighty.'

It was the box that had held the aconitine.

Lord Arthur started, and a faint blush came into his cheek. He had almost entirely forgotten what he had done, and it seemed to him a curious coincidence that Sybil, for whose sake he had gone through all that terrible anxiety, should have been the first to remind him of it.

'Of course you can have it, Sybil. I gave it to poor Lady Clem myself.'

'Oh! thank you, Arthur; and may I have the bonbon too? I had no notion that Lady Clementina liked sweets. I thought she was far too intellectual.'

Lord Arthur grew deadly pale, and a horrible idea crossed his mind.

'Bonbon, Sybil? What do you mean?' he said in a slow, hoarse voice.

'There is one in it, that is all. It looks quite old and dusty, and I have not the slightest intention of eating it. What is the matter, Arthur? How white you look!'

Lord Arthur rushed across the room, and seized the box. Inside it was the amber-coloured capsule, with its poison-bubble. Lady Clementina had died a natural death after all!

The shock of the discovery was almost too much for him. He flung the capsule into the fire, and sank on the sofa with a cry of despair.

«Esta preciosa bombonera de plata, Arthur. ¿No es pintoresca? ¿Y es holandesa? ¡Dámela! Sé que las amatistas no me sentarán bien hasta que tenga más de ochenta años».

Era la caja que había contenido la aconitina.

Lord Arthur se sobresaltó y un leve rubor apareció en su mejilla. Había olvidado casi por completo lo que había hecho, y le pareció una curiosa coincidencia que Sybil, por cuya causa había pasado por toda aquella terrible ansiedad, hubiera sido la primera en recordárselo.

«Por supuesto que puedes quedártela, Sybil. Yo mismo se la di a la pobre Lady Clem».

«¡Oh! gracias, Arthur; ¿y puedo tomar también el bombón? No tenía ni idea de que a Lady Clementina le gustaran los dulces. Pensaba que era demasiado intelectual».

Lord Arthur se puso mortalmente pálido y una idea horrible cruzó su mente.

«¿Bombón, Sybil? ¿Qué quieres decir?», dijo con voz lenta y ronca.

«Hay uno dentro, eso es todo. Parece bastante viejo y polvoriento, y no tengo la menor intención de comérmelo. ¿Qué te pasa, Arthur? ¡Qué blanco estás!».

Lord Arthur se apresuró a cruzar la habitación y cogió la caja. Dentro estaba la cápsula de color ámbar, con su burbuja de veneno. Al fin y al cabo, Lady Clementina había muerto de muerte natural.

La conmoción del descubrimiento fue casi demasiado para él. Arrojó la cápsula al fuego y se hundió en el sofá con un grito de desesperación.

V

Mr. Merton was a good deal distressed at the second postponement of the marriage, and Lady Julia, who had already ordered her dress for the wedding, did all in her power to make Sybil break off the match. Dearly, however, as Sybil loved her mother, she had given her whole life into Lord Arthur's hands, and nothing that Lady Julia could say could make her waver in her faith. As for Lord Arthur himself, it took him days to get over his terrible disappointment, and for a time his nerves were completely unstrung. His excellent common sense, however, soon asserted itself and his sound, practical mind did not leave him long in doubt about what to do. Poison having proved a complete failure, dynamite, or some other form of explosive, was obviously the proper thing to try.

He accordingly looked again over the list of his friends and relatives, and, after careful consideration, determined to blow up his uncle, the Dean of Chichester. The Dean, who was a man of great culture and learning, was extremely fond of clocks, and had a wonderful collection of timepieces, ranging from the fifteenth century to the present day, and it seemed to Lord Arthur that this hobby of the good Dean's offered him an excellent opportunity for carrying out his scheme. Where to procure an explosive machine was, of course, quite another matter. The London Directory gave him no information on the point, and he felt that there was very little use in going to Scotland Yard about it, as they never seemed to know anything about the movements of the dynamite faction till after an explosion had taken place, and not much even then.

Suddenly he thought of his friend Rouvaloff, a young Russian of very revolutionary tendencies, whom he had met at Lady Windermere's in the winter. Count Rouvaloff was supposed to be writing a life of Peter the Great, and to have come over to England for the purpose of studying the documents relating to that Tsar's residence in this country as a ship carpenter; but it was generally suspected that he was a Nihilist agent, and there was no doubt that the Russian Embassy did not look with any favour upon his presence in London. Lord Arthur felt that he was just the man for his purpose, and drove down one morning to his lodgings in Bloomsbury, to ask his advice and assistance.

V

Mr. Merton se sintió muy afligido por el segundo aplazamiento del matrimonio y Lady Julia, que ya había encargado su vestido para la boda, hizo todo lo posible para que Sybil rompiera el compromiso. Sin embargo, por mucho que Sybil amara a su madre, ella había entregado su vida entera en manos de Lord Arthur, y nada de lo que Lady Julia pudiera decir podría hacerla vacilar en su fe. En cuanto al propio Lord Arthur, tardó días en superar su terrible decepción, y durante un tiempo sus nervios estuvieron completamente desquiciados. Su excelente sentido común, sin embargo, se impuso pronto y su mente sana y práctica no le dejó mucho tiempo con dudas sobre qué hacer. el veneno había resultado un completo fracaso, la dinamita, o alguna otra forma de explosivo, era obviamente lo que había que probar.

En consecuencia, volvió a repasar la lista de sus amigos y parientes y, tras considerarlo detenidamente, decidió hacer volar a su tío, el Decano de Chichester. El Decano, que era un hombre de gran cultura y erudición, era extremadamente aficionado a los relojes, y poseía una maravillosa colección de ellos, que abarcaban desde el siglo XV hasta nuestros días, y a Lord Arthur le pareció que esta afición del buen Decano le ofrecía una excelente oportunidad para llevar a cabo su plan. Dónde procurarse una máquina explosiva era, por supuesto, otra cuestión muy distinta. El Directorio de Londres no le proporcionó ninguna información al respecto, y pensó que era de muy poca utilidad acudir a Scotland Yard al respecto, ya que nunca parecían saber nada de los movimientos de la facción de la dinamita hasta después de que se hubiera producido una explosión, e incluso entonces, no mucho.

De pronto pensó en su amigo Rouvaloff, un joven ruso de tendencias muy revolucionarias, a quien había conocido en casa de Lady Windermere en invierno. Se suponía que el Conde Rouvaloff estaba escribiendo una vida de Pedro el Grande, y que había venido a Inglaterra con el propósito de estudiar los documentos relativos a la residencia de ese zar en este país como carpintero de barcos; pero en general se sospechaba que era un agente nihilista, y no cabía duda de que la embajada rusa no veía con buenos ojos su presencia en Londres. Lord Arthur pensó que era el hombre adecuado para su propósito, y se dirigió una mañana a su alojamiento en Bloomsbury, para pedirle consejo y ayuda.

'So you are taking up politics seriously?' said Count Rouvaloff, when Lord Arthur had told him the object of his mission; but Lord Arthur, who hated swagger of any kind, felt bound to admit to him that he had not the slightest interest in social questions, and simply wanted the explosive machine for a purely family matter, in which no one was concerned but himself

Count Rouvaloff looked at him for some moments in amazement, and then seeing that he was quite serious, wrote an address on a piece of paper, initialled it, and handed it to him across the table.

'Scotland Yard would give a good deal to know this address, my dear fellow.'

'They shan't have it,' cried Lord Arthur, laughing; and after shaking the young Russian warmly by the hand he ran downstairs, examined the paper, and told the coachman to drive to Soho Square.

There he dismissed him, and strolled down Greek Street, till he came to a place called Bayle's Court. He passed under the archway, and found himself in a curious cul-de-sac, that was apparently occupied by a French Laundry, as a perfect network of clothes-lines was stretched across from house to house, and there was a flutter of white linen in the morning air. He walked to the end, and knocked at a little green house. After some delay, during which every window in the court became a blurred mass of peering faces, the door was opened by a rather rough-looking foreigner, who asked him in very bad English what his business was. Lord Arthur handed him the paper Count Rouvaloff had given him. When the man saw it he bowed, and invited Lord Arthur into a very shabby front parlour on the ground-floor, and in a few moments Herr Winckelkopf, as he was called in England, bustled into the room, with a very wine-stained napkin round his neck, and a fork in his left hand.

'Count Rouvaloff has given me an introduction to you,' said Lord Arthur, bowing, 'and I am anxious to have a short interview with you on a matter of business. My name is Smith, Mr. Robert Smith, and I want you to supply me with an explosive clock.'

'Charmed to meet you, Lord Arthur,' said the genial little German

«¿Así que se dedica a la política en serio?», dijo el Conde Rouvaloff, cuando Lord Arthur le hubo contado el objeto de su misión; pero Lord Arthur, que odiaba la fanfarronería de cualquier tipo, se sintió obligado a admitirle que no tenía el menor interés por las cuestiones sociales, y que simplemente quería la máquina explosiva para un asunto puramente familiar, en el que nadie estaba implicado salvo él mismo...

El Conde Rouvaloff le miró durante unos instantes con asombro y luego, viendo que hablaba muy en serio, escribió una dirección en un papel, lo firmó y se lo entregó al otro lado de la mesa.

«Scotland Yard daría mucho por conocer esta dirección, querido amigo».

«Entonces, no la tendrán», gritó Lord Arthur, riendo; y tras estrechar calurosamente la mano del joven ruso, corrió escaleras abajo, examinó el papel y le dijo al cochero que condujera hasta Soho Square.

Allí lo despidió, y paseó por Greek Street, hasta que llegó a un lugar llamado Bayle's Court. Pasó bajo el arco, y se encontró en un curioso callejón sin salida, que aparentemente estaba ocupado por una lavandería francesa, ya que una perfecta red de tendederos se extendía de casa en casa, y había un revoloteo de ropa blanca en el aire de la mañana. Caminó hasta el final y llamó a una casita verde. Tras un cierto retraso, durante el cual todas las ventanas del patio se convirtieron en una masa borrosa de rostros mirones, abrió la puerta un extranjero de aspecto más bien tosco, que le preguntó en un inglés muy malo cuál era su asunto. Lord Arthur le entregó el papel que le había dado el Conde Rouvaloff. Cuando el hombre lo vio, se inclinó e invitó a Lord Arthur a pasar a un salón delantero muy destartalado de la planta baja, y al cabo de unos instantes, Herr Winckelkopf, como le llamaban en Inglaterra, irrumpió en la habitación, con una servilleta muy manchada de vino alrededor del cuello y un tenedor en la mano izquierda.

«El Conde Rouvaloff me ha recomendado a usted», dijo Lord Arthur, inclinándose, «y estoy ansioso por tener una breve conversación con usted sobre un asunto de negocios. Me llamo Smith, Mr. Robert Smith, y quiero que me suministre un reloj explosivo».

«Encantado de conocerle, Lord Arthur», dijo riendo el pequeño y

laughing. 'Don't look so alarmed, it is my duty to know everybody, and I remember seeing you one evening at Lady Windermere's. I hope her ladyship is quite well. Do you mind sitting with me while I finish my breakfast? There is an excellent pate, and my friends are kind enough to say that my Rhine wine is better than any they get at the German Embassy,' and before Lord Arthur had got over his surprise at being recognised, he found himself seated in the back-room, sipping the most delicious Marcobrunner out of a pale yellow hock-glass marked with the Imperial monogram, and chatting in the friendliest manner possible to the famous conspirator.

'Explosive clocks,' said Herr Winckelkopf, 'are not very good things for foreign exportation, as, even if they succeed in passing the Custom House, the train service is so irregular, that they usually go off before they have reached their proper destination. If, however, you want one for home use, I can supply you with an excellent article, and guarantee that you will be satisfied with the result. May I ask for whom it is intended? If it is for the police, or for any one connected with Scotland Yard, I am afraid I cannot do anything for you. The English detectives are really our best friends, and I have always found that by relying on their stupidity, we can do exactly what we like. I could not spare one of them.'

'I assure you,' said Lord Arthur, 'that it has nothing to do with the police at all. In fact, the clock is intended for the Dean of Chichester.'

'Dear me! I had no idea that you felt so strongly about religion, Lord Arthur. Few young men do nowadays.'

'I am afraid you overrate me, Herr Winckelkopf,' said Lord Arthur, blushing. 'The fact is, I really know nothing about theology.'

'It is a purely private matter then?'

'Purely private.'

Herr Winckelkopf shrugged his shoulders, and left the room, returning in a few minutes with a round cake of dynamite about the

genial alemán. «No se alarme, es mi deber conocer a todo el mundo, y recuerdo haberle visto una noche en casa de Lady Windermere. Espero que su señoría se encuentre bien. ¿Le importaría sentarse conmigo mientras termino mi desayuno? Hay un paté excelente, y mis amigos tienen la amabilidad de decir que mi vino del Rin es mejor que cualquiera de los que consiguen en la embajada alemana», y antes de que Lord Arthur hubiera superado su sorpresa al ser reconocido, se encontró sentado en la trastienda, sorbiendo el más delicioso Marcobrunner de un vaso de agua amarillo pálido marcado con el monograma imperial, y charlando de la manera más amistosa posible con el famoso conspirador.

«Los relojes explosivos», dijo Herr Winckelkopf, «no son muy buenos para la exportación al extranjero, ya que, incluso si consiguen pasar la aduana, el servicio de trenes es tan irregular que suelen estallar antes de haber llegado a su destino. Sin embargo, si desea uno para uso doméstico, puedo suministrarle un artículo excelente, y le garantizo que quedará satisfecho con el resultado. ¿Puedo preguntarle para quién está destinado? Si es para la policía, o para alguien relacionado con Scotland Yard, me temo que no puedo hacer nada por usted. Los detectives ingleses son realmente nuestros mejores amigos, y siempre he descubierto que confiando en su estupidez, podemos hacer exactamente lo que queramos. No podría prescindir de ninguno de ellos».

«Le aseguro», dijo Lord Arthur, «que no tiene nada que ver con la policía en absoluto. De hecho, el reloj está destinado al Decano de Chichester».

«¡Dios mío! No tenía idea de que sintiera algo tan fuerte por la religión, Lord Arthur. Pocos jóvenes lo hacen hoy en día».

«Me temo que me sobrevalora, Herr Winckelkopf», dijo Lord Arthur, ruborizándose. «El hecho es que realmente no sé nada de teología».

«¿Es un asunto puramente privado entonces?».

«Puramente privado».

Herr Winckelkopf se encogió de hombros y salió de la habitación, regresando a los pocos minutos con una pastilla redonda de dinamita del

size of a penny, and a pretty little French clock, surmounted by an ormolu figure of Liberty trampling on the hydra of Despotism.

Lord Arthur's face brightened up when he saw it. 'That is just what I want,' he cried, 'and now tell me how it goes off.'

'Ah! there is my secret,' answered Herr Winckelkopf, contemplating his invention with a justifiable look of pride; 'let me know when you wish it to explode, and I will set the machine to the moment.'

'Well, to-day is Tuesday, and if you could send it off at once--'

'That is impossible; I have a great deal of important work on hand for some friends of mine in Moscow. Still, I might send it off to-morrow.'

'Oh, it will be quite time enough!' said Lord Arthur politely, 'if it is delivered to-morrow night or Thursday morning. For the moment of the explosion, say Friday at noon exactly. The Dean is always at home at that hour.'

'Friday, at noon,' repeated Herr Winckelkopf, and he made a note to that effect in a large ledger that was lying on a bureau near the fireplace.

'And now,' said Lord Arthur, rising from his seat, 'pray let me know how much I am in your debt.'

'It is such a small matter, Lord Arthur, that I do not care to make any charge. The dynamite comes to seven and sixpence, the clock will be three pounds ten, and the carriage about five shillings. I am only too pleased to oblige any friend of Count Rouvaloff's.'

'But your trouble, Herr Winckelkopf?'

'Oh, that is nothing! It is a pleasure to me. I do not work for money; I live entirely for my art.'

tamaño de un penique y un bonito reloj francés, coronado por una figura de ormolú de la Libertad pisoteando a la hidra del Despotismo.

El rostro de Lord Arthur se iluminó al verlo. «Eso es justo lo que quiero», gritó, «y ahora dígame cómo se activa».

«¡Ah! Ahí está mi secreto», respondió Herr Winckelkopf, contemplando su invento con una justificada mirada de orgullo; «hágame saber cuándo desea que explote, y yo ajustaré la maquinaria para ese momento».

«Bueno, hoy es martes, y si pudiera enviarlo inmediatamente…».

«Eso es imposible; tengo mucho trabajo importante entre manos para unos amigos míos en Moscú. Aun así, podría enviarlo mañana».

«¡Oh, eso está bastante bien!», dijo Lord Arthur cortésmente, «así puede ser entregado mañana por la noche o el jueves por la mañana. En cuanto al momento de la explosión, digamos el viernes a mediodía exactamente. El Decano siempre está en casa a esa hora».

«Viernes, a mediodía», repitió Herr Winckelkopf, e hizo una nota a tal efecto en un gran libro de contabilidad que estaba sobre un escritorio cerca de la chimenea.

«Y ahora», dijo Lord Arthur, levantándose de su asiento, «le ruego que me haga saber en cuánto estoy en deuda con usted».

«Es un asunto tan pequeño, Lord Arthur, que no me importa ganar una comisión. La dinamita sale a razón de siete chelines y seis peniques, el reloj serán tres libras con diez chelines, y el carruaje unos cinco chelines. Estoy encantado de complacer a cualquier amigo del Conde Rouvaloff».

«¿Pero, por su molestia, Herr Winckelkopf?».

«¡Oh, eso no es nada! Para mí es un placer. No trabajo por dinero; vivo enteramente para mi arte».

Lord Arthur laid down £4:2:6 on the table, thanked the little German for his kindness, and, having succeeded in declining an invitation to meet some Anarchists at a meat-tea on the following Saturday, left the house and went off to the Park.

For the next two days he was in a state of the greatest excitement, and on Friday at twelve o'clock he drove down to the Buckingham to wait for news. All the afternoon the stolid hall-porter kept posting up telegrams from various parts of the country giving the results of horse-races, the verdicts in divorce suits, the state of the weather, and the like, while the tape ticked out wearisome details about an all-night sitting in the House of Commons, and a small panic on the Stock Exchange. At four o'clock the evening papers came in, and Lord Arthur disappeared into the library with the *Pall Mall,* the *St James's,* the *Globe,* and the *Echo,* to the immense indignation of Colonel Goodchild, who wanted to read the reports of a speech he had delivered that morning at the Mansion House, on the subject of South African Missions, and the advisability of having black Bishops in every province, and for some reason or other had a strong prejudice against the *Evening News.* None of the papers, however, contained even the slightest allusion to Chichester, and Lord Arthur felt that the attempt must have failed. It was a terrible blow to him, and for a time he was quite unnerved. Herr Winckelkopf, whom he went to see the next day, was full of elaborate apologies, and offered to supply him with another clock free of charge, or with a case of nitro-glycerine bombs at cost price. But he had lost all faith in explosives, and Herr Winckelkopf himself acknowledged that everything is so adulterated nowadays, that even dynamite can hardly be got in a pure condition. The little German, however, while admitting that something must have gone wrong with the machinery, was not without hope that the clock might still go off and instanced the case of a barometer that he had once sent to the military Governor at Odessa, which, though timed to explode in ten days, had not done so for something like three months. It was quite true that when it did go off, it merely succeeded in blowing a housemaid to atoms, the Governor having gone out of town six weeks before, but at least it showed that dynamite, as a destructive force, was, when under the control of machinery, a powerful, though a somewhat unpunctual agent. Lord Arthur was a little consoled by this reflection, but even here he was destined to disappointment, for two days afterwards, as he was going upstairs, the Duchess called

Lord Arthur depositó 4 libras, 2 chelines y 6 peniques sobre la mesa, agradeció al pequeño alemán su amabilidad y, tras conseguir declinar una invitación para reunirse con algunos anarquistas a cenar el sábado siguiente, abandonó la casa y se dirigió al Parque.

Durante los dos días siguientes estuvo en un estado de máxima excitación, y el viernes a las doce en punto se dirigió al Buckingham para esperar noticias. Durante toda la tarde, el robusto portero del vestíbulo no cesó de despachar telegramas provenientes de diversas partes del país con los resultados de las carreras de caballos, los veredictos en los juicios de divorcio, el estado del tiempo y cosas por el estilo, mientras la cinta emitía su tictac con tediosos detalles sobre una sesión nocturna en la Cámara de los Comunes y un pequeño pánico en la Bolsa. A las cuatro en punto llegaron los periódicos vespertinos y Lord Arthur desapareció en la biblioteca con el *Pall Mall,* el *St James's,* el *Globe* y el *Echo,* ante la inmensa indignación del Coronel Goodchild, que quería leer los informes de un discurso que había pronunciado esa mañana en Mansion House, sobre el tema de las misiones sudafricanas y la conveniencia de tener obispos negros en todas las provincias, y por una u otra razón tenía fuertes prejuicios contra el *Evening News.* Ninguno de los periódicos, sin embargo, contenía la más mínima alusión a Chichester, y Lord Arthur sintió que el intento debía de haber fracasado. Fue un golpe terrible para él, y durante un tiempo se sintió bastante desconcertado. Herr Winckelkopf, a quien fue a ver al día siguiente, estaba lleno de elaboradas disculpas, y se ofreció a suministrarle otro reloj gratuitamente, o una caja de bombas de nitroglicerina a precio de coste. Pero él había perdido toda fe en los explosivos, y el propio Herr Winckelkopf reconoció que hoy en día todo está tan adulterado, que incluso la dinamita difícilmente puede conseguirse en estado puro. El pequeño alemán, sin embargo, aunque admitía que algo debía de haber fallado en la maquinaria, no carecía de esperanzas de que el reloj aún pudiera estallar y ejemplificó el caso de un barómetro que había enviado una vez al Gobernador militar de Odessa, que, aunque estaba programado para estallar en diez días, no lo había hecho hasta pasados unos tres meses. Era muy cierto que, cuando estalló, sólo consiguió hacer volar en pedazos a una criada, ya que el Gobernador se había marchado de la ciudad seis semanas antes, pero al menos demostró que la dinamita, como fuerza destructiva, era, cuando estaba bajo el control de una maquinaria, un agente poderoso, aunque algo impuntual. Lord Arthur se consoló un poco con esta reflexión, pero incluso en esto estaba desti-

him into her boudoir, and showed him a letter she had just received from the Deanery.

'Jane writes charming letters,' said the Duchess; 'you must really read her last. It is quite as good as the novels Mudie sends us.'

Lord Arthur seized the letter from her hand. It ran as follows:-- 'The Deanery, Chichester, '27th May.

'My Dearest Aunt

'Thank you so much for the flannel for the Dorcas Society and also for the gingham. I quite agree with you that it is nonsense their wanting to wear pretty things, but everybody is so Radical and irreligious nowadays, that it is difficult to make them see that they should not try and dress like the upper classes. I am sure I don't know what we are coming to. As papa has often said in his sermons, we live in an age of unbelief.

'We have had great fun over a clock that an unknown admirer sent papa last Thursday. It arrived in a wooden box from London, carriage paid; and papa feels it must have been sent by some one who had read his remarkable sermon, 'Is License Liberty?' for on the top of the clock was a figure of a woman, with what papa said was the cap of Liberty on her head. I didn't think it very becoming myself, but papa said it was historical, so I suppose it is all right. Parker unpacked it, and papa put it on the mantelpiece in the library, and we were all sitting there on Friday morning, when just as the clock struck twelve, we heard a whirring noise, a little puff of smoke came from the pedestal of the figure, and the goddess of Liberty fell off and broke her nose on the fender! Maria was quite alarmed, but it looked so ridiculous, that James and I went off into fits of laughter, and even papa was amused. When we examined it, we found it was a sort of alarum clock, and that, if you set it to a particular hour, and put some gunpowder and a cap under a little hammer, it went off whenever you wanted. Papa said it must not remain in the library, as it made a noise, so Reggie carried it away to the schoolroom, and does nothing but have small explosions all day long. Do you think Arthur would like one for a wedding present? I suppose they are quite fashionable in London. Papa

nado a la decepción, pues dos días después, cuando subía las escaleras, la Duquesa lo llamó a su tocador y le mostró una carta que acababa de recibir del Decanato.

«Jane escribe cartas encantadoras», dijo la Duquesa; «realmente debes leer la última. Es tan buena como las novelas que nos envía Mudie».

Lord Arthur le arrebató la carta de la mano. Decía lo siguiente: «El Decanato, Chichester, 27 de mayo.

«Mi queridísima Tía,

«Muchas gracias por la franela para la Sociedad Dorcas y también por la guinga. Estoy bastante de acuerdo con usted en que es una tontería que quieran llevar cosas bonitas, pero todo el mundo es tan Radical e irreligioso hoy en día que es difícil hacerles ver que no deberían intentar vestirse como las clases altas. Estoy segura de que no sé a qué estamos llegando. Como papá ha dicho a menudo en sus sermones, vivimos en una época de incredulidad.

«Nos hemos divertido mucho con un reloj que un admirador desconocido envió a papá el jueves pasado. Llegó en una caja de madera desde Londres, con porte pago; y papá cree que debe de haberlo enviado alguien que haya leído su extraordinario sermón, "¿Es la Licencia Libertad?", porque en la parte superior del reloj había una figura de mujer, con lo que papá dijo que era el gorro de la Libertad en la cabeza. A mí no me pareció muy apropiado, pero papá dijo que era histórico, así que supongo que está bien. Parker lo desempaquetó y papá lo puso en la repisa de la chimenea de la biblioteca, y estábamos todos sentados allí el viernes por la mañana, cuando justo cuando el reloj daba las doce, oímos un zumbido, una pequeña bocanada de humo salió del pedestal de la figura, ¡y la diosa de la Libertad se cayó y se rompió la nariz con el guardafuegos! María estaba bastante alarmada, pero tenía un aspecto tan ridículo que James y yo nos echamos a reír a carcajadas, e incluso a papá le hizo gracia. Cuando lo examinamos, descubrimos que era una especie de reloj de alarma y que, si una lo ponía a una hora determinada y colocaba un poco de pólvora y un tapón bajo un pequeño martillo, se disparaba cuando una quería. Papá dijo que no debía ser dejado en la biblioteca, porque hacía ruido, así que Reggie se lo llevó al aula, y no hace más que tener pequeñas explosiones todo el día. ¿Crees que a Arthur le

says they should do a great deal of good, as they show that Liberty can't last, but must fall down. Papa says Liberty was Invented at the time of the French Revolution. How awful it seems!

'I have now to go to the Dorcas, where I will read them your most instructive letter. How true, dear aunt, your idea is, that in their rank of life they should wear what is unbecoming. I must say it is absurd, their anxiety about dress, when there are so many more important things in this world, and in the next. I am so glad your flowered poplin turned out so well, and that your lace was not torn. I am wearing my yellow satin, that you so kindly gave me, at the Bishop's on Wednesday, and think it will look all right. Would you have bows or not? Jennings says that every one wears bows now, and that the underskirt should be frilled. Reggie has just had another explosion, and papa has ordered the clock to be sent to the stables. I don't think papa likes it so much as he did at first, though he is very flattered at being sent such a pretty and ingenious toy. It shows that people read his sermons, and profit by them.

'Papa sends his love, in which James, and Reggie, and Maria all unite, and, hoping that Uncle Cecil's gout is better, believe me, dear aunt, ever your affectionate niece,

Jane Percy

'P.S. - Do tell me about the bows. Jennings insists they are the fashion.'

Lord Arthur looked so serious and unhappy over the letter, that the Duchess went into fits of laughter.

'My dear Arthur,' she cried, 'I shall never show you a young lady's letter again! But what shall I say about the clock? I think it is a capital invention, and I should like to have one myself.'

'I don't think much of them,' said Lord Arthur, with a sad smile, and, after kissing his mother, he left the room.

When he got upstairs, he flung himself on a sofa, and his eyes filled

gustaría uno como regalo de bodas? Supongo que están muy de moda en Londres. Papá dice que harían mucho bien, ya que demuestran que la Libertad no puede durar, sino que debe caer. Papá dice que la Libertad se inventó en la época de la Revolución Francesa. ¡Qué horrible parece!

«Ahora tengo que ir a las Dorcas, donde les leeré su carta tan instructiva. Qué cierta es, querida tía, su idea de que en el rango de vida que ellos tienen deben vestir lo que es poco favorecedor. Debo decir que es absurda la ansiedad de ellos por el vestir, cuando hay tantas cosas más importantes en este mundo, y en el próximo. Me alegro mucho de que su popelín floreado haya quedado tan bien, y de que su encaje no se haya roto. Voy a ponerme mi satén amarillo, que tan amablemente me regaló, en casa del Obispo el miércoles, y creo que quedará muy bien. ¿Lleva lazos o no? Jennings dice que ahora todo el mundo lleva lazos, y que la enagua debe llevar volantes. Reggie acaba de reportar otra explosión, y papá ha ordenado que envíen el reloj a los establos. No creo que a papá le guste tanto como al principio, aunque se siente muy halagado de que le envíen un juguete tan bonito e ingenioso. Demuestra que la gente lee sus sermones y saca provecho de ellos.

«Papá le envía su cariño, al que se unen James, y Reggie, y Maria, y, esperando que la gota del Tío Cecil mejore, créame, querida tía, siempre su cariñosa sobrina,

«Jane Percy.

«P.D. — Dígame lo que piensa sobre los lazos. Jennings insiste diciendo que están de moda».

Lord Arthur parecía tan serio y descontento ante la carta, que a la Duquesa le dio un ataque de risa.

«Mi querido Arthur», gritó ella, «¡nunca volveré a enseñarte la carta de una joven! Pero, ¿qué puedo decir del reloj? Creo que es un invento capital, y me gustaría tener uno yo misma».

«No pienso mucho de ellos», dijo Lord Arthur, con una sonrisa triste, y, tras besar a su madre, salió de la habitación.

Cuando llegó al piso superior, se tiró en un sofá y sus ojos se llenaron

with tears. He had done his best to commit this murder, but on both occasions he had failed, and through no fault of his own. He had tried to do his duty, but it seemed as if Destiny herself had turned traitor. He was oppressed with the sense of the barrenness of good intentions, of the futility of trying to be line. Perhaps, it would be better to break off the marriage altogether. Sybil would suffer, it is true, but suffering could not really mar a nature so noble as hers. As for himself, what did it matter? There is always some war in which a man can die, some cause to which a man can give his life, and as life had no pleasure for him, so death had no terror. Let Destiny work out his doom. He would not stir to help her.

At half-past seven he dressed, and went down to the club. Surbiton was there with a party of young men, and he was obliged to dine with them. Their trivial conversation and idle jests did not interest him, and as soon as coffee was brought he left them, inventing some engagement in order to get away. As he was going out of the club, the hall-porter handed him a letter. It was from Herr Winckelkopf, asking him to call down the next evening, and look at an explosive umbrella, that went off as soon as it was opened. It was the very latest invention, and had just arrived from Geneva. He tore the letter up into fragments. He had made up his mind not to try any more experiments. Then he wandered down to the Thames Embankment, and sat for hours by the river. The moon peered through a mane of tawny clouds, as if it were a lion's eye, and innumerable stars spangled the hollow vault, like gold dust powdered on a purple dome. Now and then a barge swung out into the turbid stream, and floated away with the tide, and the railway signals changed from green to scarlet as the trains ran shrieking across the bridge. After some time, twelve o'clock boomed from the tall tower at Westminster and at each stroke of the sonorous bell the night seemed to tremble. Then the railway lights went out, one solitary lamp left gleaming like a large ruby on a giant mast, and the roar of the city became fainter.

At two o'clock he got up, and strolled towards Blackfriars. How unreal everything looked! How like a strange dream! The houses on the other side of the river seemed built out of darkness. One would have said that silver and shadow had fashioned the world anew. The huge dome of St. Paul's loomed like a bubble through the dusky air.

de lágrimas. Había hecho todo lo posible por cometer este asesinato, pero en ambas ocasiones había fracasado, y sin culpa alguna. Había intentado cumplir con su deber, pero parecía como si el propio Destino se hubiera vuelto un traidor. Le oprimía la sensación de la esterilidad de las buenas intenciones, de la futilidad de intentar ser consecuente. Tal vez, sería mejor romper el matrimonio por completo. Sybil sufriría, es cierto, pero el sufrimiento no podía estropear realmente una naturaleza tan noble como la suya. En cuanto a él mismo, ¿qué importaba? Siempre hay alguna guerra en la que un hombre puede morir, alguna causa a la que un hombre puede dar su vida, y así como la vida no tenía ningún placer para él, la muerte no ofrecía ningún terror. Que el Destino depare su perdición. Él no se movería para ayudarle.

A las siete y media se vistió y bajó al club. Surbiton estaba allí con un grupo de jóvenes, y se vio obligado a cenar con ellos. Su conversación trivial y sus bromas ociosas no le interesaron, y en cuanto le trajeron el café los abandonó, inventándose algún compromiso para poder escaparse. Cuando salía del club, el portero del vestíbulo le entregó una carta. Era de Herr Winckelkopf, pidiéndole que le visitara la tarde siguiente, y viera un paraguas explosivo, que estallaba en cuanto se abría. Era el último invento, y acababa de llegar de Ginebra. Rompió la carta en pedazos. Se había hecho a la idea de no intentar más experimentos. Luego se dirigió a Embankment en el Támesis y se sentó durante horas junto al río. La luna se asomaba a través de una melena de nubes leonadas, como si fuera el ojo de un león, e innumerables estrellas salpicaban la bóveda hueca, como polvo de oro espolvoreado sobre una cúpula púrpura. De vez en cuando una barcaza se adentraba en la turbia corriente y se alejaba flotando con la marea, y las señales ferroviarias cambiaban del verde al escarlata cuando los trenes corrían chillando por el puente. Al cabo de un rato, las doce en punto retumbaron desde la alta torre de Westminster y a cada golpe de la sonora campana la noche parecía estremecerse. Inmediatamente se apagaron las luces del ferrocarril, quedó una solitaria lámpara brillando como un gran rubí en un mástil gigante, y el rugido de la ciudad se hizo más tenue.

A las dos se puso de pie y paseó hacia Blackfriars. ¡Qué irreal parecía todo! ¡Qué similar a un extraño sueño! Las casas del otro lado del río parecían construidas en la oscuridad. Se hubiera dicho que la plata y la sombra habían modelado el mundo de nuevo. La enorme cúpula de San Pablo asomaba como una burbuja a través del aire crepuscular.

As he approached Cleopatra's Needle he saw a man leaning over the parapet, and as he came nearer the man looked up, the gas-light falling full upon his face.

It was Mr. Podgers, the cheiromantist! No one could mistake the fat, flabby face, the gold-rimmed spectacles, the sickly feeble smile, the sensual mouth.

Lord Arthur stopped. A brilliant idea flashed across him, and he stole softly up behind. In a moment he had seized Mr. Podgers by the legs, and flung him into the Thames. There was a coarse oath, a heavy splash, and all was still. Lord Arthur looked anxiously over, but could see nothing of the cheiromantist but a tall hat, pirouetting in an eddy of moonlit water. After a time it also sank, and no trace of Mr. Podgers was visible. Once he thought that he caught sight of the bulky misshapen figure striking out for the staircase by the bridge, and a horrible feeling of failure came over him, but it turned out to be merely a reflection, and when the moon shone out from behind a cloud it passed away. At last he seemed to have realised the decree of destiny. He heaved a deep sigh of relief, and Sybil's name came to his lips.

'Have you dropped anything, sir?' said a voice behind him suddenly.

He turned round, and saw a policeman with a bulls-eye lantern.

'Nothing of importance, sergeant, he answered, smiling, and hailing a passing hansom, he jumped in, and told the man to drive to Belgrave Square.

For the next few days he alternated between hope and fear. There were moments when he almost expected Mr. Podgers to walk into the room, and yet at other times he felt that Fate could not be so unjust to him. Twice he went to the cheiromantist's address in West Moon Street, but he could not bring himself to ring the bell. He longed for certainty, and was afraid of it.

Finally it came. He was sitting in the smoking-room of the club having tea, and listening rather wearily to Surbiton's account of the

Cuando se acercaba a la Aguja de Cleopatra vio a un hombre inclinado sobre el parapeto, y al acercarse el hombre levantó la vista, la luz de gas cayendo de lleno sobre su rostro.

Era Mr. Podgers, ¡el quiromántico! Nadie podía confundir la cara gorda y flácida, las gafas de montura dorada, la sonrisa débil y enfermiza, la boca sensual.

Lord Arthur se detuvo. Se le ocurrió una idea brillante y se acercó con suavidad por detrás. En un instante había tomado a Mr. Podgers por las piernas y lo había arrojado al Támesis. Se oyó un grosero juramento, un fuerte chapoteo, y todo quedó en calma. Lord Arthur miró ansiosamente hacia allí, pero no pudo ver nada del quiromántico salvo un sombrero alto, haciendo piruetas en un remolino de agua iluminado por la luna. Al cabo de un rato éste también se hundió, y no quedó rastro visible de Mr. Podgers. Una vez creyó divisar la voluminosa figura deforme que se dirigía hacia la escalera junto al puente, y le invadió una horrible sensación de fracaso, pero resultó ser sólo un reflejo, y cuando la luna brilló detrás de una nube, desapareció. Por fin parecía haber realizado el decreto del destino. Lanzó un profundo suspiro de alivio, y el nombre de Sybil acudió a sus labios.

«¿Se le ha caído algo, señor?», dijo de repente una voz detrás de él.

Se dio la vuelta y vio a un policía con una linterna sorda.

«Nada de importancia, sargento», respondió sonriendo, y llamando a un taxi que pasaba, se subió y le dijo al hombre que condujera hasta Belgrave Square.

Durante los días siguientes alternó entre la esperanza y el miedo. Había momentos en los que casi esperaba que Mr. Podgers entrara en la sala y, sin embargo, otras veces sentía que el Destino no podía ser tan injusto con él. Dos veces fue al domicilio del quiromántico en West Moon Street, pero no se atrevió a tocar al timbre. Anhelaba la certeza y la temía.

Finalmente llegó. Estaba sentado en la sala de fumadores del club tomando el té y escuchando algo cansado el relato de Surbiton sobre la

last comic song at the Gaiety, when the waiter came in with the evening papers. He took up the St. James's, and was listlessly turning over its pages, when this strange heading caught his eye:

SUICIDE OF A CHEIROMANTIST

He turned pale with excitement, and began to read. The paragraph ran as follows:--

Yesterday morning, at seven o'clock, the body of Mr. Septimus R. Podgers, the eminent cheiromantist, was washed on shore at Greenwich, just in front of the Ship Hotel. The unfortunate gentleman had been missing for some days, and considerable anxiety for his safety had been felt in cheiromantic circles. It is supposed that he committed suicide under the influence of a temporary mental derangement, caused by overwork, and a verdict to that effect was returned this afternoon by the coroner's jury. Mr Podgers had just completed an elaborate treatise on the subject of the Human Hand, that will shortly be published when it will no doubt attract much attention. The deceased was sixty-five years of age, and does not seem to have left any relations.

Lord Arthur rushed out of the club with the paper still in his hand, to the immense amazement of the hall-porter, who tried in vain to stop him, and drove at once to Park Lane. Sybil saw him from the window, and something told her that he was the bearer of good news. She ran down to meet him, and, when she saw his face, she knew that all was well.

'My dear Sybil,' cried Lord Arthur, 'let us be married to-morrow!'

'You foolish boy! Why the cake is not even ordered!' said Sybil, laughing through her tears.

última canción cómica en el Gaiety, cuando el camarero entró con los periódicos de la tarde. Cogió el St. James's, y estaba pasando desganadamente sus páginas, cuando este extraño titular llamó su atención:

«SUICIDIO DE UN QUIROMÁNTICO»

Se puso pálido de excitación y empezó a leer. El párrafo decía lo siguiente:

«Ayer por la mañana, a las siete, el cuerpo de Mr. Septimus R. Podgers, el eminente quiromántico, apareció en la orilla de Greenwich, justo enfrente del Ship Hotel. El desafortunado caballero llevaba desaparecido algunos días, y en los círculos quirománticos se había sentido una considerable ansiedad por su seguridad. Se supone que se suicidó bajo la influencia de una enajenación mental transitoria, causada por el exceso de trabajo, y esta tarde el jurado de instrucción emitió un veredicto en ese sentido. Mr. Podgers acababa de terminar un elaborado tratado sobre el tema de la mano humana, que se publicará en breve, cuando sin duda atraerá mucha atención. El fallecido tenía sesenta y cinco años y no parece haber tenido parientes».

Lord Arthur salió corriendo del club con el periódico aún en la mano, ante el inmenso asombro del portero del vestíbulo, que intentó en vano detenerlo, y se dirigió de inmediato a Park Lane. Sybil le vio desde la ventana, y algo le dijo que era portador de buenas noticias. Bajó corriendo a su encuentro y, cuando vio su rostro, supo que todo iba bien.

«Mi querida Sybil», gritó Lord Arthur, «¡casémonos mañana!».

«¡Chico tonto! ¡Ni siquiera hemos encargado la torta!», dijo Sybil, riendo entre lágrimas.

When the wedding took place, some three weeks later, St. Peter's was crowded with a perfect mob of smart people. The service was read in a most impressive manner by the Dean of Chichester, and everybody agreed that they had never seen a handsomer couple than the bride and bridegroom. They were more than handsome, however - they were happy. Never for a single moment did Lord Arthur regret all that he had suffered for Sybil's sake, while she, on her side, gave him the best things a woman can give to any man - worship, tenderness, and love. For them romance was not killed by reality. They always felt young.

Some years afterwards, when two beautiful children had been born to them, Lady Windermere came down on a visit to Alton Priory, a lovely old place, that had been the Duke's wedding present to his son; and one afternoon as she was sitting with Lady Arthur under a lime-tree in the garden, watching the little boy and girl as they played up and down the rose-walk, like fitful sunbeams, she suddenly took her hostess's hand in hers, and said, 'Are you happy, Sybil?'

'Dear Lady Windermere, of course I am happy. Aren't you?'

'I have no time to be happy, Sybil. I always like the last person who is introduced to me; but, as a rule, as soon as I know people I get tired of them.'

'Don't your lions satisfy you, Lady Windermere?'

'Oh dear, no! lions are only good for one season. As soon as their manes are cut, they are the dullest creatures going. Besides, they behave very badly, if you are really nice to them. Do you remember that horrid Mr. Podgers? He was a dreadful impostor. Of course, I didn't mind that at all, and even when he wanted to borrow money I forgave him, but I could not stand his making love to me. He has really made me hate cheiromancy. I go in for telepathy now. It is much more amusing.'

Cuando se celebró la boda, unas tres semanas más tarde, San Pedro estaba abarrotado con una perfecta multitud de gente elegante. El Decano de Chichester leyó el oficio religioso de la manera más impresionante, y todo el mundo estuvo de acuerdo en que nunca habían visto una pareja más guapa que los novios. Sin embargo, eran más que guapos: eran felices. Ni por un solo momento Lord Arthur lamentó todo lo que había sufrido por amor a Sybil, mientras que ella, por su parte, le daba lo mejor que una mujer puede dar a cualquier hombre: adoración, ternura y amor. Para ellos al romance no lo mataba la realidad. Siempre se sintieron jóvenes.

Algunos años después, cuando les habían nacido dos hermosos niños, Lady Windermere bajó de visita al Priorato de Alton, un lugar antiguo y encantador, que había sido el regalo de bodas del Duque a su hijo; y una tarde en que ella estaba sentada con la señora de Lord Arthur bajo un tilo del jardín —observando al niño y a la niña mientras jugaban arriba y abajo por el paseo de las rosas, como rayos de sol irregulares—, tomó de pronto la mano de su anfitriona entre las suyas y dijo: «¿Eres feliz, Sybil?».

«Querida Lady Windermere, por supuesto que soy feliz. ¿No lo es usted?».

«No tengo tiempo para ser feliz, Sybil. Siempre me gusta la última persona que me presentan; pero, por regla general, en cuanto conozco a la gente me canso de ella».

«¿No le satisfacen sus leones, Lady Windermere?».

«¡Oh, no! Los leones sólo sirven para una temporada. En cuanto les cortan la melena, son las criaturas más aburridas que existen. Además, se portan muy mal, si una es realmente amable con ellos. ¿Recuerdas a ese horrible Mr. Podgers? Era un terrible impostor. Por supuesto, no me importaba en absoluto, e incluso cuando quería que le prestara dinero le perdonaba, pero no soportaba que me hiciera el amor. Realmente me hizo odiar la quiromancia. Ahora opto por la telepatía. Es mucho más divertida».

'You mustn't say anything against cheiromancy here, Lady Windermere; it is the only subject that Arthur does not like people to chaff about. I assure you he is quite serious over it.'

'You don't mean to say that he believes in it, Sybil?'

'Ask him, Lady Windermere, here he is;' and Lord Arthur came up the garden with a large bunch of yellow roses in his hand, and his two children dancing round him.

'Lord Arthur?'

'Yes, Lady Windermere.'

'You don't mean to say that you believe in cheiromancy?'

'Of course I do,' said the young man, smiling.

'But why?'

'Because I owe to it all the happiness of my life,' he murmured, throwing himself into a wicker chair.

'My dear Lord Arthur, what do you owe to it?'

'Sybil,' he answered, handing his wife the roses, and looking into her violet eyes.

'What nonsense!' cried Lady Windermere. 'I never heard such nonsense in all my life.'

«No debe decir nada en contra de la quiromancia aquí, Lady Windermere; es el único tema sobre el que Arthur se disgusta cuando la gente se burla. Le aseguro que la toma muy en serio».

«¿No querrás decir que él cree en ello, Sybil?».

«Pregúntele, Lady Windermere, aquí está»; y Lord Arthur subió al jardín con un gran ramo de rosas amarillas en la mano y sus dos hijos bailando a su alrededor.

«¿Lord Arthur?».

«Sí, Lady Windermere».

«¿No querrás decir que crees en la quiromancia?».

«Por supuesto que sí», dijo el joven, sonriendo.

«Pero, por qué?».

«Porque le debo toda la felicidad de mi vida», murmuró él, arrojándose en una silla de mimbre.

«Mi querido Lord Arthur, ¿a qué se debe?».

«Sybil», respondió, entregándole las rosas a su esposa y mirándola a los ojos violetas.

«¡Qué tontería!», gritó Lady Windermere. «No he oído semejante disparate en toda mi vida».

The Canterville Ghost

An amusing chronicle of the tribulations of the Ghost of Canterville Chase when his ancestral halls became the home of the American Minister to the Court of St. James.

Illustrated by WALLACE GOLDSMITH

El fantasma de Canterville

Una divertida crónica de las tribulaciones del fantasma de Canterville Chase cuando sus ancestrales salones se convirtieron en el hogar del Ministro de los Estados Unidos de América ante la Corte de St. James.

Ilustrado por WALLACE GOLDSMITH

I

When Mr. Hiram B. Otis, the American Minister, bought Canterville Chase, every one told him he was doing a very foolish thing, as there was no doubt at all that the place was haunted. Indeed, Lord Canterville himself, who was a man of the most punctilious honour, had felt it his duty to mention the fact to Mr. Otis when they came to discuss terms.

"We have not cared to live in the place ourselves," said Lord Canterville, "since my grandaunt, the Dowager Duchess of Bolton, was frightened into a fit, from which she never really recovered, by two skeleton hands being placed on her shoulders as she was dressing for dinner, and I feel bound to tell you, Mr. Otis, that the ghost has been seen by several living members of my family, as well as by the rector of the parish, the Rev. Augustus Dampier, who is a Fellow of King's College, Cambridge. After the unfortunate accident to the Duchess, none of our younger servants would stay with us, and Lady Canterville often got very little sleep at night, in consequence of the mysterious noises that came from the corridor and the library."

"My Lord," answered the Minister, "I will take the furniture and the ghost at a valuation. I have come from a modern country, where we have everything that money can buy; and with all our spry young fellows painting the Old World red, and carrying off your best actors and prima-donnas, I reckon that if there were such a thing as a ghost in Europe, we'd have it at home in a very short time in one of our public museums, or on the road as a show."

"I fear that the ghost exists," said Lord Canterville, smiling, "though it may have resisted the overtures of your enterprising impresarios. It has been well known for three centuries, since 1584 in fact, and always makes its appearance before the death of any member of our family."

"Well, so does the family doctor for that matter, Lord Canterville. But there is no such thing, sir, as a ghost, and I guess the laws of Nature are not going to be suspended for the British aristocracy."

I

Cuando el señor Hiram B. Otis, Ministro de los Estados Unidos de América, compró Canterville Chase, todo el mundo le dijo que estaba cometiendo una gran tontería, ya que no había ninguna duda de que el lugar estaba encantado. De hecho, el propio Lord Canterville, que era un hombre de lo más puntilloso, se sintió obligado a mencionar el hecho al señor Otis cuando discutieron los términos.

«Nos hemos resistido a vivir en ese lugar», dijo Lord Canterville, «desde que mi tía abuela, la Duquesa Viuda de Bolton, tuvo un ataque de pánico, del que nunca se recuperó realmente, cuando sintió sobre sus hombros dos manos de esqueleto mientras se vestía para la cena, y me siento obligado a decirle, señor Otis, que el fantasma ha sido visto por varios miembros de mi familia que aún viven, así como por el rector de la parroquia, el Reverendo Augustus Dampier, que es miembro del King's College de Cambridge. Después del desafortunado accidente ocurrido a la Duquesa, ninguno de nuestros sirvientes más jóvenes quiso quedarse con nosotros, y Lady Canterville a menudo dormía muy poco por la noche, como consecuencia de los misteriosos ruidos que llegaban del pasillo y de la biblioteca».

«Milord», respondió el Ministro, «aceptaré el mobiliario y el fantasma a su justo precio. Vengo de un país moderno, en el que tenemos todo lo que el dinero puede comprar; y con todos nuestros jóvenes y ágiles compañeros escandalizándose en el Viejo Mundo, y llevándose a sus mejores actores y prima-donnas, considero que si quedara tal cosa como un fantasma en Europa, lo tendríamos en casa en muy poco tiempo en uno de nuestros museos públicos, o en la carretera, como un espectáculo».

«Me temo que el fantasma existe», dijo Lord Canterville, sonriendo, «aunque puede haber resistido las insinuaciones de sus intrépidos empresarios. Es bien conocido desde hace tres siglos, desde 1584 de hecho, y siempre hace su aparición antes de la muerte de cualquier miembro de nuestra familia».

«Bueno, también lo hace el médico de la familia, Lord Canterville. Pero no existe tal cosa, señor, como un fantasma, y supongo que las leyes de la naturaleza no se van a suspender en honor a la aristocracia británica».

MISS VIRGINIA E. OTIS

LA SEÑORITA E. OTIS

"You are certainly very natural in America," answered Lord Canterville, who did not quite understand Mr. Otis's last observation, "and if you don't mind a ghost in the house, it is all right. Only you must remember I warned you."

A few weeks after this, the purchase was concluded, and at the close of the season the Minister and his family went down to Canterville Chase. Mrs. Otis, who, as Miss Lucretia R. Tappan, of West 53d Street, had been a celebrated New York belle, was now a very handsome, middle-aged woman, with fine eyes, and a superb profile. Many American ladies on leaving their native land adopt an appearance of chronic ill-health, under the impression that it is a form of European refinement, but Mrs. Otis had never fallen into this error. She had a magnificent constitution, and a really wonderful amount of animal spirits. Indeed, in many respects, she was quite English, and was an excellent example of the fact that we have really everything in common with America nowadays, except, of course, language. Her eldest son, christened Washington by his parents in a moment of patriotism, which he never ceased to regret, was a fair-haired, rather good-looking young man, who had qualified himself for American diplomacy by leading the German at the Newport Casino for three successive seasons, and even in London was well known as an excellent dancer. Gardenias and the peerage were his only weaknesses. Otherwise he was extremely sensible. Miss Virginia E. Otis was a little girl of fifteen, lithe and lovely as a fawn, and with a fine freedom in her large blue eyes. She was a wonderful Amazon, and had once raced old Lord Bilton on her pony twice round the park, winning by a length and a half, just in front of the Achilles statue, to the huge delight of the young Duke of Cheshire, who proposed for her on the spot, and was sent back to Eton that very night by his guardians, in floods of tears. After Virginia came the twins, who were usually called "The Star and Stripes," as they were always getting swished. They were delightful boys, and, with the exception of the worthy Minister, the only true republicans of the family.

«Ciertamente son ustedes muy naturales en Estados Unidos», respondió Lord Canterville, que no acababa de entender la última observación del señor Otis, «y si no le importa que haya un fantasma en la casa, está bien. Sólo debe recordar que le advertí».

Pocas semanas después de esto, se concluyó la compra, y al final de la temporada el Ministro y su familia se trasladaron a Canterville Chase. La señora Otis, que, como señorita Lucretia R. Tappan, de West 53d Street, había sido una célebre belleza neoyorquina, era ahora una mujer de mediana edad muy atractiva, con ojos finos y un perfil soberbio. Muchas damas norteamericanas al dejar su tierra natal adoptan un aspecto de mala salud crónica, bajo la impresión de que es una forma de refinamiento europeo, pero la señora Otis nunca había caído en este error. Tenía una magnífica constitución y un maravilloso espíritu animal. De hecho, en muchos aspectos, era bastante inglesa, y constituía un excelente ejemplo de que hoy en día tenemos todo en común con los Estados Unidos, excepto, por supuesto, el idioma. Su hijo mayor, bautizado por sus padres con el nombre de Washington en un momento de patriotismo, del que él nunca dejó de arrepentirse, era un joven rubio y bastante apuesto, que se había cualificado para la diplomacia americana dirigiendo a los alemanes al Casino de Newport durante tres temporadas sucesivas, e incluso en Londres era conocido como un excelente bailarín. Las gardenias y la nobleza eran sus únicas debilidades. Por lo demás, era extremadamente sensato. La señorita Virginia E. Otis era una niña de quince años, ágil y encantadora como un cervatillo, y con gran libertad en sus grandes ojos azules. Era una amazona maravillosa, y en una ocasión había competido con el viejo Lord Bilton en su poni dos veces alrededor del parque, ganando por un cuerpo y medio, justo delante de la estatua de Aquiles, para el enorme deleite del joven Duque de Cheshire, que se declaró a ella en el acto, y fue enviado de vuelta a Eton esa misma noche por sus tutores, en un torrente de lágrimas. Después de Virginia venían los mellizos, a los que solían llamar «La estrella y las rayas», ya que siempre estaban siendo zarandeados. Eran unos niños encantadores y, a excepción del digno Ministro, los únicos verdaderos republicanos de la familia.

"HAD ONCE RACED OLD LORD BILTON ON HER PONY"

«EN UNA OCASIÓN HABÍA COMPETIDO CON EL VIEJO LORD BILTON EN SU PONI»

As Canterville Chase is seven miles from Ascot, the nearest railway station, Mr. Otis had telegraphed for a waggonette to meet them, and they started on their drive in high spirits. It was a lovely July evening, and the air was delicate with the scent of the pinewoods. Now and then they heard a wood-pigeon brooding over its own sweet voice, or saw, deep in the rustling fern, the burnished breast of the pheasant. Little squirrels peered at them from the beech-trees as they went by, and the rabbits scudded away through the brushwood and over the mossy knolls, with their white tails in the air. As they entered the avenue of Canterville Chase, however, the sky became suddenly overcast with clouds, a curious stillness seemed to hold the atmosphere, a great flight of rooks passed silently over their heads, and, before they reached the house, some big drops of rain had fallen.

Standing on the steps to receive them was an old woman, neatly dressed in black silk, with a white cap and apron. This was Mrs. Umney, the housekeeper, whom Mrs. Otis, at Lady Canterville's earnest request, had consented to keep in her former position. She made them each a low curtsey as they alighted, and said in a quaint, old-fashioned manner, "I bid you welcome to Canterville Chase." Following her, they passed through the fine Tudor hall into the library, a long, low room, panelled in black oak, at the end of which was a large stained glass window. Here they found tea laid out for them, and, after taking off their wraps, they sat down and began to look round, while Mrs. Umney waited on them.

Suddenly Mrs. Otis caught sight of a dull red stain on the floor just by the fireplace, and, quite unconscious of what it really signified, said to Mrs. Umney, "I am afraid something has been spilt there."

"Yes, madam," replied the old housekeeper in a low voice, "blood has been spilt on that spot."

"How horrid!" cried Mrs. Otis; "I don't at all care for blood-stains in a sitting-room. It must be removed at once."

Como Canterville Chase está a siete millas de Ascot, la estación de ferrocarril más cercana, el señor Otis había telegrafiado para que un coche descubierto los recibiera, y emprendieron el viaje con mucho ánimo. Era una hermosa tarde de julio y el aire estaba impregnado del aroma de los pinos. De vez en cuando oían a una paloma torcaz arrullando con su dulce voz, o veían, en lo más profundo del susurro de los helechos, el pecho bruñido del faisán. Las pequeñas ardillas les miraban desde los árboles de haya cuando pasaban, y los conejos se alejaban a través de los matorrales y sobre las lomas musgosas, con sus blancas colas en el aire. Sin embargo, cuando entraron en la avenida de Canterville Chase, el cielo se cubrió repentinamente de nubes, una curiosa quietud pareció dominar la atmósfera, un gran vuelo de grajos pasó silenciosamente por encima de sus cabezas y, antes de que llegaran a la casa, habían caído algunas gruesas gotas de lluvia.

De pie en los escalones para recibirlos había una mujer mayor, pulcramente vestida de seda negra, con gorro y delantal blancos. Era la señora Umney, el ama de llaves, a quien la señora Otis, a petición de Lady Canterville, había consentido en mantener en su antiguo puesto. Les hizo una reverencia a cada uno de ellos cuando bajaron y les dijo, de forma pintoresca y anticuada: «Les doy la bienvenida a Canterville Chase». Siguiéndola, atravesaron el bonito salón Tudor y entraron en la biblioteca, una sala larga y baja, con paneles de roble negro, al final de la cual había un gran ventanal de cristales. Allí encontraron el té preparado para ellos y, tras quitarse los abrigos, se sentaron y comenzaron a mirar a su alrededor, mientras la señora Umney los atendía.

De repente, la señora Otis divisó una mancha roja y opaca en el suelo, justo al lado de la chimenea, y, bastante inconsciente de lo que realmente significaba, le dijo a la señora Umney: «Me temo que se ha derramado algo ahí».

«Sí, señora», respondió la vieja ama de llaves en voz baja, «se ha derramado sangre en ese lugar».

«¡Qué horror!», gritó la señora Otis; «no me gustan nada las manchas de sangre en un salón. Hay que quitarla de inmediato».

"BLOOD HAS BEEN SPILLED ON THAT SPOT"

«SE HA DERRAMADO SANGRE EN ESE LUGAR»

The old woman smiled, and answered in the same low, mysterious voice, "It is the blood of Lady Eleanore de Canterville, who was murdered on that very spot by her own husband, Sir Simon de Canterville, in 1575. Sir Simon survived her nine years, and disappeared suddenly under very mysterious circumstances. His body has never been discovered, but his guilty spirit still haunts the Chase. The blood-stain has been much admired by tourists and others, and cannot be removed."

"That is all nonsense," cried Washington Otis; "Pinkerton's Champion Stain Remover and Paragon Detergent will clean it up in no time," and before the terrified housekeeper could interfere, he had fallen upon his knees, and was rapidly scouring the floor with a small stick of what looked like a black cosmetic. In a few moments no trace of the blood-stain could be seen.

"I knew Pinkerton would do it," he exclaimed, triumphantly, as he looked round at his admiring family; but no sooner had he said these words than a terrible flash of lightning lit up the sombre room, a fearful peal of thunder made them all start to their feet, and Mrs. Umney fainted.

"What a monstrous climate!" said the American Minister, calmly, as he lit a long cheroot. "I guess the old country is so overpopulated that they have not enough decent weather for everybody. I have always been of opinion that emigration is the only thing for England."

"My dear Hiram," cried Mrs. Otis, "what can we do with a woman who faints?"

"Charge it to her like breakages," answered the Minister; "she won't faint after that;" and in a few moments Mrs. Umney certainly came to. There was no doubt, however, that she was extremely upset, and she sternly warned Mr. Otis to beware of some trouble coming to the house.

"I have seen things with my own eyes, sir," she said, "that would make any Christian's hair stand on end, and many and many a night I have not closed my eyes in sleep for the awful things that are done

La anciana sonrió y respondió con la misma voz baja y misteriosa, «es la sangre de Lady Eleanore de Canterville, que fue asesinada en ese mismo lugar por su propio marido, Sir Simon de Canterville, en 1575. Sir Simon le sobrevivió nueve años y desapareció repentinamente en circunstancias muy misteriosas. Su cuerpo nunca ha sido descubierto, pero su espíritu culpable sigue rondando por Chase. La mancha de sangre ha sido muy admirada por los turistas y por otros, y no puede ser eliminada».

«Eso es una tontería», gritó Washington Otis; «el quitamanchas Champion de Pinkerton y el detergente Paragon lo limpiarán en un santiamén», y antes de que la aterrorizada ama de llaves pudiera intervenir, él se había puesto de rodillas y estaba fregando rápidamente el suelo con un pequeño palo de lo que parecía un cosmético negro. En unos instantes no se veía ni rastro de la mancha de sangre.

«Sabía que Pinkerton lo haría», exclamó triunfante, mientras miraba a su familia que lo estaba admirando; pero apenas dijo estas palabras, un terrible relámpago iluminó la sombría sala, un temible trueno hizo que todos se pusieran en pie y la señora Umney se desmayó.

«¡Qué clima tan monstruoso!», dijo el Ministro de los Estados Unidos de América, con calma, mientras encendía un largo cigarro. «Supongo que el viejo país está tan superpoblado que no tienen suficiente clima decente para todos. Siempre he sido de la opinión de que la emigración es la única opción para Inglaterra».

«Mi querido Hiram», gritó la señora Otis, «¿qué podemos hacer con una mujer que se desmaya?».

«Descuéntale el tiempo de su salario», respondió el Ministro; «no se desmayará después de eso»; y en unos momentos la señora Umney volvió ciertamente a la conciencia. Sin embargo, no cabía duda de que estaba sumamente alterada, y advirtió severamente al señor Otis que estuviera atento a la llegada de un problema a la casa.

«He visto cosas con mis propios ojos, señor», dijo ella, «que pondrían los pelos de punta a cualquier cristiano, y muchas, muchas noches no he podido cerrar los ojos y dormir a causa de las cosas horribles que

here." Mr. Otis, however, and his wife warmly assured the honest soul that they were not afraid of ghosts, and, after invoking the blessings of Providence on her new master and mistress, and making arrangements for an increase of salary, the old housekeeper tottered off to her own room.

ocurren aquí». El señor Otis, sin embargo, y su esposa aseguraron calurosamente a la honesta alma que no temían a los fantasmas, y, después de invocar las bendiciones de la Providencia sobre su nuevo amo y señora, y de hacer arreglos para un aumento de salario, la vieja ama de llaves se fue tambaleando a su propia habitación.

II

The storm raged fiercely all that night, but nothing of particular note occurred. The next morning, however, when they came down to breakfast, they found the terrible stain of blood once again on the floor. "I don't think it can be the fault of the Paragon Detergent," said Washington, "for I have tried it with everything. It must be the ghost." He accordingly rubbed out the stain a second time, but the second morning it appeared again. The third morning also it was there, though the library had been locked up at night by Mr. Otis himself, and the key carried up-stairs. The whole family were now quite interested; Mr. Otis began to suspect that he had been too dogmatic in his denial of the existence of ghosts, Mrs. Otis expressed her intention of joining the Psychical Society, and Washington prepared a long letter to Messrs. Myers and Podmore on the subject of the Permanence of Sanguineous Stains when connected with Crime. That night all doubts about the objective existence of phantasmata were removed for ever.

The day had been warm and sunny; and, in the cool of the evening, the whole family went out to drive. They did not return home till nine o'clock, when they had a light supper. The conversation in no way turned upon ghosts, so there were not even those primary conditions of receptive expectations which so often precede the presentation of psychical phenomena. The subjects discussed, as I have since learned from Mr. Otis, were merely such as form the ordinary conversation of cultured Americans of the better class, such as the immense superiority of Miss Fanny Devonport over Sarah Bernhardt as an actress; the difficulty of obtaining green corn, buckwheat cakes, and hominy, even in the best English houses; the importance of Boston in the development of the world-soul; the advantages of the baggage-check system in railway travelling; and the sweetness of the New York accent as compared to the London drawl. No mention at all was made of the supernatural, nor was Sir Simon de Canterville alluded to in any way. At eleven o'clock the family retired, and by half-past all the lights were out. Some time after, Mr. Otis was awakened by a curious noise in the corridor, outside his room. It sounded like the clank of metal, and seemed to be coming nearer every moment. He got up at once, struck a match, and looked at the time. It was exactly one o'clock. He was quite calm, and felt his pulse, which was not

II

La tormenta arreció ferozmente toda esa noche, pero no ocurrió nada de importancia. A la mañana siguiente, sin embargo, cuando bajaron a desayunar, encontraron de nuevo la terrible mancha de sangre en el suelo. «No creo que pueda ser culpa del detergente Paragon», dijo Washington, «pues lo he probado con todo. Debe ser el fantasma». En consecuencia, frotó la mancha por segunda vez, pero a la mañana siguiente volvió a aparecer. La tercera mañana también estaba allí, aunque el propio señor Otis había cerrado la biblioteca por la noche y se había llevado la llave al piso de arriba. Toda la familia estaba ahora muy interesada; el señor Otis empezó a sospechar que había sido demasiado dogmático en su negación de la existencia de los fantasmas, la señora Otis expresó su intención de unirse a la Sociedad Psíquica, y Washington preparó una larga carta para los señores Myers y Podmore sobre el tema de «la Permanencia de las manchas sanguinolentas cuando están relacionadas con el crimen». Aquella noche se disiparon para siempre todas las dudas sobre la existencia objetiva de los fantasmas.

El día había sido cálido y soleado; y, al fresco de la tarde, toda la familia salió a dar un paseo en coche. No volvieron a casa hasta las nueve, cuando cenaron algo ligero. La conversación no giró en absoluto en torno a los fantasmas, por lo que ni siquiera se dieron esas condiciones primarias de expectativa receptiva que tan a menudo preceden a la presentación de fenómenos psíquicos. Los temas tratados, según he sabido posteriormente por el señor Otis, eran simplemente los que forman parte de la conversación ordinaria de los norteamericanos cultos de la mejor clase, como la inmensa superioridad de la señorita Fanny Devonport sobre Sarah Bernhardt como actriz; la dificultad de conseguir maíz verde, tortas de trigo sarraceno y sémola de maíz, incluso en las mejores casas inglesas; la importancia de Boston en el desarrollo del alma universal; las ventajas del sistema de control de equipaje en los viajes por ferrocarril; y la dulzura del acento de Nueva York en comparación con el desgarbo londinense. No se hizo mención alguna de lo sobrenatural, ni se aludió en modo alguno a Sir Simon de Canterville. A las once en punto la familia se retiró y a las once y media todas las luces estaban apagadas. Algún tiempo después, el señor Otis se despertó por un curioso ruido en el pasillo, fuera de su habitación. Sonaba como un ruido metálico y parecía acercarse cada vez más. Se levantó inmediatamente, encendió una cerilla y miró la hora. Era exactamente la una.

at all feverish. The strange noise still continued, and with it he heard distinctly the sound of footsteps. He put on his slippers, took a small oblong phial out of his dressing-case, and opened the door. Right in front of him he saw, in the wan moonlight, an old man of terrible aspect. His eyes were as red burning coals; long grey hair fell over his shoulders in matted coils; his garments, which were of antique cut, were soiled and ragged, and from his wrists and ankles hung heavy manacles and rusty gyves.

"My dear sir," said Mr. Otis, "I really must insist on your oiling those chains, and have brought you for that purpose a small bottle of the Tammany Rising Sun Lubricator. It is said to be completely efficacious upon one application, and there are several testimonials to that effect on the wrapper from some of our most eminent native divines. I shall leave it here for you by the bedroom candles, and will be happy to supply you with more, should you require it." With these words the United States Minister laid the bottle down on a marble table, and, closing his door, retired to rest.

For a moment the Canterville ghost stood quite motionless in natural indignation; then, dashing the bottle violently upon the polished floor, he fled down the corridor, uttering hollow groans, and emitting a ghastly green light. Just, however, as he reached the top of the great oak staircase, a door was flung open, two little white-robed figures appeared, and a large pillow whizzed past his head! There was evidently no time to be lost, so, hastily adopting the Fourth dimension of Space as a means of escape, he vanished through the wainscoting, and the house became quite quiet.

On reaching a small secret chamber in the left wing, he leaned up against a moonbeam to recover his breath, and began to try and realize his position. Never, in a brilliant and uninterrupted career of three hundred years, had he been so grossly insulted. He thought of the Dowager Duchess, whom he had frightened into a fit as she stood before the glass in her lace and diamonds; of the four housemaids, who had gone into hysterics when he merely grinned at them through the curtains on one of the spare bedrooms; of the rector of the parish, whose candle he had blown out as he was coming late one night from the library, and who had been under the care of Sir Wil-

Él estaba tranquilo y se tomó el pulso, no tenía fiebre. El extraño ruido continuaba, y con él oyó claramente el ruido de pasos. Se puso las zapatillas, sacó una pequeña ampolla oblonga de su neceser y abrió la puerta. Justo delante de él vio, a la débil luz de la luna, a un anciano de aspecto terrible. Tenía los ojos rojos como carbones encendidos; el pelo largo y gris le caía sobre los hombros en mechones enmarañados; sus ropas, de corte antiguo, estaban sucias y harapientas, y de las muñecas y los tobillos le colgaban pesados grilletes y oxidados guanteletes.

«Mi querido señor», dijo el señor Otis, «realmente debo insistir en que engrase esas cadenas, y para ello le he traído una botellita del Lubricante Sol Naciente de Tammany. Se dice que es completamente eficaz con una sola aplicación, y hay varios testimonios en el envoltorio de algunos de nuestros más eminentes sacerdotes nativos. Se la dejaré aquí, junto a las velas del dormitorio, y estaré encantado de proporcionarle más si lo necesita». Con estas palabras, el Ministro de los Estados Unidos de América depositó la botella sobre una mesa de mármol y, cerrando la puerta, se retiró a descansar.

Por un momento, el fantasma de Canterville permaneció inmóvil con natural indignación; luego, arrojando violentamente la botella contra el suelo pulido, huyó por el corredor, profiriendo gemidos cavernosos y emitiendo una luz verde sobrenatural. Sin embargo, justo cuando llegaba a lo alto de la gran escalera de roble, una puerta se abrió de par en par, aparecieron dos pequeñas figuras vestidas de blanco y una gran almohada pasó silbando junto a su cabeza. Evidentemente, no había tiempo que perder, así que, adoptando apresuradamente la Cuarta Dimensión del Espacio como medio de escape, desapareció a través del revestimiento de madera, y la casa quedó en silencio.

Al llegar a una pequeña cámara secreta en el ala izquierda, se apoyó contra un rayo de luna para recobrar el aliento, y empezó a tratar de reflexionar acerca de su posición. Nunca, en una brillante e ininterrumpida carrera de trescientos años, había sido tan groseramente insultado. Pensó en la Duquesa Viuda, a la que había asustado hasta provocar un colapso cuando se encontraba ante el espejo con sus encajes y diamantes; en las cuatro criadas, que se habían puesto histéricas cuando él se limitó a sonreírles a través de las cortinas de uno de los dormitorios de invitados; en el rector de la parroquia, cuya vela había apagado cuando llegaba tarde una noche de la biblioteca, y que desde entonces

liam Gull ever since, a perfect martyr to nervous disorders; and of old Madame de Tremouillac, who, having wakened up one morning early and seen a skeleton seated in an armchair by the fire reading her diary, had been confined to her bed for six weeks with an attack of brain fever, and, on her recovery, had become reconciled to the Church, and broken off her connection with that notorious sceptic, Monsieur de Voltaire. He remembered the terrible night when the wicked Lord Canterville was found choking in his dressing-room, with the knave of diamonds half-way down his throat, and confessed, just before he died, that he had cheated Charles James Fox out of £50,000 at Crockford's by means of that very card, and swore that the ghost had made him swallow it. All his great achievements came back to him again, from the butler who had shot himself in the pantry because he had seen a green hand tapping at the window-pane, to the beautiful Lady Stutfield, who was always obliged to wear a black velvet band round her throat to hide the mark of five fingers burnt upon her white skin, and who drowned herself at last in the carp-pond at the end of the King's Walk. With the enthusiastic egotism of the true artist, he went over his most celebrated performances, and smiled bitterly to himself as he recalled to mind his last appearance as "Red Reuben, or the Strangled Babe," his *début* as "Guant Gibeon, the Blood-sucker of Bexley Moor," and the *furore* he had excited one lovely June evening by merely playing ninepins with his own bones upon the lawn-tennis ground. And after all this some wretched modern Americans were to come and offer him the Rising Sun Lubricator, and throw pillows at his head! It was quite unbearable. Besides, no ghost in history had ever been treated in this manner. Accordingly, he determined to have vengeance, and remained till daylight in an attitude of deep thought.

había estado bajo el cuidado de Sir William Gull, un perfecto mártir de los trastornos nerviosos; y de la vieja Madame de Tremouillac, que, tras despertarse una mañana temprano y ver un esqueleto sentado en un sillón junto al fuego leyendo su diario, había permanecido confinada en su cama durante seis semanas con un ataque de fiebre cerebral y, al recuperarse, se había reconciliado con la Iglesia y había roto su relación con ese notorio escéptico, Monsieur de Voltaire. Recordó la terrible noche en que encontraron al malvado Lord Canterville ahogándose en su camerino, con la jota de diamantes a medio camino de la garganta, y confesó, justo antes de morir, que había estafado a Charles James Fox por cincuenta mil libras en Crockford's por medio de esa misma carta, y juró que el fantasma se la había hecho tragar. Todos sus grandes logros volvieron a su memoria, desde el mayordomo que se había pegado un tiro en la despensa porque había visto una mano verde golpeando el cristal de la ventana, hasta la hermosa Lady Stutfield, que se vio obligada a llevar permanentemente una cinta de terciopelo negro alrededor de la garganta para ocultar la marca de cinco dedos quemados en su blanca piel, y que al final se ahogó en el estanque de las carpas al final del Paseo del Rey. Con el egoísmo entusiasta del verdadero artista, repasó sus actuaciones más célebres, y sonrió amargamente para sus adentros al recordar su última aparición como «Rubén el Rojo, o el Bebé Estrangulado», su debut como «Gibeón el Flaco, el Vampiro del Páramo de Bexley», y el furor que había provocado una encantadora tarde de junio por el mero hecho de jugar a los nueve bolos con sus propios huesos en el campo de tenis sobre césped. Y después de todo esto, unos desgraciados norteamericanos modernos iban a venir a ofrecerle el Lubricante Sol Naciente y a tirarle almohadas a la cabeza. Era insoportable. Además, ningún fantasma en la historia había sido tratado de esa manera. En consecuencia, decidió vengarse, y permaneció hasta el amanecer en actitud de profunda reflexión.

"I REALLY MUST INSIST ON YOUR OILING THOSE CHAINS"

«REALMENTE DEBO INSISTIR EN QUE ENGRASE ESAS CADENAS»

The next morning, when the Otis family met at breakfast, they discussed the ghost at some length. The United States Minister was naturally a little annoyed to find that his present had not been accepted. "I have no wish," he said, "to do the ghost any personal injury, and I must say that, considering the length of time he has been in the house, I don't think it is at all polite to throw pillows at him,"—a very just remark, at which, I am sorry to say, the twins burst into shouts of laughter. "Upon the other hand," he continued, "if he really declines to use the Rising Sun Lubricator, we shall have to take his chains from him. It would be quite impossible to sleep, with such a noise going on outside the bedrooms."

For the rest of the week, however, they were undisturbed, the only thing that excited any attention being the continual renewal of the blood-stain on the library floor. This certainly was very strange, as the door was always locked at night by Mr. Otis, and the windows kept closely barred. The chameleon-like colour, also, of the stain excited a good deal of comment. Some mornings it was a dull (almost Indian) red, then it would be vermilion, then a rich purple, and once when they came down for family prayers, according to the simple rites of the Free American Reformed Episcopalian Church, they found it a bright emerald-green. These kaleidoscopic changes naturally amused the party very much, and bets on the subject were freely made every evening. The only person who did not enter into the joke was little Virginia, who, for some unexplained reason, was always a good deal distressed at the sight of the blood-stain, and very nearly cried the morning it was emerald-green.

The second appearance of the ghost was on Sunday night. Shortly after they had gone to bed they were suddenly alarmed by a fearful crash in the hall. Rushing down-stairs, they found that a large suit of old armour had become detached from its stand, and had fallen on the stone floor, while seated in a high-backed chair was the Canterville ghost, rubbing his knees with an expression of acute agony on his face. The twins, having brought their pea-shooters with them, at once discharged two pellets on him, with that accuracy of aim which can only be attained by long and careful practice on a writing-master, while the United States Minister covered him with his revolver, and

III

A la mañana siguiente, cuando la familia Otis se reunió para desayunar, hablaron largo y tendido sobre el fantasma. Naturalmente, el Ministro de los Estados Unidos de América se sintió un poco molesto al ver que su regalo no había sido aceptado. «No tengo ningún deseo», dijo, «de hacerle ningún daño personal al fantasma, y debo decir que, teniendo en cuenta el tiempo que lleva en la casa, no creo que sea nada cortés tirarle almohadas»… una observación muy justa, ante la cual, siento decirlo, los mellizos estallaron en carcajadas. «Por otra parte», continuó, «si realmente se niega a usar el Lubricante Sol Naciente, tendremos que quitarle las cadenas. De lo contrario, será imposible dormir con tanto ruido fuera de las habitaciones».

Sin embargo, durante el resto de la semana no fueron molestados, y lo único que les llamó la atención fue la continua renovación de la mancha de sangre en el suelo de la biblioteca. Esto era ciertamente muy extraño, ya que el señor Otis siempre cerraba la puerta con llave por la noche y bloqueaba las ventanas con barrotes. Además, el color camaleónico de la mancha suscitó muchos comentarios. Algunas mañanas era de un rojo apagado (casi índigo), luego bermellón, después púrpura intenso, y una vez, cuando bajaron para las oraciones familiares, según los sencillos ritos de la Iglesia Episcopal Reformada Libre Americana, lo encontraron de un brillante verde esmeralda. Naturalmente, estos cambios caleidoscópicos divertían mucho al grupo, y todas las noches se hacían apuestas sobre el tema. La única persona que no participaba en la broma era la pequeña Virginia, quien, por alguna razón inexplicable, siempre se angustiaba mucho al ver la mancha de sangre, y casi lloró la mañana en que tenía un color verde esmeralda.

La segunda aparición del fantasma tuvo lugar el domingo por la noche. Poco después de acostarse, se alarmaron de repente al oír un ruido espantoso en el vestíbulo. Bajaron corriendo las escaleras y descubrieron que una gran armadura antigua se había desprendido de su soporte y había caído sobre el suelo de piedra, mientras que sentado en una silla de respaldo alto estaba el fantasma de Canterville, frotándose las rodillas con una expresión de aguda agonía en el rostro. Los mellizos, que habían traído sus cerbatanas, descargaron dos perdigones sobre él, con esa precisión y puntería que sólo puede alcanzarse mediante una larga y cuidadosa práctica con un maestro de escritura, mientras el Ministro

called upon him, in accordance with Californian etiquette, to hold up his hands! The ghost started up with a wild shriek of rage, and swept through them like a mist, extinguishing Washington Otis's candle as he passed, and so leaving them all in total darkness. On reaching the top of the staircase he recovered himself, and determined to give his celebrated peal of demoniac laughter. This he had on more than one occasion found extremely useful. It was said to have turned Lord Raker's wig grey in a single night, and had certainly made three of Lady Canterville's French governesses give warning before their month was up. He accordingly laughed his most horrible laugh, till the old vaulted roof rang and rang again, but hardly had the fearful echo died away when a door opened, and Mrs. Otis came out in a light blue dressing-gown. "I am afraid you are far from well," she said, "and have brought you a bottle of Doctor Dobell's tincture. If it is indigestion, you will find it a most excellent remedy." The ghost glared at her in fury, and began at once to make preparations for turning himself into a large black dog, an accomplishment for which he was justly renowned, and to which the family doctor always attributed the permanent idiocy of Lord Canterville's uncle, the Hon. Thomas Horton. The sound of approaching footsteps, however, made him hesitate in his fell purpose, so he contented himself with becoming faintly phosphorescent, and vanished with a deep churchyard groan, just as the twins had come up to him.

On reaching his room he entirely broke down, and became a prey to the most violent agitation. The vulgarity of the twins, and the gross materialism of Mrs. Otis, were naturally extremely annoying, but what really distressed him most was that he had been unable to wear the suit of mail. He had hoped that even modern Americans would be thrilled by the sight of a Spectre in armour, if for no more sensible reason, at least out of respect for their natural poet Longfellow, over whose graceful and attractive poetry he himself had whiled away many a weary hour when the Cantervilles were up in town. Besides it was his own suit. He had worn it with great success at the Kenilworth tournament, and had been highly complimented on it by no less a person than the Virgin Queen herself. Yet when he had put it on, he had been completely overpowered by the weight of the huge breastplate and steel casque, and had fallen heavily on the stone pavement, barking both his knees severely, and bruising the knuckles of his right hand.

de los Estados Unidos de América lo cubría con su revólver y le pedía, de acuerdo con la etiqueta californiana, que levantara las manos. El fantasma se levantó con un salvaje grito de rabia y los atravesó como una niebla, apagando la vela de Washington Otis a su paso y dejándolos a todos en la más completa oscuridad. Al llegar a lo alto de la escalera se recuperó y decidió lanzar su célebre carcajada demoníaca. En más de una ocasión le había resultado extremadamente útil. Se decía que había encanecido la peluca de Lord Raker en una sola noche, y sin duda había hecho renunciar a tres de las institutrices francesas de Lady Canterville antes de que terminaran el mes. En consecuencia, soltó su risa más horrible, hasta que el viejo techo abovedado sonó y volvió a sonar, pero apenas se había apagado el temible eco cuando se abrió una puerta y salió la señora Otis en bata azul claro. «Me temo que no se encuentra nada bien», dijo, «y le he traído un frasco de tintura del Doctor Dobell. Si es indigestión, le parecerá un remedio excelente». El fantasma la fulminó con la mirada, furioso, y comenzó de inmediato a hacer los preparativos para convertirse en un gran perro negro, un logro por el que era justamente famoso y al que el médico de la familia atribuía siempre la permanente idiotez del tío de Lord Canterville, el Honorable Thomas Horton. Sin embargo, el sonido de unos pasos que se acercaban le hizo vacilar en su malvado propósito, así que se contentó con volverse débilmente fosforescente y desapareció con un profundo gemido sepulcral, justo cuando los mellizos habían llegado hasta él.

Al llegar a su habitación se derrumbó por completo y fue presa de la más violenta agitación. La vulgaridad de los mellizos y el grosero materialismo de la señora Otis eran, naturalmente, muy molestos, pero lo que más le afligía era no haber podido ponerse la cota de malla. Esperaba que incluso los norteamericanos modernos se sintieran emocionados ante la visión de un espectro con armadura, si no por una razón más sensata, al menos por respeto a su poeta natural, Longfellow, con cuya graciosa y atractiva poesía él mismo había pasado muchas horas en vela cuando los Canterville estaban en la ciudad. Además, era su propia armadura. La había lucido con gran éxito en el torneo de Kenilworth, y había recibido grandes elogios nada menos que de la propia Reina Virgen. Sin embargo, cuando se la había puesto, el peso de la enorme coraza y del yelmo de acero le había vencido por completo y había caído pesadamente sobre el suelo de piedra, produciéndose un fuerte crujido en ambas rodillas y magulladuras en los nudillos de la mano derecha.

"THE TWINS ... AT ONCE DISCHARGED TWO PELLETS ON HIM"

«LOS MELLIZOS… DESCARGARON DOS PERDIGONES SOBRE ÉL»

For some days after this he was extremely ill, and hardly stirred out of his room at all, except to keep the blood-stain in proper repair. However, by taking great care of himself, he recovered, and resolved to make a third attempt to frighten the United States Minister and his family. He selected Friday, August 17th, for his appearance, and spent most of that day in looking over his wardrobe, ultimately deciding in favour of a large slouched hat with a red feather, a winding-sheet frilled at the wrists and neck, and a rusty dagger. Towards evening a violent storm of rain came on, and the wind was so high that all the windows and doors in the old house shook and rattled. In fact, it was just such weather as he loved. His plan of action was this. He was to make his way quietly to Washington Otis's room, gibber at him from the foot of the bed, and stab himself three times in the throat to the sound of low music. He bore Washington a special grudge, being quite aware that it was he who was in the habit of removing the famous Canterville blood-stain by means of Pinkerton's Paragon Detergent. Having reduced the reckless and foolhardy youth to a condition of abject terror, he was then to proceed to the room occupied by the United States Minister and his wife, and there to place a clammy hand on Mrs. Otis's forehead, while he hissed into her trembling husband's ear the awful secrets of the charnel-house. With regard to little Virginia, he had not quite made up his mind. She had never insulted him in any way, and was pretty and gentle. A few hollow groans from the wardrobe, he thought, would be more than sufficient, or, if that failed to wake her, he might grabble at the counterpane with palsy-twitching fingers. As for the twins, he was quite determined to teach them a lesson. The first thing to be done was, of course, to sit upon their chests, so as to produce the stifling sensation of nightmare. Then, as their beds were quite close to each other, to stand between them in the form of a green, icy-cold corpse, till they became paralyzed with fear, and finally, to throw off the winding-sheet, and crawl round the room, with white, bleached bones and one rolling eyeball, in the character of "Dumb Daniel, or the Suicide's Skeleton," a *rôle* in which he had on more than one occasion produced a great effect, and which he considered quite equal to his famous part of "Martin the Maniac, or the Masked Mystery."

Durante algunos días después de esto estuvo extremadamente enfermo, y apenas salía de su habitación, excepto para mantener la mancha de sangre en buen estado. Sin embargo, cuidando mucho de sí mismo, se recuperó, y resolvió hacer un tercer intento de asustar al Ministro de los Estados Unidos de América y a su familia. Eligió el viernes 17 de agosto para su aparición, y pasó la mayor parte de ese día revisando su vestuario, decidiéndose finalmente por un gran sombrero inclinado con una pluma roja, un sudario con volantes en las muñecas y el cuello, y una daga oxidada. Hacia el atardecer se desató una violenta tormenta, y el viento era tan fuerte que todas las ventanas y puertas de la vieja casa temblaban y vibraban. De hecho, era el tiempo que a él le gustaba. Su plan de acción era el siguiente. Debía dirigirse silenciosamente a la habitación de Washington Otis, balbucearle desde los pies de la cama y apuñalarse tres veces en la garganta al son de una música baja. Le guardaba un rencor especial a Washington, pues sabía perfectamente que era él quien tenía la costumbre de eliminar la famosa mancha de sangre de Canterville con el detergente Paragon de Pinkerton. Habiendo reducido al imprudente y temerario joven a una condición de terror abyecto, se dirigiría entonces a la habitación ocupada por el Ministro de los Estados Unidos de América y su esposa, y allí pondría una mano viscosa sobre la frente de la señora Otis, mientras siseaba al oído de su tembloroso marido los horribles secretos del osario. En cuanto a la pequeña Virginia, aún no había tomado una decisión. Ella nunca lo había insultado de ninguna manera, y era bonita y amable. Pensó que unos gemidos cavernosos desde el armario serían más que suficientes o, si eso no conseguía despertarla, podría aferrar el cubrecama con dedos paralíticos. En cuanto a los mellizos, estaba decidido a darles una lección. Lo primero que había que hacer era, por supuesto, sentarse sobre sus pechos, para producir la sofocante sensación de pesadilla. Luego, como sus camas estaban muy cerca la una de la otra, se colocaría entre ellas en forma de cadáver verde y helado, hasta que se paralizaran de miedo y, finalmente, tiraría la sábana y se arrastraría por la habitación, con los huesos blancos y descoloridos y un globo ocular rodante, en el personaje de «Daniel el Mudo, o el Esqueleto del Suicida», un papel en el que en más de una ocasión había producido un gran efecto, y que consideraba igual a su famoso papel de «Martin el Maníaco, o el Misterio de la Máscara».

"ITS HEAD WAS BALD AND BURNISHED"

«SU CABEZA ERA CALVA Y BRUÑIDA»

At half-past ten he heard the family going to bed. For some time he was disturbed by wild shrieks of laughter from the twins, who, with the light-hearted gaiety of schoolboys, were evidently amusing themselves before they retired to rest, but at a quarter-past eleven all was still, and, as midnight sounded, he sallied forth. The owl beat against the window-panes, the raven croaked from the old yew-tree, and the wind wandered moaning round the house like a lost soul; but the Otis family slept unconscious of their doom, and high above the rain and storm he could hear the steady snoring of the Minister for the United States. He stepped stealthily out of the wainscoting, with an evil smile on his cruel, wrinkled mouth, and the moon hid her face in a cloud as he stole past the great oriel window, where his own arms and those of his murdered wife were blazoned in azure and gold. On and on he glided, like an evil shadow, the very darkness seeming to loathe him as he passed. Once he thought he heard something call, and stopped; but it was only the baying of a dog from the Red Farm, and he went on, muttering strange sixteenth-century curses, and ever and anon brandishing the rusty dagger in the midnight air. Finally he reached the corner of the passage that led to luckless Washington's room. For a moment he paused there, the wind blowing his long grey locks about his head, and twisting into grotesque and fantastic folds the nameless horror of the dead man's shroud. Then the clock struck the quarter, and he felt the time was come. He chuckled to himself, and turned the corner; but no sooner had he done so than, with a piteous wail of terror, he fell back, and hid his blanched face in his long, bony hands. Right in front of him was standing a horrible spectre, motionless as a carven image, and monstrous as a madman's dream! Its head was bald and burnished; its face round, and fat, and white; and hideous laughter seemed to have writhed its features into an eternal grin. From the eyes streamed rays of scarlet light, the mouth was a wide well of fire, and a hideous garment, like to his own, swathed with its silent snows the Titan form. On its breast was a placard with strange writing in antique characters, some scroll of shame it seemed, some record of wild sins, some awful calendar of crime, and, with its right hand, it bore aloft a falchion of gleaming steel.

Never having seen a ghost before, he naturally was terribly frightened, and, after a second hasty glance at the awful phantom, he fled back to his room, tripping up in his long winding-sheet as he sped

A las diez y media oyó que la familia se iba a la cama. Durante algún tiempo le molestaron los gritos de risa de los mellizos, que, con la alegría despreocupada de los colegiales, se divertían antes de irse a descansar, pero a las once y cuarto todo estaba en calma y, cuando sonó la medianoche, salió. El búho golpeaba contra los cristales de las ventanas, el cuervo graznaba desde el viejo tejo y el viento vagaba gimiendo alrededor de la casa como un alma perdida; pero la familia Otis dormía inconsciente de su destino, y por encima de la lluvia y la tormenta podía oírse el ronquido constante del Ministro de los Estados Unidos de América. Él salió sigilosamente del revestimiento, con una sonrisa maligna en su boca cruel y arrugada, y la luna ocultó su rostro en una nube cuando pasó junto a la gran ventana del mirador, donde sus propias armas y las de su esposa asesinada estaban blasonadas en azur y oro. Siguió deslizándose como una sombra maligna, y la oscuridad parecía repugnarle a su paso. Una vez creyó oír que algo lo llamaba y se detuvo; pero sólo era el aullido de un perro de la Granja Roja, y siguió adelante, murmurando extrañas maldiciones del siglo XVI y blandiendo una y otra vez la daga oxidada en el aire de la medianoche. Finalmente llegó a la esquina del pasadizo que conducía a la habitación del desafortunado Washington. Durante un momento se detuvo allí, con el viento agitando sus largos mechones grises alrededor de la cabeza y retorciendo en pliegues grotescos y fantásticos el horror sin nombre de la mortaja del muerto. Entonces el reloj dio las menos cuarto y sintió que había llegado la hora. Se rió para sus adentros y dobló la esquina; pero no bien lo hubo hecho, con un gemido lastimero de terror, cayó de espaldas y ocultó su rostro blanqueado entre sus largas y huesudas manos. Justo delante de él se alzaba un espectro horrible, inmóvil como una imagen tallada y monstruoso como el sueño de un loco. Su cabeza era calva y bruñida; su cara redonda, gorda y blanca; y una horrible risa parecía haber retorcido sus rasgos en una eterna mueca. De los ojos brotaban rayos de luz escarlata, la boca era un ancho pozo de fuego, y una horrible vestidura, como la suya propia, envolvía con sus nieves silenciosas la forma del Titán. En su pecho había un cartel con extrañas inscripciones en caracteres antiguos, algún pergamino de vergüenza, algún registro de pecados salvajes, algún horrible calendario de crímenes, y, con su mano derecha, alzaba un bracamarte de reluciente acero.

Como nunca antes había visto un fantasma, se asustó terriblemente y, tras echar una segunda mirada apresurada al espantoso espectro, huyó de vuelta a su habitación, tropezando con su largo sudario mien-

down the corridor, and finally dropping the rusty dagger into the Minister's jack-boots, where it was found in the morning by the butler. Once in the privacy of his own apartment, he flung himself down on a small pallet-bed, and hid his face under the clothes. After a time, however, the brave old Canterville spirit asserted itself, and he determined to go and speak to the other ghost as soon as it was daylight. Accordingly, just as the dawn was touching the hills with silver, he returned towards the spot where he had first laid eyes on the grisly phantom, feeling that, after all, two ghosts were better than one, and that, by the aid of his new friend, he might safely grapple with the twins. On reaching the spot, however, a terrible sight met his gaze. Something had evidently happened to the spectre, for the light had entirely faded from its hollow eyes, the gleaming falchion had fallen from its hand, and it was leaning up against the wall in a strained and uncomfortable attitude. He rushed forward and seized it in his arms, when, to his horror, the head slipped off and rolled on the floor, the body assumed a recumbent posture, and he found himself clasping a white dimity bed-curtain, with a sweeping-brush, a kitchen cleaver, and a hollow turnip lying at his feet! Unable to understand this curious transformation, he clutched the placard with feverish haste, and there, in the grey morning light, he read these fearful words:—

YE OTIS GHOSTE

Ye Onlie True and Originale Spook,
Beware of Ye Imitationes.
All others are counterfeite.

The whole thing flashed across him. He had been tricked, foiled, and out-witted! The old Canterville look came into his eyes; he ground his toothless gums together; and, raising his withered hands high above his head, swore according to the picturesque phraseology of the antique school, that, when Chanticleer had sounded twice his merry horn, deeds of blood would be wrought, and murder walk abroad with silent feet.

Hardly had he finished this awful oath when, from the red-tiled roof of a distant homestead, a cock crew. He laughed a long, low, bitter laugh, and waited. Hour after hour he waited, but the cock, for some strange reason, did not crow again. Finally, at half-past seven,

tras corría por el pasillo y, finalmente, dejando caer la daga oxidada en las botas del Ministro, donde fue encontrada por la mañana por el mayordomo. Una vez en la intimidad de su apartamento, se tumbó en un pequeño camastro y escondió la cara bajo la ropa. Al cabo de un rato, sin embargo, el viejo y valiente espíritu de Canterville se reafirmó, y decidió ir a hablar con el otro fantasma en cuanto se hiciera de día. En consecuencia, justo cuando el alba cubría de plata las colinas, regresó al lugar donde había visto por primera vez al espantoso espectro, pensando que, después de todo, dos fantasmas eran mejor que uno y que, con la ayuda de su nuevo amigo, podría enfrentarse sin peligro a los mellizos. Al llegar al lugar, sin embargo, su mirada se encontró con un espectáculo terrible. Evidentemente, algo le había sucedido al espectro, pues la luz se había desvanecido por completo de sus ojos huecos, el brillante bracamarte se le había caído de la mano y estaba apoyado contra la pared en una actitud tensa e incómoda. Se precipitó hacia adelante y lo cogió en sus brazos, cuando, para su horror, la cabeza se desprendió y rodó por el suelo, el cuerpo adoptó una postura yacente y se encontró abrazado a una cortina gruesa de algodón, con una escoba, una cuchilla de cocina y un nabo hueco a sus pies. Incapaz de comprender esta curiosa transformación, agarró la pancarta con prisa febril, y allí, a la luz gris de la mañana, leyó estas temibles palabras:

EL FANTASMA DE LOS OTIS

El único fantasma verdadero y original,
Cuidado con las imitaciones.
Todos los demás son falsificaciones.

En un momento se dio cuenta de la situación. Había sido engañado, frustrado y burlado. La vieja mirada de Canterville apareció en sus ojos; rechinó sus encías desdentadas; y, levantando sus manos marchitas por encima de su cabeza, juró según la pintoresca fraseología de la escuela antigua, que, cuando Chanticleer hubiera tocado dos veces su alegre cuerno, se llevarían a cabo hechos de sangre, y el asesinato caminaría por todas partes con pies silenciosos.

Apenas había terminado este horrible juramento cuando, desde el tejado de tejas rojas de una lejana granja, cantó un gallo. Soltó una carcajada larga, grave y amarga, y esperó. Hora tras hora esperó, pero el gallo, por alguna extraña razón, no volvió a cantar. Finalmente, a las siete y

the arrival of the housemaids made him give up his fearful vigil, and he stalked back to his room, thinking of his vain oath and baffled purpose. There he consulted several books of ancient chivalry, of which he was exceedingly fond, and found that, on every occasion on which this oath had been used, Chanticleer had always crowed a second time. "Perdition seize the naughty fowl," he muttered, "I have seen the day when, with my stout spear, I would have run him through the gorge, and made him crow for me an 'twere in death!" He then retired to a comfortable lead coffin, and stayed there till evening.

media, la llegada de las criadas le hizo abandonar su temible vigilia, y regresó a su habitación, pensando en su vano juramento y en su propósito frustrado. Allí consultó varios libros de caballería antigua, a los que era muy aficionado, y descubrió que, en todas las ocasiones en que se había utilizado este juramento, Chanticleer siempre había cacareado por segunda vez. «¡Que la perdición se apodere de la maldita ave!», murmuró, «¡he visto el día en que, con mi robusta lanza, le habría hecho correr por el desfiladero, y le habría hecho cacarear para mí aunque fuera en la muerte!». Luego se retiró a un cómodo ataúd de plomo, y permaneció allí hasta la noche.

"HE MET WITH A SEVERE FALL"

«SUFRIÓ UNA GRAVE CAÍDA»

IV

The next day the ghost was very weak and tired. The terrible excitement of the last four weeks was beginning to have its effect. His nerves were completely shattered, and he started at the slightest noise. For five days he kept his room, and at last made up his mind to give up the point of the blood-stain on the library floor. If the Otis family did not want it, they clearly did not deserve it. They were evidently people on a low, material plane of existence, and quite incapable of appreciating the symbolic value of sensuous phenomena. The question of phantasmic apparitions, and the development of astral bodies, was of course quite a different matter, and really not under his control. It was his solemn duty to appear in the corridor once a week, and to gibber from the large oriel window on the first and third Wednesdays in every month, and he did not see how he could honourably escape from his obligations. It is quite true that his life had been very evil, but, upon the other hand, he was most conscientious in all things connected with the supernatural. For the next three Saturdays, accordingly, he traversed the corridor as usual between midnight and three o'clock, taking every possible precaution against being either heard or seen. He removed his boots, trod as lightly as possible on the old worm-eaten boards, wore a large black velvet cloak, and was careful to use the Rising Sun Lubricator for oiling his chains. I am bound to acknowledge that it was with a good deal of difficulty that he brought himself to adopt this last mode of protection. However, one night, while the family were at dinner, he slipped into Mr. Otis's bedroom and carried off the bottle. He felt a little humiliated at first, but afterwards was sensible enough to see that there was a great deal to be said for the invention, and, to a certain degree, it served his purpose. Still in spite of everything he was not left unmolested. Strings were continually being stretched across the corridor, over which he tripped in the dark, and on one occasion, while dressed for the part of "Black Isaac, or the Huntsman of Hogley Woods," he met with a severe fall, through treading on a butter-slide, which the twins had constructed from the entrance of the Tapestry Chamber to the top of the oak staircase. This last insult so enraged him, that he resolved to make one final effort to assert his dignity and social position, and determined to visit the insolent young Etonians the next night in his celebrated character of "Reckless Rupert, or the Headless Earl."

IV

Al día siguiente el fantasma estaba muy débil y cansado. La terrible excitación de las últimas cuatro semanas empezaba a surtir efecto. Tenía los nervios destrozados y se sobresaltaba al menor ruido. Durante cinco días permaneció en su habitación, y por fin se decidió a renunciar a la cuestión de la mancha de sangre en el suelo de la biblioteca. Si la familia Otis no la quería, estaba claro que no se la merecía. Evidentemente, eran personas de un plano de existencia bajo y material, y bastante incapaces de apreciar el valor simbólico de los fenómenos sensuales. La cuestión de las apariciones fantasmales y el desarrollo de los cuerpos astrales era, por supuesto, un asunto muy diferente, y realmente no estaba bajo su control. Era su deber solemne aparecer en el corredor una vez a la semana, y farfullar desde el gran ventanal los primeros y terceros miércoles de cada mes, y no veía cómo podría escapar honorablemente de sus obligaciones. Es cierto que en su vida había habido muchas maldades, pero, por otra parte, era muy concienzudo en todo lo relacionado con lo sobrenatural. En consecuencia, durante los tres sábados siguientes recorrió el pasillo como de costumbre entre la medianoche y las tres, tomando todas las precauciones posibles para no ser visto ni oído. Se quitaba las botas, pisaba con la mayor ligereza posible las viejas tablas agusanadas, llevaba una gran capa de terciopelo negro y tenía cuidado de utilizar el Lubricante Sol Naciente para engrasar sus cadenas. Debo reconocer que le costó mucho adoptar este último modo de protección. Sin embargo, una noche, mientras la familia cenaba, se coló en el dormitorio del señor Otis y se llevó la botella. Al principio se sintió un poco humillado, pero después fue lo bastante sensato como para darse cuenta de que el invento tenía mucho mérito y, hasta cierto punto, servía a sus propósitos. A pesar de todo, no le dejaron tranquilo. Continuamente le tendían cuerdas por el pasillo, con las que tropezaba en la oscuridad, y en una ocasión, mientras estaba vestido para el papel de «Isaac el Negro, o el Cazador de los Bosques de Hogley», sufrió una grave caída al pisar un tobogán de mantequilla que los mellizos habían construido desde la entrada de la Cámara de los Tapices hasta lo alto de la escalera de roble. Este último insulto le enfureció tanto que decidió hacer un último esfuerzo para afirmar su dignidad y posición social, y decidió visitar a los insolentes jóvenes etonianos la noche siguiente en su célebre personaje de «Rupert el Imprudente, o el Conde sin Cabeza».

"A HEAVY JUG OF WATER FELL RIGHT DOWN ON HIM."

«UNA PESADA JARRA DE AGUA LE CAYÓ ENCIMA»

He had not appeared in this disguise for more than seventy years; in fact, not since he had so frightened pretty Lady Barbara Modish by means of it, that she suddenly broke off her engagement with the present Lord Canterville's grandfather, and ran away to Gretna Green with handsome Jack Castletown, declaring that nothing in the world would induce her to marry into a family that allowed such a horrible phantom to walk up and down the terrace at twilight. Poor Jack was afterwards shot in a duel by Lord Canterville on Wandsworth Common, and Lady Barbara died of a broken heart at Tunbridge Wells before the year was out, so, in every way, it had been a great success. It was, however an extremely difficult "make-up," if I may use such a theatrical expression in connection with one of the greatest mysteries of the supernatural, or, to employ a more scientific term, the higher-natural world, and it took him fully three hours to make his preparations. At last everything was ready, and he was very pleased with his appearance. The big leather riding-boots that went with the dress were just a little too large for him, and he could only find one of the two horse-pistols, but, on the whole, he was quite satisfied, and at a quarter-past one he glided out of the wainscoting and crept down the corridor. On reaching the room occupied by the twins, which I should mention was called the Blue Bed Chamber, on account of the colour of its hangings, he found the door just ajar. Wishing to make an effective entrance, he flung it wide open, when a heavy jug of water fell right down on him, wetting him to the skin, and just missing his left shoulder by a couple of inches. At the same moment he heard stifled shrieks of laughter proceeding from the four-post bed. The shock to his nervous system was so great that he fled back to his room as hard as he could go, and the next day he was laid up with a severe cold. The only thing that at all consoled him in the whole affair was the fact that he had not brought his head with him, for, had he done so, the consequences might have been very serious.

Hacía más de setenta años que no aparecía con aquel disfraz; de hecho, no lo hacía desde que asustó tanto con él a la bella Lady Barbara Modish, que ésta rompió repentinamente su compromiso con el abuelo del actual Lord Canterville y huyó a Gretna Green con el apuesto Jack Castletown, declarando que nada en el mundo la induciría a casarse con una familia que permitía que un fantasma tan horrible se paseara por la terraza al anochecer. El pobre Jack fue abatido más tarde en un duelo por Lord Canterville en Wandsworth Common, y Lady Barbara murió con el corazón roto en Tunbridge Wells antes de que acabara el año, así que, en todos los sentidos, había sido un gran éxito. Sin embargo, se trataba de un «maquillaje» extremadamente difícil, si se me permite utilizar una expresión tan teatral en relación con uno de los mayores misterios del mundo sobrenatural o, por emplear un término más científico, del mundo supranatural, y le llevó tres horas hacer los preparativos. Por fin todo estaba listo, y él estaba muy satisfecho de su aspecto. Las grandes botas de montar de cuero que hacían juego con la vestimenta le quedaban un poco grandes, y sólo pudo encontrar una de las dos pistolas de montar, pero, en general, estaba bastante satisfecho, y a la una y cuarto se deslizó fuera del revestimiento de madera y se arrastró por el corredor. Al llegar a la habitación ocupada por los mellizos, que debo mencionar se llamaba la Cámara de la Cama Azul, por el color de sus colgaduras, encontró la puerta entreabierta. Deseando hacer una entrada eficaz, la abrió de par en par, cuando una pesada jarra de agua le cayó encima, mojándole hasta los huesos y pasándole un par de pulgadas por encima del hombro izquierdo. En el mismo momento oyó gritos ahogados de risa procedentes de la cama de cuatro postes. La conmoción en su sistema nervioso fue tan grande que huyó a su habitación con todas sus fuerzas, y al día siguiente tuvo que guardar cama con un fuerte resfriado. Lo único que le consoló en todo aquel asunto fue el hecho de no haber llevado la cabeza consigo, ya que, de haberlo hecho, las consecuencias podrían haber sido muy graves.

"MAKING SATIRICAL REMARKS ON THE PHOTOGRAPHS"

«HACIENDO COMENTARIOS SATÍRICOS SOBRE LAS FOTOGRAFÍAS»

He now gave up all hope of ever frightening this rude American family, and contented himself, as a rule, with creeping about the passages in list slippers, with a thick red muffler round his throat for fear of draughts, and a small arquebuse, in case he should be attacked by the twins. The final blow he received occurred on the 19th of September. He had gone down-stairs to the great entrance-hall, feeling sure that there, at any rate, he would be quite unmolested, and was amusing himself by making satirical remarks on the large Saroni photographs of the United States Minister and his wife which had now taken the place of the Canterville family pictures. He was simply but neatly clad in a long shroud, spotted with churchyard mould, had tied up his jaw with a strip of yellow linen, and carried a small lantern and a sexton's spade. In fact, he was dressed for the character of "Jonas the Graveless, or the Corpse-Snatcher of Chertsey Barn," one of his most remarkable impersonations, and one which the Cantervilles had every reason to remember, as it was the real origin of their quarrel with their neighbour, Lord Rufford. It was about a quarter-past two o'clock in the morning, and, as far as he could ascertain, no one was stirring. As he was strolling towards the library, however, to see if there were any traces left of the blood-stain, suddenly there leaped out on him from a dark corner two figures, who waved their arms wildly above their heads, and shrieked out "BOO!" in his ear.

Seized with a panic, which, under the circumstances, was only natural, he rushed for the staircase, but found Washington Otis waiting for him there with the big garden-syringe, and being thus hemmed in by his enemies on every side, and driven almost to bay, he vanished into the great iron stove, which, fortunately for him, was not lit, and had to make his way home through the flues and chimneys, arriving at his own room in a terrible state of dirt, disorder, and despair.

After this he was not seen again on any nocturnal expedition. The twins lay in wait for him on several occasions, and strewed the passages with nutshells every night to the great annoyance of their parents and the servants, but it was of no avail. It was quite evident that his feelings were so wounded that he would not appear. Mr. Otis consequently resumed his great work on the history of the Democratic Party, on which he had been engaged for some years; Mrs. Otis organized a wonderful clam-bake, which amazed the whole county;

Renunció entonces a toda esperanza de asustar alguna vez a aquella ruda familia americana y se contentó, por regla general, con arrastrarse por los pasadizos en zapatillas de lana, con una gruesa bufanda roja alrededor de la garganta, por miedo a las corrientes de aire, y un pequeño arcabuz, por si le atacaban los mellizos. El último golpe que recibió ocurrió el 19 de septiembre. Había bajado al gran vestíbulo, convencido de que allí, en cualquier caso, no sería molestado en absoluto, y se divertía haciendo comentarios satíricos sobre las grandes fotografías de Saroni del Ministro de los Estados Unidos de América y su esposa, que ahora ocupaban el lugar de los cuadros de la familia Canterville. Iba simple pero pulcramente vestido con un largo sudario manchado de moho de cementerio, se había atado la mandíbula con una tira de lino amarillo y llevaba una pequeña linterna y una pala de sepulturero. De hecho, estaba vestido para el personaje de «Jonas el Desenterrador, o el Ladrón de Cadáveres de Chertsey Barn», una de sus imitaciones más notables y que los Canterville tenían motivos para recordar, ya que fue el verdadero origen de su disputa con su vecino, Lord Rufford. Eran aproximadamente las dos y cuarto de la madrugada y, por lo que pudo comprobar, nadie se movía. Sin embargo, cuando se dirigía hacia la biblioteca para ver si quedaba algún rastro de la mancha de sangre, de repente saltaron hacia él desde un rincón oscuro dos figuras que agitaban los brazos salvajemente por encima de sus cabezas y le gritaron «¡BOO!» al oído.

Presa de un pánico que, dadas las circunstancias, era natural, se dirigió corriendo a la escalera, pero encontró a Washington Otis esperándole allí con la gran regadera de jardín, y viéndose así acorralado por sus enemigos por todas partes, y llevado casi al borde del abismo, desapareció en la gran estufa de hierro, que, afortunadamente para él, no estaba encendida, y tuvo que abrirse camino a casa a través de los conductos y chimeneas, llegando a su propia habitación en un terrible estado de suciedad, desorden y desesperación.

Después de esto no se le volvió a ver en ninguna expedición nocturna. Los mellizos le acecharon en varias ocasiones y sembraron los pasadizos de cáscaras de nuez todas las noches, para gran disgusto de sus padres y de los criados, pero fue en vano. Era evidente que sus sentimientos estaban tan heridos que no aparecería. En consecuencia, el señor Otis reanudó su gran obra sobre la historia del Partido Demócrata, a la que se había dedicado durante algunos años; la señora Otis organizó un maravilloso asado de almejas, que asombró a todo el condado; los

the boys took to lacrosse euchre, poker, and other American national games, and Virginia rode about the lanes on her pony, accompanied by the young Duke of Cheshire, who had come to spend the last week of his holidays at Canterville Chase. It was generally assumed that the ghost had gone away, and, in fact, Mr. Otis wrote a letter to that effect to Lord Canterville, who, in reply, expressed his great pleasure at the news, and sent his best congratulations to the Minister's worthy wife.

The Otises, however, were deceived, for the ghost was still in the house, and though now almost an invalid, was by no means ready to let matters rest, particularly as he heard that among the guests was the young Duke of Cheshire, whose grand-uncle, Lord Francis Stilton, had once bet a hundred guineas with Colonel Carbury that he would play dice with the Canterville ghost, and was found the next morning lying on the floor of the card-room in such a helpless paralytic state that, though he lived on to a great age, he was never able to say anything again but "Double Sixes." The story was well known at the time, though, of course, out of respect to the feelings of the two noble families, every attempt was made to hush it up, and a full account of all the circumstances connected with it will be found in the third volume of Lord Tattle's *Recollections of the Prince Regent and his Friends*. The ghost, then, was naturally very anxious to show that he had not lost his influence over the Stiltons, with whom, indeed, he was distantly connected, his own first cousin having been married *en secondes noces* to the Sieur de Bulkeley, from whom, as every one knows, the Dukes of Cheshire are lineally descended. Accordingly, he made arrangements for appearing to Virginia's little lover in his celebrated impersonation of "The Vampire Monk, or the Bloodless Benedictine," a performance so horrible that when old Lady Startup saw it, which she did on one fatal New Year's Eve, in the year 1764, she went off into the most piercing shrieks, which culminated in violent apoplexy, and died in three days, after disinheriting the Cantervilles, who were her nearest relations, and leaving all her money to her London apothecary. At the last moment, however, his terror of the twins prevented his leaving his room, and the little Duke slept in peace under the great feathered canopy in the Royal Bedchamber, and dreamed of Virginia.

muchachos se aficionaron al lacrosse, al euchre, al póquer y a otros juegos nacionales americanos, y Virginia recorrió los senderos en su poni, acompañada por el joven Duque de Cheshire, que había venido a pasar la última semana de sus vacaciones en Canterville Chase. En general, se supuso que el fantasma se había ido y, de hecho, el señor Otis escribió una carta en ese sentido a Lord Canterville, quien, en respuesta, expresó su gran placer por la noticia y envió sus mejores felicitaciones a la digna esposa del Ministro.

Sin embargo, los Otis fueron engañados, pues el fantasma seguía en la casa y, aunque ya casi inválido, no estaba dispuesto a dejar que las cosas se calmaran, sobre todo al enterarse de que entre los invitados se encontraba el joven Duque de Cheshire, cuyo tío abuelo, Lord Francis Stilton, había apostado una vez cien guineas con el Coronel Carbury a que jugaría a los dados con el fantasma de Canterville, y fue encontrado a la mañana siguiente tendido en el suelo de la sala de naipes en un estado de parálisis tan impotente que, aunque vivió hasta una edad avanzada, nunca fue capaz de decir nada más que «Seis Doble». La historia era bien conocida en aquella época, aunque, naturalmente, por respeto a los sentimientos de las dos nobles familias, se hizo todo lo posible por silenciarla, y en el tercer volumen de los *Recuerdos del Príncipe Regente y sus Amigos*, de Lord Tattle, se encontrará un relato completo de todas las circunstancias relacionadas con ella. Naturalmente, el fantasma estaba muy ansioso por demostrar que no había perdido su influencia sobre los Stilton, con los que, de hecho, estaba lejanamente relacionado, ya que su propia prima hermana se había casado en segundas nupcias con el Sieur de Bulkeley, de quien, como todo el mundo sabe, descienden linealmente los Duques de Cheshire. En consecuencia, hizo los arreglos necesarios para aparecerse ante el joven amante de Virginia en su célebre personificación de «El Monje Vampiro, o el Benedictino sin Sangre», una actuación tan horrible que cuando la anciana Lady Startup lo vio, cosa que hizo en una fatal Nochevieja del año 1764, prorrumpió en los más desgarradores alaridos que culminaron en una violenta apoplejía y murió en tres días, tras desheredar a los Canterville, que eran sus parientes más cercanos, y dejar todo su dinero a su boticario de Londres. En el último momento, sin embargo, su terror a los mellizos le impidió salir de su habitación, y el pequeño Duque durmió en paz bajo el gran dosel de plumas de la Alcoba Real, y soñó con Virginia.

"SUDDENLY THERE LEAPED OUT TWO FIGURES."

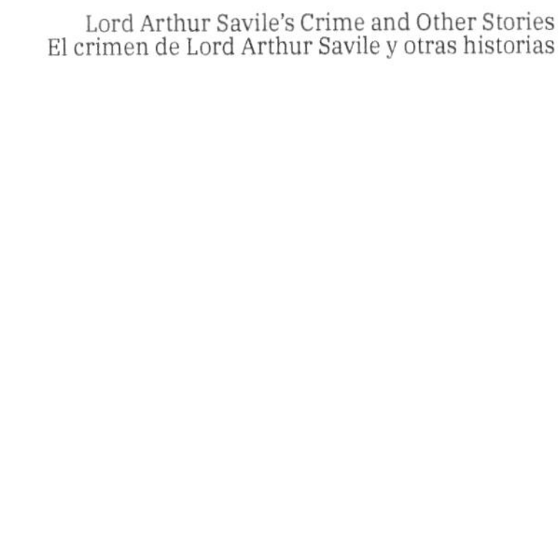

«DE REPENTE SALTARON HACIA ÉL DOS FIGURAS»

V

Afew days after this, Virginia and her curly-haired cavalier went out riding on Brockley meadows, where she tore her habit so badly in getting through a hedge that, on their return home, she made up her mind to go up by the back staircase so as not to be seen. As she was running past the Tapestry Chamber, the door of which happened to be open, she fancied she saw some one inside, and thinking it was her mother's maid, who sometimes used to bring her work there, looked in to ask her to mend her habit. To her immense surprise, however, it was the Canterville Ghost himself! He was sitting by the window, watching the ruined gold of the yellowing trees fly through the air, and the red leaves dancing madly down the long avenue. His head was leaning on his hand, and his whole attitude was one of extreme depression. Indeed, so forlorn, and so much out of repair did he look, that little Virginia, whose first idea had been to run away and lock herself in her room, was filled with pity, and determined to try and comfort him. So light was her footfall, and so deep his melancholy, that he was not aware of her presence till she spoke to him.

"I am so sorry for you," she said, "but my brothers are going back to Eton to-morrow, and then, if you behave yourself, no one will annoy you."

"It is absurd asking me to behave myself," he answered, looking round in astonishment at the pretty little girl who had ventured to address him, "quite absurd. I must rattle my chains, and groan through keyholes, and walk about at night, if that is what you mean. It is my only reason for existing."

"It is no reason at all for existing, and you know you have been very wicked. Mrs. Umney told us, the first day we arrived here, that you had killed your wife."

"Well, I quite admit it," said the Ghost, petulantly, "but it was a purely family matter, and concerned no one else."

"It is very wrong to kill any one," said Virginia, who at times had a sweet puritan gravity, caught from some old New England ancestor.

V

Pocos días después de esto, Virginia y su caballero de pelo rizado salieron a cabalgar por los prados de Brockley, donde ella se rompió el vestido de tal manera al atravesar un seto que, al regresar a casa, decidió subir por la escalera trasera para no ser vista. Al pasar por delante de la Cámara de los Tapices, cuya puerta estaba abierta, le pareció ver a alguien dentro y, pensando que era la criada de su madre, que a veces solía llevar allí su trabajo, se asomó para pedirle que le arreglara el vestido. Sin embargo, para su inmensa sorpresa, ¡era el Fantasma de Canterville en persona! Estaba sentado junto a la ventana, viendo volar por el aire el oro ruinoso de los árboles amarillentos y las hojas rojas que danzaban enloquecidas por la larga avenida. Tenía la cabeza apoyada en la mano, y toda su actitud era de extrema depresión. De hecho, su aspecto era tan triste y desmejorado que la pequeña Virginia, cuya primera idea había sido huir y encerrarse en su habitación, se compadeció de él y decidió intentar consolarlo. Tan ligeros eran los pasos de ella, y tan profunda su melancolía, que él no se dio cuenta de su presencia hasta que ella le habló.

«Lo siento mucho por usted», dijo, «pero mis hermanos volverán a Eton mañana, y entonces, si se porta bien, nadie le molestará».

«Es absurdo pedirme que me comporte», respondió él, mirando con asombro a la bonita muchachita que se había atrevido a dirigirse a él, «completamente absurdo. Debo hacer sonar mis cadenas, y gemir a través de las cerraduras, y caminar por la noche, si eso es lo que quieres decir. Es mi única razón de existir».

«No es razón en absoluto para existir, y usted sabe que ha sido muy malvado. La señora Umney nos dijo, el día que llegamos aquí, que usted había matado a su esposa».

«Bueno, lo admito», dijo el Fantasma, petulante, «pero era un asunto puramente familiar, y no concernía a nadie más».

«Está muy mal matar a quien sea», dijo Virginia, que a veces tenía una dulce gravedad puritana, heredada de algún viejo antepasado de Nueva Inglaterra.

"Oh, I hate the cheap severity of abstract ethics! My wife was very plain, never had my ruffs properly starched, and knew nothing about cookery. Why, there was a buck I had shot in Hogley Woods, a magnificent pricket, and do you know how she had it sent to table? However, it is no matter now, for it is all over, and I don't think it was very nice of her brothers to starve me to death, though I did kill her."

"Starve you to death? Oh, Mr. Ghost—I mean Sir Simon, are you hungry? I have a sandwich in my case. Would you like it?"

"No, thank you, I never eat anything now; but it is very kind of you, all the same, and you are much nicer than the rest of your horrid, rude, vulgar, dishonest family."

"Stop!" cried Virginia, stamping her foot, "it is you who are rude, and horrid, and vulgar, and as for dishonesty, you know you stole the paints out of my box to try and furbish up that ridiculous blood-stain in the library. First you took all my reds, including the vermilion, and I couldn't do any more sunsets, then you took the emerald-green and the chrome-yellow, and finally I had nothing left but indigo and Chinese white, and could only do moonlight scenes, which are always depressing to look at, and not at all easy to paint. I never told on you, though I was very much annoyed, and it was most ridiculous, the whole thing; for who ever heard of emerald-green blood?"

"Well, really," said the Ghost, rather meekly, "what was I to do? It is a very difficult thing to get real blood nowadays, and, as your brother began it all with his Paragon Detergent, I certainly saw no reason why I should not have your paints. As for colour, that is always a matter of taste: the Cantervilles have blue blood, for instance, the very bluest in England; but I know you Americans don't care for things of this kind."

"You know nothing about it, and the best thing you can do is to emigrate and improve your mind. My father will be only too happy to give you a free passage, and though there is a heavy duty on spirits of every kind, there will be no difficulty about the Custom House, as the officers are all Democrats. Once in New York, you are sure to be a great success. I know lots of people there who would give a hundred

«¡Oh, odio la severidad barata de la ética abstracta! Mi mujer era muy sencilla, nunca me almidonó bien las gorgueras y no sabía nada de cocina. Hubo un ciervo que yo había cazado en el bosque de Hogley, un magnífico alcaraván, y ¿sabes cómo hizo que lo sirvieran en la mesa? Sin embargo, ahora no importa, pues todo ha terminado, y no creo que fuera muy amable por parte de sus hermanos matarme de hambre... aunque yo la haya matado a ella».

«¿Morir de hambre? Oh, Señor Fantasma, quiero decir, Sir Simon, ¿tiene hambre? Tengo un sándwich en mi cartera. ¿Le gustaría?».

«No, gracias, ya nunca como nada; pero es muy amable de tu parte, de todos modos, y eres mucho más agradable que el resto de tu horrible, grosera, vulgar y deshonesta familia».

«¡Basta!», gritó Virginia, dando un pisotón, «es usted quien es grosero, y horrible, y vulgar, y en cuanto a la deshonestidad, usted sabe que robó las pinturas de mi caja para tratar de arreglar esa ridícula mancha de sangre en la biblioteca. Primero se llevó todos mis rojos, incluido el bermellón, y ya no pude pintar más puestas de sol; luego se llevó el verde esmeralda y el amarillo cromo, y finalmente sólo me quedaron el añil y el blanco chino, y sólo pude hacer escenas a la luz de la luna, que siempre son deprimentes de ver, y nada fáciles de pintar. Nunca se lo dije a usted, aunque me molestó mucho, y todo aquello era de lo más ridículo, porque ¿quién ha oído hablar de sangre verde esmeralda?».

«Bueno, en realidad», dijo el Fantasma con bastante mansedumbre, «¿qué podía hacer? Hoy en día es muy difícil conseguir sangre de verdad y, como tu hermano empezó todo con su Detergente Paragon, no vi ninguna razón para no tener tus pinturas. En cuanto al color, siempre es cuestión de gustos: los Canterville tienen sangre azul, por ejemplo, la más azul de Inglaterra; pero sé que a los norteamericanos no les interesan estas cosas».

«No sabe nada al respecto, y lo mejor que puede hacer es emigrar y desarrollar su pensamiento. Mi padre estará encantado de proporcionarle un pasaje gratuito, y aunque hay un fuerte impuesto sobre las cosas espirituosas de todo tipo, no habrá ninguna dificultad en la aduana, ya que los funcionarios son todos demócratas. Una vez en Nueva York, seguro que tendrá un gran éxito. Conozco mucha gente allí que daría

thousand dollars to have a grandfather, and much more than that to have a family ghost."

"I don't think I should like America."

"I suppose because we have no ruins and no curiosities," said Virginia, satirically.

"No ruins! no curiosities!" answered the Ghost; "you have your navy and your manners."

"Good evening; I will go and ask papa to get the twins an extra week's holiday."

"Please don't go, Miss Virginia," he cried; "I am so lonely and so unhappy, and I really don't know what to do. I want to go to sleep and I cannot."

"That's quite absurd! You have merely to go to bed and blow out the candle. It is very difficult sometimes to keep awake, especially at church, but there is no difficulty at all about sleeping. Why, even babies know how to do that, and they are not very clever."

"I have not slept for three hundred years," he said sadly, and Virginia's beautiful blue eyes opened in wonder; "for three hundred years I have not slept, and I am so tired."

Virginia grew quite grave, and her little lips trembled like rose-leaves. She came towards him, and kneeling down at his side, looked up into his old withered face.

"Poor, poor Ghost," she murmured; "have you no place where you can sleep?"

"Far away beyond the pine-woods," he answered, in a low, dreamy voice, "there is a little garden. There the grass grows long and deep, there are the great white stars of the hemlock flower, there the nightingale sings all night long. All night long he sings, and the cold crystal moon looks down, and the yew-tree spreads out its giant arms over the sleepers."

cien mil dólares por tener un abuelo, y mucho más que eso por tener un fantasma de familia».

«No creo que vaya a gustarme Norteamérica».

«Supongo que porque no tenemos ruinas ni curiosidades», dijo Virginia, satíricamente.

«¡Nada de ruinas! ¡Nada de curiosidades!», respondió el Fantasma; «ustedes tienen su marina y sus modales».

«Buenas noches; iré a pedirle a papá que les dé a los mellizos una semana más de vacaciones».

«Por favor, no se vaya, señorita Virginia», gritó él; «estoy tan solo y soy tan infeliz, y realmente no sé qué hacer. Quiero irme a dormir y no puedo».

«¡Eso es absurdo! Basta con irse a la cama y apagar la vela. A veces es muy difícil mantenerse despierto, sobre todo en la iglesia, pero dormir no supone ninguna dificultad. Hasta los bebés saben hacerlo, y no son muy listos».

«Hace trescientos años que no duermo», dijo tristemente, y los hermosos ojos azules de Virginia se abrieron con asombro; «hace trescientos años que no duermo, y estoy tan cansado».

Virginia se puso muy seria y sus pequeños labios temblaron como hojas de rosa. Se acercó a él y, arrodillándose a su lado, miró su viejo rostro marchito.

«Pobre, pobre Fantasma», murmuró; «¿no tiene usted un lugar donde dormir?».

«Más allá de los pinares», respondió él en voz baja y soñadora, «hay un pequeño jardín. Allí la hierba crece larga y profunda, allí están las grandes estrellas blancas de la flor de la cicuta, allí el ruiseñor canta toda la noche. Toda la noche canta, y la fría luna de cristal mira hacia abajo, y el tejo extiende sus gigantescos brazos sobre los durmientes».

"'POOR, POOR GHOST,' SHE MURMURED; 'HAVE YOU NO PLACE WHERE YOU CAN SLEEP?'"

«POBRE, POBRE FANTASMA», MURMURÓ; «¿NO TIENE USTED UN LUGAR DONDE DORMIR?»

Virginia's eyes grew dim with tears, and she hid her face in her hands.

"You mean the Garden of Death," she whispered.

"Yes, death. Death must be so beautiful. To lie in the soft brown earth, with the grasses waving above one's head, and listen to silence. To have no yesterday, and no to-morrow. To forget time, to forget life, to be at peace. You can help me. You can open for me the portals of death's house, for love is always with you, and love is stronger than death is."

Virginia trembled, a cold shudder ran through her, and for a few moments there was silence. She felt as if she was in a terrible dream.

Then the ghost spoke again, and his voice sounded like the sighing of the wind.

"Have you ever read the old prophecy on the library window?"

"Oh, often," cried the little girl, looking up; "I know it quite well. It is painted in curious black letters, and is difficult to read. There are only six lines:

"'When a golden girl can win
Prayer from out the lips of sin,
When the barren almond bears,
And a little child gives away its tears,
Then shall all the house be still
And peace come to Canterville.'

But I don't know what they mean."

"They mean," he said, sadly, "that you must weep with me for my sins, because I have no tears, and pray with me for my soul, because I have no faith, and then, if you have always been sweet, and good, and gentle, the angel of death will have mercy on me. You will see fearful shapes in darkness, and wicked voices will whisper in your ear, but they will not harm you, for against the purity of a little child the pow-

Los ojos de Virginia se empañaron de lágrimas y escondió la cara entre las manos.

«Se refiere al Jardín de la Muerte», susurró.

«Sí, la muerte. La muerte debe ser tan hermosa. Yacer en la suave tierra marrón, con las hierbas ondeando sobre la cabeza, y escuchar el silencio. No tener ayer ni mañana. Olvidar el tiempo, olvidar la vida, estar en paz. Tú puedes ayudarme. Puedes abrirme los portales de la casa de la muerte, porque el amor siempre está contigo, y el amor es más fuerte que la muerte».

Virginia tembló, un escalofrío la recorrió y durante unos instantes se hizo el silencio. Ella se sentía como si estuviera en un sueño terrible.

Entonces el fantasma volvió a hablar, y su voz sonó como el suspiro del viento.

«¿Has leído alguna vez la vieja profecía sobre la ventana de la biblioteca?».

«Oh, a menudo», exclamó la niña, levantando la vista, «la conozco muy bien. Está pintada con curiosas letras negras, y es difícil de leer. Sólo tiene seis líneas:

«"Cuando una chica dorada pueda ganar
La oración de los labios del pecado
Cuando la almendra estéril dé a luz,
Y un infante pequeño regale sus lágrimas,
Entonces toda la casa estará quieta
Y la paz llegará a Canterville".

Pero no sé lo que significan».

«Quieren decir», dijo, tristemente, «que tú debes llorar conmigo por mis pecados, porque no tengo lágrimas, y rezar conmigo por mi alma, porque no tengo fe, y entonces, si siempre has sido dulce, y buena, y amable, el ángel de la muerte se apiadará de mí. Verás formas temibles en la oscuridad, y voces perversas susurrarán a tu oído, pero no te harán daño, porque contra la pureza de un niño pequeño no pueden prevale-

ers of Hell cannot prevail."

Virginia made no answer, and the ghost wrung his hands in wild despair as he looked down at her bowed golden head. Suddenly she stood up, very pale, and with a strange light in her eyes. "I am not afraid," she said firmly, "and I will ask the angel to have mercy on you."

He rose from his seat with a faint cry of joy, and taking her hand bent over it with old-fashioned grace and kissed it. His fingers were as cold as ice, and his lips burned like fire, but Virginia did not falter, as he led her across the dusky room. On the faded green tapestry were broidered little huntsmen. They blew their tasselled horns and with their tiny hands waved to her to go back. "Go back! little Virginia," they cried, "go back!" but the ghost clutched her hand more tightly, and she shut her eyes against them. Horrible animals with lizard tails and goggle eyes blinked at her from the carven chimneypiece, and murmured, "Beware! little Virginia, beware! we may never see you again," but the Ghost glided on more swiftly, and Virginia did not listen. When they reached the end of the room he stopped, and muttered some words she could not understand. She opened her eyes, and saw the wall slowly fading away like a mist, and a great black cavern in front of her. A bitter cold wind swept round them, and she felt something pulling at her dress. "Quick, quick," cried the Ghost, "or it will be too late," and in a moment the wainscoting had closed behind them, and the Tapestry Chamber was empty.

cer los poderes del Infierno».

Virginia no respondió, y el fantasma se retorció las manos con salvaje desesperación mientras miraba su cabeza dorada inclinada. De pronto ella se puso de pie, muy pálida y con una extraña luz en los ojos. «No tengo miedo», dijo con firmeza, «y pediré al ángel que se apiade de usted».

Él se levantó de su asiento con un débil grito de alegría y, cogiéndole la mano, se inclinó sobre ella con la gracia de antaño y se la besó. Tenía los dedos fríos como el hielo y los labios ardientes como el fuego, pero Virginia no vaciló mientras él la guiaba por la oscura habitación. Sobre el tapiz verde descolorido había pequeños cazadores bordados. Tocaban sus cuernos con borlas y con sus pequeñas manos le hacían señas para que regresara. «¡Vuelve, pequeña Virginia!», le gritaron, «¡vuelve!», pero el fantasma le apretó la mano con más fuerza y ella cerró los ojos. Unos animales horribles con cola de lagarto y ojos como anteojos la miraron desde la chimenea tallada y murmuraron: «¡Cuidado, pequeña Virginia, cuidado, puede que no volvamos a verte!», pero el Fantasma se deslizó rápidamente, y Virginia no escuchó. Cuando llegaron al final de la habitación, el Fantasma se detuvo y murmuró unas palabras que ella no pudo entender. Abrió los ojos y vio que la pared se desvanecía lentamente como la niebla y que delante de ella había una gran caverna negra. Un viento helado los envolvió y ella sintió que algo tiraba de su vestido. «Rápido, rápido», gritó el Espectro, «o será demasiado tarde», y en un instante el revestimiento de madera se cerró tras ellos y la Cámara de los Tapices quedó vacía.

"THE GHOST GLIDED ON MORE SWIFTLY"

«EL FANTASMA SE DESLIZÓ MÁS RÁPIDAMENTE»

VI

About ten minutes later, the bell rang for tea, and, as Virginia did not come down, Mrs. Otis sent up one of the footmen to tell her. After a little time he returned and said that he could not find Miss Virginia anywhere. As she was in the habit of going out to the garden every evening to get flowers for the dinner-table, Mrs. Otis was not at all alarmed at first, but when six o'clock struck, and Virginia did not appear, she became really agitated, and sent the boys out to look for her, while she herself and Mr. Otis searched every room in the house. At half-past six the boys came back and said that they could find no trace of their sister anywhere. They were all now in the greatest state of excitement, and did not know what to do, when Mr. Otis suddenly remembered that, some few days before, he had given a band of gipsies permission to camp in the park. He accordingly at once set off for Blackfell Hollow, where he knew they were, accompanied by his eldest son and two of the farm-servants. The little Duke of Cheshire, who was perfectly frantic with anxiety, begged hard to be allowed to go too, but Mr. Otis would not allow him, as he was afraid there might be a scuffle. On arriving at the spot, however, he found that the gipsies had gone, and it was evident that their departure had been rather sudden, as the fire was still burning, and some plates were lying on the grass. Having sent off Washington and the two men to scour the district, he ran home, and despatched telegrams to all the police inspectors in the county, telling them to look out for a little girl who had been kidnapped by tramps or gipsies. He then ordered his horse to be brought round, and, after insisting on his wife and the three boys sitting down to dinner, rode off down the Ascot road with a groom. He had hardly, however, gone a couple of miles, when he heard somebody galloping after him, and, looking round, saw the little Duke coming up on his pony, with his face very flushed, and no hat. "I'm awfully sorry, Mr. Otis," gasped out the boy, "but I can't eat any dinner as long as Virginia is lost. Please don't be angry with me; if you had let us be engaged last year, there would never have been all this trouble. You won't send me back, will you? I can't go! I won't go!"

VI

Unos diez minutos después, sonó la campana para el té y, como Virginia no bajaba, la señora Otis hizo subir a uno de los lacayos para que se lo dijera. Al cabo de un rato regresó y dijo que no encontraba a la señorita Virginia por ninguna parte. Como ella tenía la costumbre de salir al jardín todas las tardes a coger flores para la mesa, la señora Otis no se alarmó en absoluto al principio, pero cuando dieron las seis y Virginia no aparecía, se puso realmente nerviosa y envió a los muchachos a buscarla, mientras ella misma y el señor Otis recorrían todas las habitaciones de la casa. A las seis y media volvieron los muchachos y dijeron que no encontraban rastro de su hermana por ninguna parte. Todos estaban ahora en el mayor estado de excitación, y no sabían qué hacer, cuando el señor Otis recordó de repente que, unos días antes, había dado permiso a una banda de gitanos para acampar en el parque. En consecuencia, partió inmediatamente hacia Blackfell Hollow, donde sabía que se encontraban, acompañado por su hijo mayor y dos de los criados de la granja. El pequeño Duque de Cheshire, que estaba completamente frenético de ansiedad, suplicó con todas sus fuerzas que se le permitiera ir también, pero el señor Otis no se lo permitió, pues temía que se produjera una refriega. Al llegar al lugar, sin embargo, se encontró con que los gitanos se habían ido, y era evidente que su marcha había sido bastante repentina, ya que el fuego seguía encendido y algunos platos estaban tirados sobre la hierba. Después de enviar a Washington y a los dos hombres a recorrer el distrito, corrió a casa y envió telegramas a todos los inspectores de policía del condado, diciéndoles que buscaran a una niña que había sido secuestrada por vagabundos o gitanos. Ordenó entonces que trajeran su caballo y, tras insistir en que su esposa y los tres niños se sentaran a cenar, se alejó por el camino de Ascot con un mozo de cuadra. Apenas habia recorrido un par de millas, cuando oyó que alguien galopaba tras él y, al mirar a su alrededor, vio al pequeño Duque que se acercaba en su poni, con la cara muy sonrojada y sin sombrero. «Lo siento mucho, señor Otis», dijo el muchacho jadeando, «pero no puedo cenar mientras Virginia esté perdida. Por favor, no se enfade conmigo; si nos hubiera dejado comprometernos el año pasado, nunca habría habido todo este problema. No me enviará de vuelta, ¿verdad? No puedo irme. No me iré».

"HE HEARD SOMEBODY GALLOPING AFTER HIM"

«OYÓ QUE ALGUIEN GALOPABA TRAS ÉL»

The Minister could not help smiling at the handsome young scape-grace, and was a good deal touched at his devotion to Virginia, so leaning down from his horse, he patted him kindly on the shoulders, and said, "Well, Cecil, if you won't go back, I suppose you must come with me, but I must get you a hat at Ascot."

"Oh, bother my hat! I want Virginia!" cried the little Duke, laughing, and they galloped on to the railway station. There Mr. Otis inquired of the station-master if any one answering to the description of Virginia had been seen on the platform, but could get no news of her. The station-master, however, wired up and down the line, and assured him that a strict watch would be kept for her, and, after having bought a hat for the little Duke from a linen-draper, who was just putting up his shutters, Mr. Otis rode off to Bexley, a village about four miles away, which he was told was a well-known haunt of the gipsies, as there was a large common next to it. Here they roused up the rural policeman, but could get no information from him, and, after riding all over the common, they turned their horses' heads homewards, and reached the Chase about eleven o'clock, dead-tired and almost heart-broken. They found Washington and the twins waiting for them at the gate-house with lanterns, as the avenue was very dark. Not the slightest trace of Virginia had been discovered. The gipsies had been caught on Brockley meadows, but she was not with them, and they had explained their sudden departure by saying that they had mistaken the date of Chorton Fair, and had gone off in a hurry for fear they should be late. Indeed, they had been quite distressed at hearing of Virginia's disappearance, as they were very grateful to Mr. Otis for having allowed them to camp in his park, and four of their number had stayed behind to help in the search. The carp-pond had been dragged, and the whole Chase thoroughly gone over, but without any result. It was evident that, for that night at any rate, Virginia was lost to them; and it was in a state of the deepest depression that Mr. Otis and the boys walked up to the house, the groom following behind with the two horses and the pony. In the hall they found a group of frightened servants, and lying on a sofa in the library was poor Mrs. Otis, almost out of her mind with terror and anxiety, and having her forehead bathed with eau de cologne by the old housekeeper. Mr. Otis at once insisted on her having something to eat, and ordered up supper for the whole party. It was a melancholy meal, as hardly any one spoke, and even the twins were awestruck and sub-

El Ministro no pudo evitar sonreír al joven y apuesto canalla, y se sintió muy conmovido por su devoción a Virginia, así que, bajándose de su caballo, le dio unas amables palmaditas en los hombros y le dijo: «Bueno, Cecil, si no quieres volver, supongo que debes venir conmigo, pero debo conseguirte un sombrero en Ascot».

«¡Oh, qué fastidia con mi sombrero! Quiero a Virginia», gritó riendo el pequeño Duque, y siguieron galopando hasta la estación de ferrocarril. Allí el señor Otis preguntó al jefe de estación si habían visto en el andén a alguien que respondiera a la descripción de Virginia, pero no pudo obtener noticias de ella. El jefe de estación, sin embargo, telegrafió de un lado a otro de la línea y le aseguró que se mantendría una estricta vigilancia y, después de comprar un sombrero para el pequeño Duque a un pañero que estaba cerrando sus persianas, el señor Otis cabalgó hacia Bexley, un pueblo situado a unas cuatro millas de distancia, que, según le dijeron, era un lugar muy frecuentado por los gitanos, ya que había una gran comunidad en las cercanías. Aquí despertaron al policía rural, pero no pudieron obtener ninguna información de él y, después de cabalgar por toda la zona común, volvieron a casa con sus caballos y llegaron a Chase hacia las once, muertos de cansancio y casi con el corazón destrozado. Encontraron a Washington y a los mellizos esperándolos en la portería con linternas, ya que la avenida estaba muy oscura. No habían descubierto el menor rastro de Virginia. Los gitanos habían sido sorprendidos en los prados de Brockley, pero ella no estaba con ellos, y habían explicado su repentina partida diciendo que se habían equivocado con la fecha de la Feria de Chorton, y habían salido a toda prisa por temor a llegar tarde. De hecho, se habían sentido muy angustiados al enterarse de la desaparición de Virginia, ya que estaban muy agradecidos al señor Otis por haberles permitido acampar en su parque, y cuatro de ellos se habían quedado para ayudar en la búsqueda. Habían dragado el estanque de las carpas y revisado a fondo todo Chase, pero sin resultado alguno. Era evidente que, al menos por aquella noche, Virginia estaba perdida para ellos, y fue en un estado de profunda depresión que el señor Otis y los muchachos se dirigieron a la casa, seguidos por el mozo de cuadra con los dos caballos y el poni. En el vestíbulo encontraron a un grupo de criados asustados, y tumbada en un sofá de la biblioteca estaba la pobre señora Otis, casi fuera de sí por el terror y la ansiedad, y con la frente bañada en agua de colonia por la vieja ama de llaves. El señor Otis insistió en que comiera algo y ordenó que cenaran todos. Fue una comida melancólica, ya que casi nadie habló, e incluso

dued, as they were very fond of their sister. When they had finished, Mr. Otis, in spite of the entreaties of the little Duke, ordered them all to bed, saying that nothing more could be done that night, and that he would telegraph in the morning to Scotland Yard for some detectives to be sent down immediately. Just as they were passing out of the dining-room, midnight began to boom from the clock tower, and when the last stroke sounded they heard a crash and a sudden shrill cry; a dreadful peal of thunder shook the house, a strain of unearthly music floated through the air, a panel at the top of the staircase flew back with a loud noise, and out on the landing, looking very pale and white, with a little casket in her hand, stepped Virginia. In a moment they had all rushed up to her. Mrs. Otis clasped her passionately in her arms, the Duke smothered her with violent kisses, and the twins executed a wild war-dance round the group.

"Good heavens! child, where have you been?" said Mr. Otis, rather angrily, thinking that she had been playing some foolish trick on them. "Cecil and I have been riding all over the country looking for you, and your mother has been frightened to death. You must never play these practical jokes any more."

"Except on the Ghost! except on the Ghost!" shrieked the twins, as they capered about.

"My own darling, thank God you are found; you must never leave my side again," murmured Mrs. Otis, as she kissed the trembling child, and smoothed the tangled gold of her hair.

"Papa," said Virginia, quietly, "I have been with the Ghost. He is dead, and you must come and see him. He had been very wicked, but he was really sorry for all that he had done, and he gave me this box of beautiful jewels before he died."

los mellizos estaban espantados y sumisos, pues querían mucho a su hermana. Cuando terminaron, el señor Otis, a pesar de las súplicas del pequeño Duque, ordenó que se acostaran todos, diciendo que aquella noche no se podía hacer nada más y que por la mañana telegrafiaría a Scotland Yard para que enviaran inmediatamente algunos detectives. Justo cuando salían del comedor, la medianoche empezó a resonar en la torre del reloj, y cuando sonó la última campanada oyeron un estruendo y un grito agudo y repentino; un trueno espantoso sacudió la casa, una música sobrenatural flotó en el aire, un panel en lo alto de la escalera voló hacia atrás con un fuerte ruido, y en el rellano, muy pálida y blanca, con un pequeño cofrecillo en la mano, salió Virginia. Al instante todos se abalanzaron sobre ella. La señora Otis la estrechó apasionadamente entre sus brazos, el Duque la asfixió con violentos besos y los mellizos ejecutaron una salvaje danza de guerra alrededor del grupo.

«¡Cielo santo! niña, ¿dónde has estado?», dijo el señor Otis, bastante enfadado, pensando que les había estado gastando alguna broma tonta. «Cecil y yo hemos recorrido todo el país buscándote, y tu madre casi se ha muerto de la angustia. No debes volver a gastarnos estas bromas».

«¡Excepto con el Fantasma! ¡Excepto con el Fantasma!», gritaban los mellizos mientras hacían cabriolas.

«Querida mía, gracias a Dios que has sido encontrada; no debes separarte de mí nunca más», murmuró la señora Otis, mientras besaba a la temblorosa niña y le alisaba el enmarañado y dorado cabello.

«Papá», dijo Virginia en voz baja, «he estado con el Fantasma. Ha muerto y debes venir a verlo. Había sido muy malvado, pero estaba realmente arrepentido de todo lo que había hecho, y me dio esta caja de hermosas joyas antes de morir».

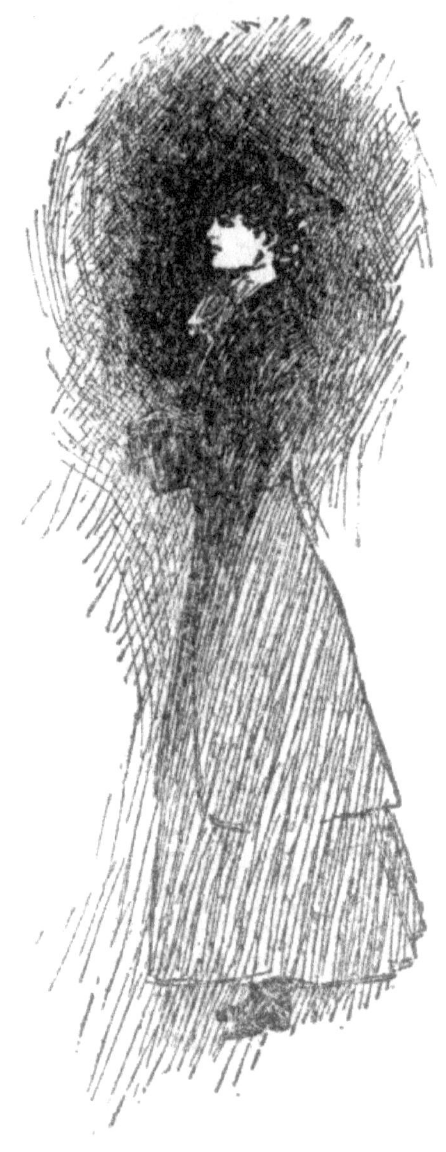

"OUT ON THE LANDING STEPPED VIRGINIA"

«EN EL RELLANO SALIÓ VIRGINIA»

The whole family gazed at her in mute amazement, but she was quite grave and serious; and, turning round, she led them through the opening in the wainscoting down a narrow secret corridor, Washington following with a lighted candle, which he had caught up from the table. Finally, they came to a great oak door, studded with rusty nails. When Virginia touched it, it swung back on its heavy hinges, and they found themselves in a little low room, with a vaulted ceiling, and one tiny grated window. Imbedded in the wall was a huge iron ring, and chained to it was a gaunt skeleton, that was stretched out at full length on the stone floor, and seemed to be trying to grasp with its long fleshless fingers an old-fashioned trencher and ewer, that were placed just out of its reach. The jug had evidently been once filled with water, as it was covered inside with green mould. There was nothing on the trencher but a pile of dust. Virginia knelt down beside the skeleton, and, folding her little hands together, began to pray silently, while the rest of the party looked on in wonder at the terrible tragedy whose secret was now disclosed to them.

"Hallo!" suddenly exclaimed one of the twins, who had been looking out of the window to try and discover in what wing of the house the room was situated. "Hallo! the old withered almond-tree has blossomed. I can see the flowers quite plainly in the moonlight."

"God has forgiven him," said Virginia, gravely, as she rose to her feet, and a beautiful light seemed to illumine her face.

"What an angel you are!" cried the young Duke, and he put his arm round her neck, and kissed her.

Toda la familia la miró con mudo asombro, pero su rostro era grave y serio; y, dándose la vuelta, los condujo a través de la abertura en el revestimiento de madera por un estrecho corredor secreto, Washington la seguía con una vela encendida que había cogido de la mesa. Finalmente, llegaron a una gran puerta de roble, tachonada de clavos oxidados. Cuando Virginia la tocó, giró sobre sus pesadas bisagras y se encontraron en una pequeña habitación baja, con techo abovedado y una pequeña ventana enrejada. Incrustada en la pared había una enorme argolla de hierro, a la que estaba encadenado un esqueleto enjuto, extendido a todo lo largo sobre el suelo de piedra, y que parecía intentar agarrar con sus largos dedos descarnados un plato antiguo y una jarra, que estaban colocados justo fuera de su alcance. La jarra había estado llena de agua, pues estaba cubierta de moho verde. Sobre el plato no había más que un montón de polvo. Virginia se arrodilló junto al esqueleto y, juntando sus manitas, se puso a rezar en silencio, mientras el resto del grupo contemplaba asombrado la terrible tragedia cuyo secreto se les revelaba ahora.

«¡Hola!», exclamó de pronto uno de los mellizos, que había estado mirando por la ventana para tratar de descubrir en qué ala de la casa estaba situada la habitación. «El viejo almendro marchito ha florecido. Puedo ver las flores claramente a la luz de la luna».

«Dios le ha perdonado», dijo Virginia con gravedad, mientras se ponía en pie y una hermosa luz parecía iluminar su rostro.

«¡Eres un ángel!», gritó el joven Duque, le echó el brazo al cuello y la besó.

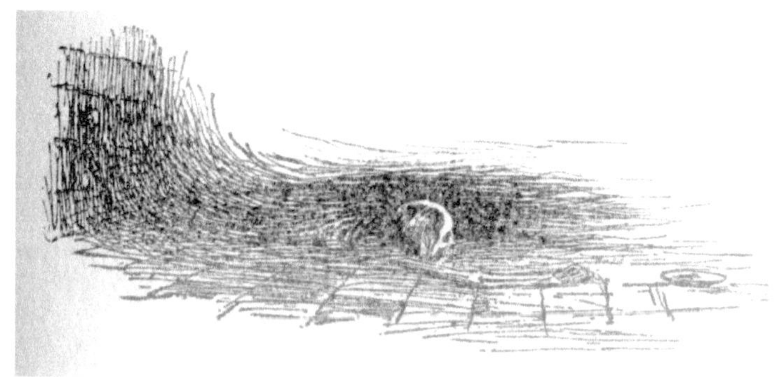

"CHAINED TO IT WAS A GAUNT SKELETON"

«A LA QUE ESTABA ENCADENADO UN ESQUELETO ENJUTO»

Four days after these curious incidents, a funeral started from Canterville Chase at about eleven o'clock at night. The hearse was drawn by eight black horses, each of which carried on its head a great tuft of nodding ostrich-plumes, and the leaden coffin was covered by a rich purple pall, on which was embroidered in gold the Canterville coat-of-arms. By the side of the hearse and the coaches walked the servants with lighted torches, and the whole procession was wonderfully impressive. Lord Canterville was the chief mourner, having come up specially from Wales to attend the funeral, and sat in the first carriage along with little Virginia. Then came the United States Minister and his wife, then Washington and the three boys, and in the last carriage was Mrs. Umney. It was generally felt that, as she had been frightened by the ghost for more than fifty years of her life, she had a right to see the last of him. A deep grave had been dug in the corner of the churchyard, just under the old yew-tree, and the service was read in the most impressive manner by the Rev. Augustus Dampier. When the ceremony was over, the servants, according to an old custom observed in the Canterville family, extinguished their torches, and, as the coffin was being lowered into the grave, Virginia stepped forward, and laid on it a large cross made of white and pink almond-blossoms. As she did so, the moon came out from behind a cloud, and flooded with its silent silver the little churchyard, and from a distant copse a nightingale began to sing. She thought of the ghost's description of the Garden of Death, her eyes became dim with tears, and she hardly spoke a word during the drive home.

The next morning, before Lord Canterville went up to town, Mr. Otis had an interview with him on the subject of the jewels the ghost had given to Virginia. They were perfectly magnificent, especially a certain ruby necklace with old Venetian setting, which was really a superb specimen of sixteenth-century work, and their value was so great that Mr. Otis felt considerable scruples about allowing his daughter to accept them.

VII

Cuatro días después de estos curiosos incidentes, un funeral partió de Canterville Chase hacia las once de la noche. El coche fúnebre era tirado por ocho caballos negros, cada uno de los cuales llevaba en la cabeza un gran penacho de plumas de avestruz, y el féretro de plomo estaba cubierto por un rico manto púrpura, en el que estaba bordado en oro el escudo de armas de Canterville. Junto al coche fúnebre y las carrozas caminaban los sirvientes con antorchas encendidas, y toda la procesión era impresionante en gran manera. Lord Canterville fue el principal doliente, habiendo venido especialmente desde Gales para asistir al funeral, y se sentó en el primer carruaje junto con la pequeña Virginia. Luego vinieron el Ministro de los Estados Unidos de América y su esposa, después Washington y los tres niños, y en el último carruaje iba la señora Umney. La opinión general era que, como el fantasma la había asustado durante más de cincuenta años de su vida, ella tenía derecho a verlo por última vez. Se había cavado una tumba profunda en un rincón del cementerio, justo debajo del viejo tejo, y el Reverendo Augustus Dampier dio lectura a la misa causando gran impresión. Una vez concluida la ceremonia, los criados, de acuerdo con una antigua costumbre de la familia Canterville, apagaron las antorchas y, cuando el ataúd era bajado a la tumba, Virginia se adelantó y depositó sobre él una gran cruz hecha con flores de almendro, blancas y rosas. Mientras lo hacía, la luna salió de detrás de una nube e inundó con su silenciosa plata el pequeño patio de la iglesia, y desde un bosquecillo lejano un ruiseñor comenzó a cantar. Ella pensó en la descripción que el fantasma había hecho sobre el Jardín de la Muerte, sus ojos se empañaron de lágrimas y apenas pronunció palabra durante el trayecto de vuelta a casa.

A la mañana siguiente, antes de que Lord Canterville fuera a la ciudad, el señor Otis tuvo una entrevista con él sobre el tema de las joyas que el fantasma había regalado a Virginia. Eran absolutamente magníficas, especialmente cierto collar de rubíes con engaste veneciano antiguo, que era realmente un soberbio ejemplar del trabajo que se realizaba en el siglo XVI, y su valor era tan grande que el señor Otis sintió considerables escrúpulos a la hora de permitir que su hija aceptara las joyas.

"BY THE SIDE OF THE HEARSE AND THE COACHES WALKED THE SERVANTS WITH LIGHTED TORCHES"

«JUNTO AL COCHE FÚNEBRE Y LAS CARROZAS CAMINABAN LOS SIRVIENTES CON ANTORCHAS ENCENDIDAS»

"My lord," he said, "I know that in this country mortmain is held to apply to trinkets as well as to land, and it is quite clear to me that these jewels are, or should be, heirlooms in your family. I must beg you, accordingly, to take them to London with you, and to regard them simply as a portion of your property which has been restored to you under certain strange conditions. As for my daughter, she is merely a child, and has as yet, I am glad to say, but little interest in such appurtenances of idle luxury. I am also informed by Mrs. Otis, who, I may say, is no mean authority upon Art,—having had the privilege of spending several winters in Boston when she was a girl,—that these gems are of great monetary worth, and if offered for sale would fetch a tall price. Under these circumstances, Lord Canterville, I feel sure that you will recognize how impossible it would be for me to allow them to remain in the possession of any member of my family; and, indeed, all such vain gauds and toys, however suitable or necessary to the dignity of the British aristocracy, would be completely out of place among those who have been brought up on the severe, and I believe immortal, principles of Republican simplicity. Perhaps I should mention that Virginia is very anxious that you should allow her to retain the box, as a memento of your unfortunate but misguided ancestor. As it is extremely old, and consequently a good deal out of repair, you may perhaps think fit to comply with her request. For my own part, I confess I am a good deal surprised to find a child of mine expressing sympathy with mediævalism in any form, and can only account for it by the fact that Virginia was born in one of your London suburbs shortly after Mrs. Otis had returned from a trip to Athens."

Lord Canterville listened very gravely to the worthy Minister's speech, pulling his grey moustache now and then to hide an involuntary smile, and when Mr. Otis had ended, he shook him cordially by the hand, and said: "My dear sir, your charming little daughter rendered my unlucky ancestor, Sir Simon, a very important service, and I and my family are much indebted to her for her marvellous courage and pluck. The jewels are clearly hers, and, egad, I believe that if I were heartless enough to take them from her, the wicked old fellow would be out of his grave in a fortnight, leading me the devil of a life. As for their being heirlooms, nothing is an heirloom that is not so mentioned in a will or legal document, and the existence of these jewels has been quite unknown. I assure you I have no more claim on

«Mi señor», dijo, «sé que en este país las manos muertas se aplican tanto a las baratijas como a la tierra, haciéndolas inalienables, y tengo muy claro que estas joyas son, o deberían ser, reliquias de su familia. Debo rogarle, en consecuencia, que se las lleve a Londres, y que las considere simplemente como una parte de su propiedad que le ha sido devuelta bajo ciertas extrañas condiciones. En cuanto a mi hija, no es más que una niña, y me complace decir que todavía tiene muy poco interés en estos accesorios de lujo ocioso. También me ha informado la señora Otis, quien, debo decir, no es menuda autoridad en materia de arte, ya que tuvo el privilegio de pasar varios inviernos en Boston cuando era niña, que estas gemas tienen un gran valor monetario y, si se pusieran a la venta, alcanzarían un alto precio. En estas circunstancias, Lord Canterville, estoy seguro de que reconocerá lo imposible que me resultaría permitir que permanecieran en posesión de cualquier miembro de mi familia; y, de hecho, todos esos vanos adornos y juguetes, por muy adecuados o necesarios que fueran para la dignidad de la aristocracia británica, estarían completamente fuera de lugar entre aquellos que han sido educados en los severos y —creo— inmortales principios de la sencillez republicana. Tal vez debería mencionar que Virginia está muy interesada en que le permita conservar el recipiente como recuerdo de su desafortunado e insensato antepasado. Como la caja es muy vieja y, por lo tanto, está en muy mal estado, tal vez considere oportuno acceder a su petición. Por mi parte, confieso que me sorprende mucho que una hija mía exprese simpatía por el medievalismo en cualquiera de sus formas, y sólo puedo explicarlo por el hecho de que Virginia nació en uno de sus suburbios londinenses, poco después de que la señora Otis regresara de un viaje a Atenas».

Lord Canterville escuchó muy seriamente el discurso del digno Ministro, tirando de vez en cuando de su bigote gris para ocultar una sonrisa involuntaria, y cuando el señor Otis hubo terminado, le estrechó cordialmente la mano y dijo: «Mi querido señor, su encantadora hijita prestó a mi desafortunado antepasado, Sir Simon, un servicio muy importante, y yo y mi familia estamos muy en deuda con ella por su maravilloso valor y coraje. Está claro que las joyas son suyas y creo que, si yo fuera tan despiadado como para quitárselas, ese viejo malvado saldría de su tumba en quince días y me daría una vida del demonio. En cuanto a que sean reliquias que se hereden, nada es una reliquia si no se menciona así en un testamento o documento legal, y la existencia de estas joyas ha sido bastante desconocida. Le aseguro que no tengo más

them than your butler, and when Miss Virginia grows up, I dare say she will be pleased to have pretty things to wear. Besides, you forget, Mr. Otis, that you took the furniture and the ghost at a valuation, and anything that belonged to the ghost passed at once into your possession, as, whatever activity Sir Simon may have shown in the corridor at night, in point of law he was really dead, and you acquired his property by purchase."

Mr. Otis was a good deal distressed at Lord Canterville's refusal, and begged him to reconsider his decision, but the good-natured peer was quite firm, and finally induced the Minister to allow his daughter to retain the present the ghost had given her, and when, in the spring of 1890, the young Duchess of Cheshire was presented at the Queen's first drawing-room on the occasion of her marriage, her jewels were the universal theme of admiration. For Virginia received the coronet, which is the reward of all good little American girls, and was married to her boy-lover as soon as he came of age. They were both so charming, and they loved each other so much, that every one was delighted at the match, except the old Marchioness of Dumbleton, who had tried to catch the Duke for one of her seven unmarried daughters, and had given no less than three expensive dinner-parties for that purpose, and, strange to say, Mr. Otis himself. Mr. Otis was extremely fond of the young Duke personally, but, theoretically, he objected to titles, and, to use his own words, "was not without apprehension lest, amid the enervating influences of a pleasure-loving aristocracy, the true principles of Republican simplicity should be forgotten." His objections, however, were completely overruled, and I believe that when he walked up the aisle of St. George's, Hanover Square, with his daughter leaning on his arm, there was not a prouder man in the whole length and breadth of England.

The Duke and Duchess, after the honeymoon was over, went down to Canterville Chase, and on the day after their arrival they walked over in the afternoon to the lonely churchyard by the pine-woods. There had been a great deal of difficulty at first about the inscription on Sir Simon's tombstone, but finally it had been decided to engrave on it simply the initials of the old gentleman's name, and the verse from the library window. The Duchess had brought with her some lovely roses, which she strewed upon the grave, and after they had

derecho a ellas que su mayordomo, y cuando la señorita Virginia crezca, me atrevo a decir que estará encantada de tener cosas bonitas que ponerse. Además, olvida, señor Otis, que usted adquirió los muebles y el fantasma a precio de tasación, y que cualquier cosa que perteneciera al fantasma pasó de inmediato a su posesión, ya que, independientemente de la actividad que Sir Simon pudiera haber mostrado en el pasillo por la noche, desde el punto de vista legal estaba realmente muerto, y usted adquirió su propiedad por compra».

El señor Otis se sintió muy afligido por la negativa de Lord Canterville y le rogó que reconsiderara su decisión, pero el bondadoso par se mantuvo firme y finalmente indujo al Ministro a permitir que su hija conservara el regalo que el fantasma le había hecho y cuando en la primavera de 1890, la joven Duquesa de Cheshire fue presentada en el primer salón de la Reina con motivo de su matrimonio sus joyas fueron el tema universal de admiración. Virginia recibió la coronilla, que es la recompensa de todas las niñas norteamericanas buenas, y se casó con su amado en cuanto éste alcanzó la mayoría de edad. Los dos eran tan encantadores y se querían tanto que todo el mundo estaba encantado con la boda, excepto por la vieja Marquesa de Dumbleton, que había intentado conquistar al Duque para una de sus siete hijas solteras, y había organizado no menos de tres costosas cenas con ese fin y, por extraño que parezca, excepto además el propio señor Otis. El señor Otis apreciaba mucho personalmente al joven Duque, pero, teóricamente, se oponía a los títulos y, según sus propias palabras, «temía que, en medio de las influencias enervantes de una aristocracia amante del placer, se olvidaran los verdaderos principios de la sencillez republicana». Sus objeciones, sin embargo, fueron completamente anuladas, y creo que cuando caminó por el pasillo de St. George, Hanover Square, con su hija del brazo, no había un hombre más orgulloso a lo largo y ancho de Inglaterra.

Una vez terminada la luna de miel, el Duque y la Duquesa fueron a Canterville Chase, y al día siguiente de su llegada se dirigieron por la tarde al solitario cementerio de la iglesia, junto a los pinares. Al principio había habido muchas dificultades en cuanto a la inscripción de la lápida de Sir Simon, pero finalmente se había decidido grabar en ella simplemente las iniciales del nombre del anciano caballero y el verso de la ventana de la biblioteca. La Duquesa había traído consigo unas hermosas rosas, que esparció sobre la tumba, y después de haber

stood by it for some time they strolled into the ruined chancel of the old abbey. There the Duchess sat down on a fallen pillar, while her husband lay at her feet smoking a cigarette and looking up at her beautiful eyes. Suddenly he threw his cigarette away, took hold of her hand, and said to her, "Virginia, a wife should have no secrets from her husband."

"Dear Cecil! I have no secrets from you."

"Yes, you have," he answered, smiling, "you have never told me what happened to you when you were locked up with the ghost."

"I have never told any one, Cecil," said Virginia, gravely.

"I know that, but you might tell me."

"Please don't ask me, Cecil, I cannot tell you. Poor Sir Simon! I owe him a great deal. Yes, don't laugh, Cecil, I really do. He made me see what Life is, and what Death signifies, and why Love is stronger than both."

The Duke rose and kissed his wife lovingly.

"You can have your secret as long as I have your heart," he murmured.

"You have always had that, Cecil."

"And you will tell our children some day, won't you?"

Virginia blushed.

permanecido junto a ella durante algún tiempo, entraron en el ruinoso presbiterio de la vieja abadía. Allí, la Duquesa se sentó en un pilar caído, mientras su marido yacía a sus pies fumando un cigarrillo y mirándola a los hermosos ojos. De pronto él tiró el cigarrillo, la cogió de la mano y le dijo: «Virginia, una esposa no debe tener secretos para su marido».

«¡Querido Cecil! No tengo secretos para ti».

«Sí que los tienes», contestó sonriendo, «nunca me has contado lo que te pasó cuando estabas encerrada con el fantasma».

«Nunca se lo he dicho a nadie, Cecil», dijo Virginia con gravedad.

«Ya lo sé, pero podrías decírmelo».

«Por favor, no me preguntes, Cecil, no puedo decírtelo. ¡Pobre Sir Simon! Le debo mucho. Sí, no te rías, Cecil, realmente se lo debo. Él me hizo ver lo que es la Vida, y lo que significa la Muerte, y por qué el Amor es más fuerte que ambas».

El Duque se levantó y besó cariñosamente a su esposa.

«Puedes tener tu secreto mientras yo tenga tu corazón», murmuró.

«Siempre lo has tenido, Cecil».

«Y algún día se lo contarás a nuestros hijos, ¿verdad?».

Virginia se sonrojó.

"THE MOON CAME OUT FROM BEHIND A CLOUD"

«LA LUNA SALIÓ DE DETRÁS DE UNA NUBE»

One afternoon I was sitting outside the Café de la Paix, watching the splendour and shabbiness of Parisian life, and wondering over my vermouth at the strange panorama of pride and poverty that was passing before me, when I heard some one call my name. I turned round, and saw Lord Murchison. We had not met since we had been at college together, nearly ten years before, so I was delighted to come across him again, and we shook hands warmly. At Oxford we had been great friends. I had liked him immensely, he was so handsome, so high-spirited, and so honourable. We used to say of him that he would be the best of fellows, if he did not always speak the truth, but I think we really admired him all the more for his frankness. I found him a good deal changed. He looked anxious and puzzled, and seemed to be in doubt about something. I felt it could not be modern scepticism, for Murchison was the stoutest of Tories, and believed in the Pentateuch as firmly as he believed in the House of Peers; so I concluded that it was a woman, and asked him if he was married yet.

'I don't understand women well enough,' he answered.

'My dear Gerald,' I said, 'women are meant to be loved, not to be understood.'

'I cannot love where I cannot trust,' he replied.

'I believe you have a mystery in your life, Gerald,' I exclaimed; 'tell me about it.'

'Let us go for a drive,' he answered, 'it is too crowded here. No, not a yellow carriage, any other colour—there, that dark green one will do'; and in a few moments we were trotting down the boulevard in the direction of the Madeleine.

'Where shall we go to?' I said.

'Oh, anywhere you like!' he answered—'to the restaurant in the Bois; we will dine there, and you shall tell me all about yourself.'

'I want to hear about you first,' I said. 'Tell me your mystery.'

La esfinge sin secreto

Una tarde estaba sentado fuera, en el Café de la Paix, observando el esplendor y la vulgaridad de la vida parisina, y maravillándome con mi vermut del extraño panorama de orgullo y pobreza que pasaba ante mí, cuando oí que alguien me llamaba por mi nombre. Me volví y vi a Lord Murchison. No nos habíamos visto desde que habíamos estado juntos en la universidad, casi diez años antes, así que me alegró volver a cruzarme con él, y nos estrechamos la mano cordialmente. En Oxford habíamos sido grandes amigos. Me había caído inmensamente bien, era tan apuesto, de tan alto espíritu y tan honorable. Solíamos decir de él que sería el mejor de los compañeros si no dijera siempre la verdad, pero creo que realmente le admirábamos aún más por su franqueza. Le encontré bastante cambiado. Parecía ansioso y desconcertado, y parecía dudar sobre algo. Pensé que no podía tratarse de escepticismo moderno, pues Murchison era el más recio de los conservadores y creía en el Pentateuco con tanta firmeza como en la Cámara de los Pares; así que concluí que se trataba de una mujer y le pregunté si ya estaba casado.

«No entiendo bien a las mujeres», respondió.

«Mi querido Gerald», le dije, «las mujeres están hechas para ser amadas, no para ser entendidas».

«No puedo amar donde no puedo confiar», respondió.

«Creo que tienes un misterio en tu vida, Gerald», exclamé; «háblame de ello».

«Vayamos a dar un paseo», respondió, «aquí hay demasiada gente. No, un carruaje amarillo no, de cualquier otro color… ese verde oscuro está bien»; y en unos instantes estábamos trotando por el bulevar en dirección a la Madeleine.

«¿Adónde iremos?», le dije.

«¡Oh, donde quieras!», respondió, «al restaurante del Bois; cenaremos allí, y me contarás todo sobre ti».

«Primero quiero saber de ti», le dije. «Cuéntame tu misterio».

He took from his pocket a little silver-clasped morocco case, and handed it to me. I opened it. Inside there was the photograph of a woman. She was tall and slight, and strangely picturesque with her large vague eyes and loosened hair. She looked like a clairvoyanle, and was wrapped in rich furs.

'What do you think of that face?' he said; 'is it truthful?'

I examined it carefully. It seemed to me the face of some one who had a secret, but whether that secret was good or evil I could not say. Its beauty was a beauty moulded out of many mysteries—the beauty, in fact, which is psychological, not plastic—and the faint smile that just played across the lips was far too subtle to be really sweet.

'Well,' he cried impatiently, 'what do you say?'

'She is the Gioconda in sables,' I answered. 'Let me know all about her.'

'Not now,' he said; 'after dinner,' and began to talk of other things.

When the waiter brought us our coffee and cigarettes I reminded Gerald of his promise. He rose from his seat, walked two or three times up and down the room, and, sinking into an armchair, told me the following story:—

'One evening,' he said, 'I was walking down Bond Street about five o'clock. There was a terrific crush of carriages, and the traffic was almost stopped. Close to the pavement was standing a little yellow brougham, which, for some reason or other, attracted my attention. As I passed by there looked out from it the face I showed you this afternoon. It fascinated me immediately. All that night I kept thinking of it, and all the next day. I wandered up and down that wretched Row, peering into every carriage, and waiting for the yellow brougham; but I could not find *ma belle inconnue,* and at last I began to think she was merely a dream. About a week afterwards I was dining with Madame de Rastail. Dinner was for eight o'clock; but at half-past eight we were still waiting in the drawing-room, finally the servant threw open the

Sacó de su bolsillo un pequeño estuche de cuero de Marruecos con broches de plata y me lo entregó. Lo abrí. Dentro estaba la fotografía de una mujer. Era alta y delgada, y extrañamente pintoresca con sus grandes ojos vagos y su pelo suelto. Parecía una clarividente, y estaba envuelta en ricas pieles.

«¿Qué te parece esa cara?», dijo; «¿es confiable?».

Lo examiné detenidamente. Me pareció el rostro de alguien que tenía un secreto, pero si ese secreto era bueno o malo no podía decirlo. Su belleza era una belleza moldeada a partir de muchos misterios —la belleza, de hecho, que es psicológica, no plástica— y la tenue sonrisa que acababa de dibujarse en los labios era demasiado sutil para ser realmente dulce.

«Bueno», gritó impaciente, «¿qué me dices?».

«Ella es la Gioconda en marta cibelina», respondí. «Hazme saber todo sobre ella».

«Ahora no», dijo; «después de cenar», y empezó a hablar de otras cosas.

Cuando el camarero nos trajo el café y los cigarrillos le recordé a Gerald su promesa. Se levantó de su asiento, caminó dos o tres veces arriba y abajo por la sala y, hundiéndose en un sillón, me contó la siguiente historia:

«Una tarde», dijo, «yo caminaba por Bond Street hacia las cinco. Había una tremenda aglomeración de carruajes y el tráfico estaba casi detenido. Cerca de la acera estaba parado un pequeño coche amarillo que, por una razón u otra, atrajo mi atención. Al pasar junto a él se asomó el rostro que te mostré esta tarde. Me fascinó de inmediato. Durante toda esa noche no dejé de pensar en él, y durante todo el día siguiente. Vagué arriba y abajo por aquella desdichada Row, asomándome a todos los carruajes y esperando el coche amarillo; pero no pude encontrar a *ma belle inconnue*, y al final empecé a pensar que no era más que un sueño. Aproximadamente una semana después estaba cenando con Madame de Rastail. La cena era para las ocho; pero a las ocho y media seguíamos esperando en el salón. Finalmente, el criado abrió la puerta de golpe

door, and announced Lady Alroy. It was the woman I had been looking for. She came in very slowly, looking like a moonbeam in grey lace, and, to my intense delight, I was asked to take her in to dinner. After we had sat down, I remarked quite innocently, "I think I caught sight of you in Bond Street some time ago, Lady Alroy." She grew very pale, and said to me in a low voice, "Pray do not talk so loud; you may be overheard." I felt miserable at having made such a bad beginning, and plunged recklessly into the subject of the French plays. She spoke very little, always in the same low musical voice, and seemed as if she was afraid of some one listening. I fell passionately, stupidly in love, and the indefinable atmosphere of mystery that surrounded her excited my most ardent curiosity. When she was going away, which she did very soon after dinner, I asked her if I might call and see her. She hesitated for a moment, glanced round to see if any one was near us, and then said, "Yes; to-morrow at a quarter to five." I begged Madame de Rastail to tell me about her; but all that I could learn was that she was a widow with a beautiful house in Park Lane, and as some scientific bore began a dissertation on widows, as exemplifying the survival of the matrimonially fittest, I left and went home.

'The next day I arrived at Park Lane punctual to the moment, but was told by the butler that Lady Alroy had just gone out. I went down to the club quite unhappy and very much puzzled, and after long consideration wrote her a letter, asking if I might be allowed to try my chance some other afternoon. I had no answer for several days, but at last I got a little note saying she would be at home on Sunday at four and with this extraordinary postscript: "Please do not write to me here again; I will explain when I see you." On Sunday she received me, and was perfectly charming; but when I was going away she begged of me, if I ever had occasion to write to her again, to address my letter to "Mrs. Knox, care of Whittaker's Library, Green Street." "There are reasons," she said, "why I cannot receive letters in my own house."

'All through the season I saw a great deal of her, and the atmosphere of mystery never left her. Sometimes I thought that she was in the power of some man, but she looked so unapproachable that I could not believe it. It was really very difficult for me to come to any conclusion, for she was like one of those strange crystals that one sees in museums, which are at one moment clear, and at another

y anunció a Lady Alroy. Era la mujer que había estado buscando. Ella entró muy despacio, con el aspecto de un rayo de luna vestido de encaje gris y, para mi intenso deleite, me pidieron que la acompañara a cenar. Cuando nos hubimos sentado, comenté con toda inocencia: "Creo que la vi en Bond Street hace algún tiempo, Lady Alroy". Ella se puso muy pálida y me dijo en voz baja: "Por favor, no hable tan alto; puede que le oigan". Me sentí miserable por haber empezado tan mal, y me zambullí imprudentemente en el tema de las obras de teatro francesas. Ella hablaba muy poco, siempre con la misma voz baja y musical, y parecía como si temiera que alguien la escuchara. Me enamoré apasionada y estúpidamente, y la indefinible atmósfera de misterio que la rodeaba excitó mi más ardiente curiosidad. Cuando se marchaba, cosa que hizo muy poco después de cenar, le pregunté si podía verla nuevamente. Dudó un momento, miró a su alrededor para ver si había alguien cerca de nosotros y luego dijo: "Sí; mañana a las cinco menos cuarto". Le rogué a Madame de Rastail que me hablara de ella; pero todo lo que pude averiguar fue que era una viuda con una hermosa casa en Park Lane, y como un científico aburrido empezó una disertación sobre las viudas, como ejemplo de la supervivencia del más apto matrimonialmente, me marché y me fui a casa.

«Al día siguiente llegué a Park Lane puntualmente, pero el mayordomo me dijo que Lady Alroy acababa de salir. Bajé al club bastante descontento y muy desconcertado, y después de pensarlo mucho le escribí una carta a ella, preguntándole si me permitiría probar mi oportunidad alguna otra tarde. No obtuve respuesta durante varios días, pero por fin recibí una pequeña nota diciendo que estaría en casa el domingo a las cuatro, con esta extraordinaria posdata: "Por favor, no vuelva a escribirme aquí; se lo explicaré cuando le vea". El domingo me recibió, y fue perfectamente encantadora; pero cuando me marchaba me rogó que, si alguna vez tenía ocasión de volver a escribirle, dirigiera mi carta a "Mrs. Knox, al cuidado de Whittaker's Library, Green Street". "Hay razones", me dijo, "por las que no puedo recibir cartas en mi propia casa".

«Durante toda la temporada la vi muy seguido, y la atmósfera de misterio nunca la abandonó. A veces yo pensaba que ella estaba en poder de algún hombre, pero parecía tan inaccesible que no podía creerlo. Realmente me resultaba muy difícil llegar a alguna conclusión, pues ella era como uno de esos extraños cristales que uno ve en los museos, que en un momento están claros y en otro turbios. Al final decidí que

clouded. At last I determined to ask her to be my wife: I was sick and tired of the incessant secrecy that she imposed on all my visits, and on the few letters I sent her. I wrote to her at the library to ask her if she could see me the following Monday at six. She answered yes, and I was in the seventh heaven of delight. I was infatuated with her: in spite of the mystery, I thought then in consequence of it, I see now. No; it was the woman herself I loved. The mystery troubled me, maddened me. Why did chance put me in its track?'

'You discovered it, then?' I cried.

'I fear so,' he answered. 'You can judge for yourself.'

'When Monday came round I went to lunch with my uncle, and about four o'clock found myself in the Marylebone Road. My uncle, you know, lives in Regent's Park. I wanted to get to Piccadilly, and took a short cut through a lot of shabby little streets. Suddenly I saw in front of me Lady Alroy, deeply veiled and walking very fast. On coming to the last house in the street, she went up the steps, took out a latch-key, and let herself in. "Here is the mystery!' I said to myself; and I hurried on and examined the house. It seemed a sort of place for letting lodgings. On the doorstep lay her handkerchief, which she had dropped. I picked it up and put it in my pocket. Then I began to consider what I should do. I came to the conclusion that I had no right to spy on her, and I drove down to the club. At six I called to see her. She was lying on a sofa, in a tea-gown of silver tissue looped up by some strange moonstones that she always wore. She was looking quite lovely. "I am so glad to see you," she said; "I have not been out all day." I stared at her in amazement, and pulling the handkerchief out of my pocket, handed it to her. "You dropped this in Cumnor Street this afternoon, Lady Alroy," I said very calmly. She looked at me in terror, but made no attempt to take the handkerchief. "What were you doing there?" I asked. "What right have you to question me?" she answered. "The right of a man who loves you," I replied; "I came here to ask you to be my wife." She hid her face in her hands, and burst into floods of tears. "You must tell me," I continued. She stood up, and, looking me straight in the face, said, "Lord Murchison, there is nothing to tell you."—"You went to meet some one," I cried; "this is your mystery." She grew dreadfully white, and said, "I went to meet no one."—"Can't you tell the truth?" I exclaimed. "I have told it," she

iba a pedirle que fuera mi esposa: estaba harto del incesante secretismo que ella imponía a todas mis visitas y a las pocas cartas que podía enviarle. Le escribí a la biblioteca para preguntarle si podía verme el lunes siguiente a las seis. Me contestó que sí, y yo estaba en el séptimo cielo del deleite. Estaba encaprichado por ella: a pesar del misterio, pensé entonces; a consecuencia de él, veo ahora. No; era a la mujer misma a quien amaba. El misterio me turbaba, me enloquecía. ¿Por qué el azar me puso tras su pista?».

«¿Lo descubriste, entonces?», grité.

«Me temo que sí», respondió. «Puedes juzgarlo tú mismo».

«Cuando llegó el lunes fui a comer con mi tío, y hacia las cuatro me encontré en Marylebone Road. Mi tío, ya sabes, vive en Regent's Park. Yo quería llegar a Piccadilly, y tomé un atajo a través de un montón de callejuelas venidas a menos. De pronto vi frente a mí a Lady Alroy, totalmente cubierta de velos y caminando muy deprisa. Al llegar a la última casa de la calle, subió los escalones, sacó una llave, abrió un pestillo y entró. "He aquí el misterio", me dije, y me apresuré a examinar la casa. Parecía una especie de casa de alquiler. En el umbral yacía su pañuelo, que se le había caído. Lo recogí y me lo metí en el bolsillo. Entonces empecé a considerar lo que debía hacer. Llegué a la conclusión de que no tenía derecho a espiarla y me dirigí al club. A las seis la visité. Estaba tumbada en un sofá, con un vestido de té de tisú plateado recogido, con unas extrañas piedras de la luna que siempre llevaba. Estaba encantadora. "Me alegro mucho de verle", dijo; "no he salido en todo el día". La miré asombrado y, sacando el pañuelo de mi bolsillo, se lo entregué. "Se le cayó esto en Cumnor Street esta tarde, Lady Alroy", le dije muy tranquilamente. Ella me miró aterrorizada pero no hizo ningún intento de coger el pañuelo. "¿Qué estaba haciendo allí?", le pregunté. "¿Qué derecho tiene a interrogarme?", respondió ella. "El derecho de un hombre que la ama", repliqué; "he venido a pedirle que sea mi esposa". Ella escondió la cara entre las manos y rompió a llorar a lágrima viva. "Debe decírmelo", continué. Ella se levantó y, mirándome fijamente a la cara, dijo: "Lord Murchison, no tengo nada que decirle". "Usted fue a encontrarse con alguien", grité; "éste es su misterio". Ella se puso terriblemente blanca y dijo: "No fui a encontrarme con nadie". "¿No puede decir la verdad?", exclamé. "Ya la he dicho", replicó ella. Yo estaba furioso, frenético; no sé lo que dije, pero le dije cosas terribles. Finalmente salí corriendo de la

replied. I was mad, frantic; I don't know what I said, but I said terrible things to her. Finally I rushed out of the house. She wrote me a letter the next day; I sent it back unopened, and started for Norway with Alan Colville. After a month I came back, and the first thing I saw in the *Morning Post* was the death of Lady Alroy. She had caught a chill at the Opera, and had died in five days of congestion of the lungs. I shut myself up and saw no one. I had loved her so much, I had loved her so madly. Good God! how I had loved that woman!'

'You went to the street, to the house in it?' I said.

'Yes,' he answered.

'One day I went to Cumnor Street. I could not help it; I was tortured with doubt. I knocked at the door, and a respectable-looking woman opened it to me. I asked her if she had any rooms to let. "Well, sir," she replied, "the drawing-rooms are supposed to be let; but I have not seen the lady for three months, and as rent is owing on them, you can have them."—"Is this the lady?" I said, showing the photograph. "That's her, sure enough," she exclaimed; "and when is she coming back, sir?"—"The lady is dead," I replied. "Oh, sir, I hope not!" said the woman; "she was my best lodger. She paid me three guineas a week merely to sit in my drawing-rooms now and then."—"She met some one here?" I said; but the woman assured me that it was not so, that she always came alone, and saw no one. "What on earth did she do here?" I cried. "She simply sat in the drawing-room, sir, reading books, and sometimes had tea," the woman answered. I did not know what to say, so I gave her a sovereign and went away. Now, what do you think it all meant? You don't believe the woman was telling the truth?'

'I do.'

'Then why did Lady Alroy go there?'

'My dear Gerald,' I answered, 'Lady Alroy was simply a woman with a mania for mystery. She took these rooms for the pleasure of going there with her veil down, and imagining she was a heroine. She had a passion for secrecy, but she herself was merely a Sphinx without a secret.'

casa. Me escribió una carta al día siguiente; se la devolví sin abrir y partí hacia Noruega con Alan Colville. Al cabo de un mes regresé, y lo primero que vi en el *Morning Post* fue la muerte de Lady Alroy. Había cogido un resfriado en la Ópera, y había muerto a los cinco días de congestión pulmonar. Me encerré en mí mismo y no vi a nadie. La había querido tanto, la había amado con locura. ¡Dios mío! ¡Cómo había amado a esa mujer!».

«¿Fuiste a la calle, a la casa que hay en ella?», le dije.

«Sí», respondió.

«Un día fui a Cumnor Street. No pude evitarlo; me torturaba la duda. Llamé a la puerta y me abrió una mujer de aspecto respetable. Le pregunté si tenía alguna habitación en alquiler. "Bueno, señor", me contestó, "se supone que los salones están alquilados; pero hace tres meses que no veo a la señora, y como se debe el alquiler por ellos, puede quedárselos". "¿Es ésta la señora?", le dije, mostrándole una fotografía. "Es ella, seguro", exclamó ella; "¿y cuándo va a volver, señor?". "La señora ha muerto", respondí. "¡Oh, señor, espero que no sea así!", dijo la mujer; "era mi mejor inquilina. Me pagaba tres guineas a la semana sólo por sentarse en mis salones de vez en cuando". "¿Se encontraba con alguien aquí?", dije; pero la mujer me aseguró que no era así, que siempre venía sola y no veía a nadie. "¿Qué demonios hacía ella aquí?", grité. "Simplemente se sentaba en el salón, señor, a leer libros, y a veces tomaba el té", respondió la mujer. No supe qué decir, así que le di un soberano y me marché. Ahora bien, ¿qué crees que significaba todo aquello? ¿Espero que no creas que la mujer decía la verdad?».

«Sí, creo».

«Entonces, ¿por qué Lady Alroy fue allí?».

«Mi querido Gerald», le contesté, «Lady Alroy era simplemente una mujer con manía por el misterio. Tomaba estas habitaciones por el placer de ir allí con el velo caído, e imaginarse que era una heroína. Tenía pasión por el secreto, pero ella misma no era más que una Esfinge sin secreto».

'Do you really think so?'

'I am sure of it,' I replied.

He took out the morocco case, opened it, and looked at the photograph. 'I wonder?' he said at last.

«¿De verdad lo crees?».

«Estoy seguro de ello», respondí.

Él sacó el estuche de cuero de Marruecos, lo abrió y miró la fotografía. «Me pregunto...», dijo al fin.

The Model Millionaire

Unless one is wealthy there is no use in being a charming fellow. Romance is the privilege of the rich, not the profession of the unemployed. The poor should be practical and prosaic. It is better to have a permanent income than to be fascinating. These are the great truths of modern life which Hughie Erskine never realised. Poor Hughie! Intellectually, we must admit, he was not of much importance. He never said a brilliant or even an ill-natured thing in his life. But then he was wonderfully good-looking, with his crisp brown hair, his clear-cut profile, and his grey eyes. He was as popular with men as he was with women, and he had every accomplishment except that of making money. His father had bequeathed him his cavalry sword and a *History of the Peninsular War* in fifteen volumes. Hughie hung the first over his looking-glass, put the second on a shelf between *Ruff's Guide* and *Bailey's Magazine,* and lived on two hundred a year that an old aunt allowed him. He had tried everything. He had gone on the Stock Exchange for six months; but what was a butterfly to do among bulls and bears? He had been a tea-merchant for a little longer, but had soon tired of pekoe and souchong. Then he had tried selling dry sherry. That did not answer; the sherry was a little too dry. Ultimately he became nothing, a delightful, ineffectual young man with a perfect profile and no profession.

To make matters worse, he was in love. The girl he loved was Laura Merton, the daughter of a retired Colonel who had lost his temper and his digestion in India, and had never found either of them again. Laura adored him, and he was ready to kiss her shoe-strings. They were the handsomest couple in London, and had not a penny-piece between them. The Colonel was very fond of Hughie, but would not hear of any engagement.

'Come to me, my boy, when you have got ten thousand pounds of your own, and we will see about it,' he used to say; and Hughie looked very glum in those days, and had to go to Laura for consolation.

One morning, as he was on his way to Holland Park, where the Mertons lived, he dropped in to see a great friend of his, Alan Trevor. Trevor was a painter. Indeed, few people escape that nowadays. But he was also an artist, and artists are rather rare. Personally he was

El modelo millonario

A menos que uno sea rico, no sirve de nada ser un tipo encantador. El romance es el privilegio de los ricos, no la profesión de los desempleados. Los pobres deben ser prácticos y prosaicos. Es mejor tener ingresos permanentes que ser fascinante. Éstas son las grandes verdades de la vida moderna que Hughie Erskine nunca llegó a comprender. ¡Pobre Hughie! Intelectualmente, debemos admitirlo, no tenía mucha importancia. Nunca dijo una cosa brillante, ni siquiera una malintencionada, en su vida. Pero era maravillosamente guapo, con su crispado pelo castaño, su perfil definido y sus ojos grises. Era tan popular entre los hombres como entre las mujeres y había logrado todo excepto ganar dinero. Su padre le había legado su espada de caballería y una *Historia de la Guerra Peninsular* en quince volúmenes. Hughie colgó la primera sobre su espejo, puso la segunda en un estante entre la *Guía de Ruff* y la *Revista Bailey's*, y vivía con doscientas libras al año que le daba una vieja tía. Lo había probado todo. Había estado en la Bolsa durante seis meses; pero ¿qué podía hacer una mariposa entre toros y osos? Había sido comerciante de té durante un poco más, pero pronto se había cansado del pekoe y del souchong. Entonces había probado a vender jerez seco. Eso no funcionó; el jerez era un poco demasiado seco. Al final se convirtió en nada, un joven encantador e ineficaz con un perfil perfecto y ninguna profesión.

Para colmo, estaba enamorado. La chica a la que amaba era Laura Merton, la hija de un Coronel retirado que había perdido los estribos y la digestión en la India, y nunca había vuelto a encontrar ninguna de las dos cosas. Laura le adoraba y él estaba dispuesto a besar los cordones de sus zapatos. Eran la pareja más guapa de Londres, y no tenían ni un penique entre los dos. El Coronel quería mucho a Hughie, pero no quería oír hablar de ningún compromiso.

«Venga a verme, muchacho, cuando tenga diez mil libras propias, y lo veremos», solía decir; y Hughie parecía muy cabizbajo en aquellos días, y tenía que acudir a Laura en busca de consuelo.

Una mañana, cuando se dirigía a Holland Park, donde vivían los Merton, pasó a ver a un gran amigo suyo, Alan Trevor. Trevor era pintor. De hecho, pocas personas escapan a eso hoy en día. Pero también era un artista, y los artistas son bastante raros. Personalmente era un tipo rudo

a strange rough fellow, with a freckled face and a red ragged beard. However, when he took up the brush he was a real master, and his pictures were eagerly sought after. He had been very much attracted by Hughie at first, it must be acknowledged, entirely on account of his personal charm. 'The only people a painter should know' he used to say, 'are people who are *bête* and beautiful, people who are an artistic pleasure to look at and an intellectual repose to talk to. Men who are dandies and women who are darlings rule the world, at least they should do so.' However, after he got to know Hughie better, he liked him quite as much for his bright, buoyant spirits and his generous, reckless nature, and had given him the permanent *entrée* to his studio.

When Hughie came in he found Trevor putting the finishing touches to a wonderful life-size picture of a beggar-man. The beggar himself was standing on a raised platform in a corner of the studio. He was a wizened old man, with a face like wrinkled parchment, and a most piteous expression. Over his shoulders was flung a coarse brown cloak, all tears and tatters; his thick boots were patched and cobbled, and with one hand he leant on a rough stick, while with the other he held out his battered hat for alms.

'What an amazing model!' whispered Hughie, as he shook hands with his friend.

'An amazing model?' shouted Trevor at the top of his voice; 'I should think so! Such beggars as he are not to be met with every day. *A trouvaille, mon cher;* a living Velasquez! My stars! what an etching Rembrandt would have made of him!'

'Poor old chap!' said Hughie, 'how miserable he looks! But I suppose, to you painters, his face is his fortune?'

'Certainly' replied Trevor, 'you don't want a beggar to look happy, do you?'

'How much does a model get for sitting? 1 asked Hughie, as he found himself a comfortable seat on a divan.

y extraño, con la cara llena de pecas y una barba roja y harapienta. Sin embargo, cuando cogía el pincel era un verdadero maestro, y sus cuadros se buscaban con avidez. Hughie le había atraído mucho al principio, hay que reconocerlo, enteramente por su encanto personal. «Las únicas personas que un pintor debe conocer», solía decir, «son personas que son *bête* y bellas, personas que son un placer artístico mirar y un reposo intelectual hablar con ellas. Los hombres que son dandis y las mujeres que son queridas gobiernan el mundo, al menos deberían hacerlo». Sin embargo, después de conocer mejor a Hughie, le gustaba tanto por su espíritu brillante y boyante como por su naturaleza generosa y temeraria, y le había dado la *entrée* permanente a su estudio.

Cuando Hughie entró se encontró a Trevor dando los últimos retoques a un maravilloso cuadro de tamaño natural de un mendigo. El propio mendigo estaba de pie sobre una plataforma elevada en un rincón del estudio. Era un anciano enjuto, con la cara como un pergamino arrugado y una expresión de lo más lastimera. Sobre sus hombros estaba echada una burda capa marrón, todo rasgada y hecha jirones; sus gruesas botas estaban remendadas y parchadas, y con una mano se apoyaba en un tosco bastón, mientras que con la otra extendía su maltrecho sombrero para pedir limosna.

«¡Qué modelo tan asombroso!», susurró Hughie, mientras estrechaba la mano de su amigo.

«¿Un modelo asombroso?», gritó Trevor con toda su voz; «¡Yo diría que sí! No se encuentran todos los días mendigos como él. Un *trouvaille, mon cher*; ¡un Velázquez viviente! ¡Mis estrellas! ¡Qué grabado habría hecho Rembrandt de él!».

«¡Pobre viejo!», dijo Hughie, «¡qué miserable parece! Pero supongo que, para ustedes los pintores, su cara es su fortuna».

«Ciertamente», respondió Trevor, «no querrás que un mendigo parezca feliz, ¿verdad?».

«¿Cuánto cobra un modelo por posar?», preguntó Hughie, mientras encontraba un cómodo asiento en un diván.

'A shilling an hour.'

'And how much do you get for your picture, Alan?'

'Oh, for this I get two thousand!'

'Pounds?'

'Guineas. Painters, poets, and physicians always get guineas.'

'Well, I think the model should have a percentage,' cried Hughie, laughing; 'they work quite as hard as you do.'

'Nonsense, nonsense! Why, look at the trouble of laying on the paint alone, and standing all day long at one's easel! It's all very well, Hughie, for you to talk, but I assure you that there are moments when Art almost attains to the dignity of manual labour. But you mustn't chatter; I'm very busy. Smoke a cigarette, and keep quiet.'

After some time the servant came in, and told Trevor that the framemaker wanted to speak to him.

'Don't run away, Hughie,' he said, as he went out, 'I will be back in a moment.'

The old beggar-man took advantage of Trevor's absence to rest for a moment on a wooden bench that was behind him. He looked so forlorn and wretched that Hughie could not help pitying him, and felt in his pockets to see what money he had. All he could find was a sovereign and some coppers. 'Poor old fellow' he thought to himself, 'he wants it more than I do, but it means no hansoms for a fortnight'; and he walked across the studio and slipped the sovereign into the beggar's hand.

The old man started, and a faint smile flitted across his withered lips. 'Thank you, sir' he said, 'thank you.' Then Trevor arrived, and Hughie took his leave, blushing a little at what he had done. He spent the day with Laura, got a charming scolding for his extravagance, and had to walk home.

«Un chelín la hora».

«¿Y cuánto te dan por tu cuadro, Alan?».

«¡Oh, por esto me dan dos mil!».

«¿Libras?».

«Guineas. Los pintores, los poetas y los médicos siempre reciben guineas».

«Bueno, creo que el modelo debería tener un porcentaje», gritó Hughie, riendo; «trabaja tan duro como tú».

«¡Tonterías, tonterías! Vaya, ¡fíjate en lo que cuesta ponerse a pintar solo y estar todo el día de pie ante el caballete! Está muy bien, Hughie, que hables, pero te aseguro que hay momentos en los que el arte casi alcanza la dignidad del trabajo manual. Pero no debes hablar por hablar; estoy muy ocupado. Fúmate un cigarrillo y guarda silencio».

Al cabo de un rato entró el criado y le dijo a Trevor que el enmarcador quería hablar con él.

«No te vayas, Hughie», dijo, mientras salía, «volveré en un momento».

El viejo mendigo aprovechó la ausencia de Trevor para descansar un momento en un banco de madera que había detrás de él. Tenía un aspecto tan desamparado y miserable que Hughie no pudo evitar compadecerse de él, y rebuscó en sus bolsillos para ver cuánto dinero tenía. Todo lo que pudo encontrar fue un soberano y algunas monedas de cobre. «Pobre viejo», pensó para sí, «lo necesita más que yo, pero significa que no habrá taxis durante quince días»; y cruzó el estudio y deslizó el soberano en la mano del mendigo.

El anciano se sobresaltó y una débil sonrisa se dibujó en sus labios marchitos. «Gracias, señor», dijo, «gracias». Entonces llegó Trevor y Hughie se despidió, ruborizándose un poco por lo que había hecho. Pasó el día con Laura, recibió una encantadora reprimenda por su extravagancia y tuvo que volver a casa a pie.

That night he strolled into the Palette Club about eleven o'clock, and found Trevor sitting by himself in the smoking-room drinking hock and seltzer.

'Well, Alan, did you get the picture finished all right?' he said, as he lit his cigarette.

'Finished and framed, my boy!' answered Trevor; 'and, by the bye, you have made a conquest. That old model you saw is quite devoted to you. I had to tell him all about you—who you are, where you live, what your income is, what prospects you have——'

'My dear Alan,' cried Hughie, 'I shall probably find him waiting for me when I go home. But of course you are only joking. Poor old wretch! I wish I could do something for him. I think it is dreadful that any one should be so miserable. I have got heaps of old clothes at home—do you think he would care for any of them? Why, his rags were falling to bits.'

'But he looks splendid in them' said Trevor. ' I wouldn't paint him in a frock coat for anything. What you call rags I call romance. What seems poverty to you is picturesqueness to me. However, I'll tell him of your offer.'

'Alan,' said Hughie seriously, 'you painters are a heartless lot.' 'An artist's heart is his head' replied Trevor; 'and besides, our business is to realise the world as we see it, not to reform it as we know it. *À chacun son métier.* And now tell me how Laura is. The old model was quite interested in her.'

'You don't mean to say you talked to him about her?' said Hughie.

'Certainly I did. He knows all about the relentless colonel, the lovely Laura, and the £10,000.'

'You told that old beggar all my private affairs?' cried Hughie, looking very red and angry.

'My dear boy' said Trevor, smiling, 'that old beggar, as you call him, is one of the richest men in Europe. He could buy all London to-mor-

Aquella noche entró en el Palette Club hacia las once y encontró a Trevor sentado solo en la sala de fumadores bebiendo vino blanco del Rhin y seltzer.

«Bueno, Alan, ¿terminaste bien el cuadro?», dijo, mientras encendía su cigarrillo.

«¡Terminado y enmarcado, muchacho!», respondió Trevor; «y, por cierto, has hecho una conquista. Ese viejo modelo que viste te tiene mucha devoción. Tuve que contarle todo sobre ti: quién eres, dónde vives, cuáles son tus ingresos, qué perspectivas tienes…».

«Mi querido Alan», exclamó Hughie, «probablemente le encontraré esperándome cuando vuelva a casa. Pero, por supuesto, sólo estás bromeando. ¡Pobre viejo desgraciado! Ojalá pudiera hacer algo por él. Me parece espantoso que alguien sea tan desgraciado. Tengo montones de ropa vieja en casa; ¿crees que le interesaría alguna de ellas? Vaya, sus harapos se caían a pedazos».

«Pero le quedan espléndidos», dijo Trevor. «Yo no lo pintaría con una levita por nada del mundo. Lo que tú llamas harapos yo lo llamo romanticismo. Lo que a ti te parece pobreza a mí me parece pintoresco. Sin embargo, le hablaré de tu oferta».

«Alan», dijo Hughie seriamente, «ustedes los pintores son unos desalmados». «El corazón de un artista es su cabeza», replicó Trevor; «y además, nuestro negocio es mostrar el mundo tal y como lo vemos, no reformarlo tal y como lo conocemos. *À chacun son métier*. Y ahora cuéntame cómo está Laura. El viejo modelo estaba muy interesada en ella».

«¿No querrás decir que hablaste con él de ella?», dijo Hughie.

«Desde luego que sí. Lo sabe todo sobre el implacable coronel, la encantadora Laura y las 10.000 libras».

«¿Le has contado a ese viejo mendigo todos mis asuntos privados?», gritó Hughie, muy rojo y enfadado.

«Mi querido muchacho», dijo Trevor, sonriendo, «ese viejo mendigo, como tú lo llamas, es uno de los hombres más ricos de Europa. Podría

row without overdrawing his account. He has a house in every capital, dines off gold plate, and can prevent Russia going to war when he chooses.'

'What on earth do you mean?' exclaimed Hughie.

'What I say' said Trevor. 'The old man you saw to-day in the studio was Baron Hausberg. He is a great friend of mine, buys all my pictures and that sort of thing, and gave me a commission a month ago to paint him as a beggar. *Que voulez-vous? La fantaisie d'un millionnaire!* And I must say he made a magnificent figure in his rags, or perhaps I should say in my rags; they are an old suit I got in Spain.'

'Baron Hausberg!' cried Hughie. 'Good heavens! I gave him a sovereign!' and he sank into an armchair the picture of dismay.

'Gave him a sovereign!' shouted Trevor, and he burst into a roar of laughter. 'My dear boy, you'll never see it again. *Son affaire c'est l'argent des autres.*'

'I think you might have told me, Alan,' said Hughie sulkily, 'and not have let me make such a fool of myself.'

'Well, to begin with, Hughie' said Trevor, 'it never entered my mind that you went about distributing alms in that reckless way. I can understand your kissing a pretty model, but your giving a sovereign to an ugly one—by Jove, no! Besides, the fact is that I really was not at home to-day to any one; and when you came in I didn't know whether Hausberg would like his name mentioned. You know he wasn't in full dress.'

'What a duffer he must think me!' said Hughie.

'Not at all. He was in the highest spirits after you left; kept chuckling to himself and rubbing his old wrinkled hands together. I couldn't make out why he was so interested to know all about you; but I see it all now. He'll invest your sovereign for you, Hughie, pay you the interest every six months, and have a capital story to tell after dinner.'

comprar todo Londres mañana mismo sin sobregirar su cuenta. Tiene una casa en cada capital, cena en platos de oro y puede evitar que Rusia entre en guerra cuando él quiera».

«¿Qué demonios quieres decir?», exclamó Hughie.

«Lo que digo», dijo Trevor. «El anciano que viste hoy en el estudio era el Barón Hausberg. Es un gran amigo mío, compra todos mis cuadros y ese tipo de cosas, y me hizo un encargo hace un mes para que le pintara como un mendigo. *Que voulez-vous? La fantaisie d'un millionnaire!* Y debo decir que hizo una magnífica figura con sus harapos, o quizá debería decir con mis harapos; son un viejo traje que conseguí en España».

«¡Barón Hausberg!», gritó Hughie. «¡Santo cielo! ¡Le di un soberano!», y se hundió en un sillón, la imagen misma de la consternación.

«¡Le diste un soberano!», gritó Trevor, y estalló en una carcajada. «Mi querido muchacho, nunca lo volverás a ver. *Son affaire c'est l'argent des autres*».

«Creo que podrías habérmelo dicho, Alan», dijo Hughie enfurruñado, «y no haberme dejado hacer el ridículo».

«Bueno, para empezar, Hughie», dijo Trevor, «nunca se me pasó por la cabeza que fueras repartiendo limosna de esa manera tan imprudente. Puedo entender que beses a una modelo guapa, pero que le des un soberano a uno feo, ¡por Dios, no! Además, lo cierto es que hoy no estaba disponible para nadie en casa; y cuando entraste no sabía si a Hausberg le gustaría que mencionaran su nombre. Ya sabes que no estaba vestido de gala».

«¡Qué tonto debe pensar que soy!», dijo Hughie.

«En absoluto. Estaba de lo más animado después de que te fueras; no paraba de reírse para sí mismo y de frotarse sus viejas y arrugadas manos. Yo no podía entender por qué estaba tan interesado en saber todo sobre ti; pero ahora lo veo todo. Invertirá tu soberano por ti, Hughie, te pagará los intereses cada seis meses y tendrá una historia capital que contar después de cenar».

'I am an unlucky devil,' growled Hughie. 'The best thing I can do is to go to bed; and, my dear Alan, you mustn't tell any one. I shouldn't dare show my face in the Row.'

'Nonsense! It reflects the highest credit on your philanthropic spirit, Hughie. And don't run away. Have another cigarette, and you can talk about Laura as much as you like.'

However, Hughie wouldn't stop, but walked home, feeling very unhappy, and leaving Alan Trevor in fits of laughter.

The next morning, as he was at breakfast, the servant brought him up a card on which was written, 'Monsieur Gustave Naudin, *de la part de M. le Baron Hausberg.*' 'I suppose he has come for an apology,' said Hughie to himself; and he told the servant to show the visitor up.

An old gentleman with gold spectacles and grey hair came into the room, and said, in a slight French accent, 'Have I the honour of addressing Monsieur Erskine?'

Hughie bowed.

'I have come from Baron Hausberg' he continued. 'The Baron...'

'I beg, sir, that you will offer him my sincerest apologies,' stammered Hughie.

'The Baron' said the old gentleman with a smile, 'has commissioned me to bring you this letter'; and he extended a sealed envelope.

On the outside was written, 'A wedding present to Hugh Erskine and Laura Merton, from an old beggar,' and inside was a cheque for £10,000.

When they were married Alan Trevor was the best man, and the Baron made a speech at the wedding breakfast.

'Millionaire models,' remarked Alan, 'are rare enough; but, by Jove, model millionaires are rarer still!'

«Soy un diablo con mala suerte», gruñó Hughie. «Lo mejor que puedo hacer es irme a la cama; y, mi querido Alan, no debes decírselo a nadie. No me atrevería a mostrar mi cara en el Row».

«¡Tonterías! Refleja el mayor crédito en tu espíritu filantrópico, Hughie. Y no te escapes. Fúmate otro cigarrillo y podrás hablar de Laura todo lo que quieras».

Sin embargo, Hughie no se detuvo, sino que se fue caminando a casa, sintiéndose muy desgraciado, y dejando a Alan Trevor riéndose mucho.

A la mañana siguiente, mientras desayunaba, el criado le trajo una tarjeta en la que estaba escrito: «Monsieur Gustave Naudin, *de la part de M. le Baron Hausberg*». «Supongo que habrá venido a pedir disculpas», se dijo Hughie; y le dijo al criado que hiciera pasar al visitante.

Un anciano caballero con gafas doradas y pelo gris entró en la habitación y dijo, con un ligero acento francés: «¿Tengo el honor de dirigirme a Monsieur Erskine?».

Hughie hizo una reverencia.

«Vengo de parte del Barón Hausberg», continuó. «El Barón...».

«Le ruego, señor, que le ofrezca mis más sinceras disculpas», tartamudeó Hughie.

«El Barón», dijo el anciano caballero con una sonrisa, «me ha encargado que le entregue esta carta»; y le extendió un sobre cerrado.

En el exterior estaba escrito: «Un regalo de boda para Hugh Erskine y Laura Merton, de un viejo mendigo», y en el interior había un cheque por 10.000 libras.

Cuando se casaron, Alan Trevor fue el padrino y el Barón pronunció un discurso en el desayuno nupcial.

«Los modelos millonarios», comentó Alan, «son bastante raros; pero, ¡por Dios, los millonarios modelos son aún más raros!».

The Portrait of Mr W. H.

I

I had been dining with Erskine in his pretty little house in Bird-cage Walk, and we were sitting in the library over our coffee and cigarettes, when the question of literary forgeries happened to turn up in conversation. I cannot at present remember how it was that we struck upon this somewhat curious topic, as it was at that time, but I know that we had a long discussion about Macpherson, Ireland, and Chatterton, and that with regard to the last I insisted that his so-called forgeries were merely the result of an artistic desire for perfect representation: that we had no right to quarrel with an artist for the conditions under which he chooses to present his work; and that all Art being to a certain degree a mode of acting, an attempt to realise one's own personality on some imaginative plane out of reach of the trammelling accidents and limitations of real life, to censure an artist for a forgery was to confuse an ethical with an æsthetical problem.

Erskine, who was a good deal older than I was, and had been listening to me with the amused deference of a man of forty, suddenly put his hand upon my shoulder and said to me, "What would you say about a young man who had a strange theory about a certain work of art, believed in his theory, and committed a forgery in order to prove it?".

"Ah! that is quite a different matter," I answered.

Erskine remained silent for a few moments, looking at the thin grey threads of smoke that were rising from his cigarette. "Yes," he said, after a pause, "quite different."

There was something in the tone of his voice, a slight touch of bitterness perhaps, that excited my curiosity.

"Did you ever know anybody who did that?" I cried.

"Yes," he answered, throwing his cigarette into the fire,—"a great friend of mine, Cyril Graham. He was very fascinating, and very fool-

El retrato de Mr. W. H.

I

Había estado cenando con Erskine en su bonita casita de Birdcage Walk, y estábamos sentados en la biblioteca tomando nuestro café y nuestros cigarrillos, cuando por casualidad surgió en la conversación la cuestión de las falsificaciones literarias. No puedo recordar en este momento cómo fue que dimos con este tema un tanto curioso, como lo era en aquella época, pero sé que mantuvimos una larga discusión sobre Macpherson, Ireland y Chatterton, y que con respecto a este último insistí en que sus supuestas falsificaciones no eran más que el resultado de un deseo artístico de representación perfecta; que no teníamos derecho a discutir con un artista por las condiciones en las que elige presentar su obra; y que siendo todo arte hasta cierto punto un modo de actuar, un intento de realizar la propia personalidad en algún plano imaginativo fuera del alcance de los accidentes y limitaciones atosigantes de la vida real, censurar a un artista por una falsificación era confundir un problema ético con uno estético.

Erskine, que era bastante mayor que yo y me había estado escuchando con la divertida deferencia de un hombre de cuarenta años, me puso de repente la mano en el hombro y me dijo: «¿Qué dirías de un joven que tuviera una extraña teoría sobre cierta obra de arte, creyera en su teoría y cometiera una falsificación para demostrarla?».

«¡Ah! Eso es totalmente diferente», le contesté.

Erskine permaneció en silencio unos instantes, mirando los finos hilos grises de humo que salían de su cigarrillo. «Sí», dijo, tras una pausa, «bastante diferente».

Había algo en el tono de su voz, un ligero toque de amargura quizá, que excitó mi curiosidad.

«¿Conociste alguna vez a alguien que hiciera eso?», exclamé.

«Sí», respondió, arrojando su cigarrillo al fuego, «un gran amigo mío, Cyril Graham. Era muy fascinante, y muy tonto, y muy desalmado. Sin

ish, and very heartless. However, he left me the only legacy I ever received in my life."

"What was that?" I exclaimed. Erskine rose from his seat, and going over to a tall inlaid cabinet that stood between the two windows, unlocked it, and came back to where I was sitting, holding in his hand a small panel picture set in an old and somewhat tarnished Elizabethan frame.

It was a full-length portrait of a young man in late sixteenth-century costume, standing by a table, with his right hand resting on an open book. He seemed about seventeen years of age, and was of quite extraordinary personal beauty, though evidently somewhat effeminate. Indeed, had it not been for the dress and the closely cropped hair, one would have said that the face, with its dreamy wistful eyes, and its delicate scarlet lips, was the face of a girl. In manner, and especially in the treatment of the hands, the picture reminded one of François Clouet's later work. The black velvet doublet with its fantastically gilded points, and the peacock-blue background against which it showed up so pleasantly, and from which it gained such luminous value of colour, were quite in Clouet's style; and the two masks of Tragedy and Comedy that hung somewhat formally from the marble pedestal had that hard severity of touch—so different from the facile grace of the Italians—which even at the Court of France the great Flemish master never completely lost, and which in itself has always been a characteristic of the northern temper.

"It is a charming thing," I cried; "but who is this wonderful young man, whose beauty Art has so happily preserved for us?"

"This is the portrait of Mr W. H.," said Erskine, with a sad smile. It might have been a chance effect of light, but it seemed to me that his eyes were quite bright with tears.

"Mr W. H.!" I exclaimed; "who was Mr W. H.?"

"Don't you remember?" he answered; "look at the book on which his hand is resting."

"I see there is some writing there, but I cannot make it out," I replied.

embargo, me dejó el único legado que he recibido en mi vida».

«¿Qué fue?», exclamé. Erskine se levantó de su asiento y, dirigiéndose a un alto armario con incrustaciones que había entre las dos ventanas, abrió el cerrojo y volvió hacia donde yo estaba sentado, sosteniendo en la mano un pequeño cuadro de panel colocado en un viejo marco isabelino algo deslustrado.

Era un retrato de cuerpo entero de un joven vestido a la moda de finales del siglo XVI, de pie junto a una mesa, con la mano derecha apoyada en un libro abierto. Parecía tener unos diecisiete años y era de una belleza personal extraordinaria, aunque evidentemente algo afeminado. De hecho, si no hubiera sido por el vestido y el pelo estrechamente recortado, se habría dicho que su rostro, con sus soñadores ojos melancólicos y sus delicados labios escarlata, era el rostro de una muchacha. En la manera, y especialmente en el tratamiento de las manos, el cuadro recordaba a la obra posterior de François Clouet. El jubón de terciopelo negro con sus puntas fantásticamente doradas, y el fondo azul pavo real sobre el que resaltaba tan agradablemente, y del que adquiría un valor de color tan luminoso, correspondían bastante al estilo de Clouet; y las dos máscaras de la Tragedia y la Comedia que colgaban con cierta formalidad del pedestal de mármol tenían esa dura severidad de tacto —tan diferente de la gracia fácil de los italianos— que incluso en la Corte de Francia el gran maestro flamenco nunca perdió del todo, y que en sí misma siempre ha sido una característica del temperamento nórdico.

«Es algo encantador», grité, «pero ¿quién es este maravilloso joven, cuya belleza el Arte ha preservado tan felizmente para nosotros?».

«Éste es el retrato de Mr. W. H.», dijo Erskine, con una sonrisa triste. Puede que fuera un efecto casual de la luz, pero me pareció que sus ojos estaban bastante brillantes por las lágrimas.

«¡Mr. W. H.!», exclamé; «¿quién era Mr. W. H.?».

«¿No lo recuerdas?», respondió; «mira el libro sobre el que descansa su mano».

«Veo que hay algo escrito ahí, pero no puedo distinguirlo», respondí.

"Take this magnifying glass and try," said Erskine, with the same sad smile still playing about his mouth.

I took the glass, and moving the lamp a little nearer, I began to spell out the crabbed sixteenth-century handwriting. "To the onlie begetter of these insuing sonnets." ... "Good heavens!" I cried, "is this Shakespeare's Mr W. H.?"

"Cyril Graham used to say so," muttered Erskine.

"But it is not a bit like Lord Pembroke," I answered. "I know the Penshurst portraits very well. I was staying near there a few weeks ago.

"Do you really believe then that the *Sonnets* are addressed to Lord Pembroke?" he asked.

"I am sure of it," I answered. "Pembroke, Shakespeare, and Mrs Mary Fitton are the three personages of the Sonnets; there is no doubt at all about it."

"Well, I agree with you," said Erskine, "but I did not always think so. I used to believe—well, I suppose I used to believe in Cyril Graham and his theory."

"And what was that?" I asked, looking at the wonderful portrait, which had already begun to have a strange fascination for me.

"It is a long story," said Erskine, taking the picture away from me—rather abruptly I thought at the time—"a very long story; but if you care to hear it, I will tell it to you."

"I love theories about the *Sonnets,*" I cried; "but I don't think I am likely to be converted to any new idea. The matter has ceased to be a mystery to any one. Indeed, I wonder that it ever was a mystery."

"As I don't believe in the theory, I am not likely to convert you to it," said Erskine, laughing; "but it may interest you.

«Coje esta lupa e inténtalo», dijo Erskine, con la misma sonrisa triste aún jugueteando en su boca.

Cogí la lupa y, acercando un poco más la lámpara, empecé a deletrear la letra rasposa del siglo XVI. «Al único engendrador de estos sonetos...». «¡Santo cielo!», exclamé, «¿es éste el Mr. W. H. de Shakespeare?».

«Cyril Graham solía decirlo», murmuró Erskine.

«Pero no se parece en nada a Lord Pembroke», respondí. «Conozco muy bien los retratos de Penshurst. Estuve alojado cerca de allí hace unas semanas».

«¿De verdad crees entonces que los *Sonetos* están dirigidos a Lord Pembroke?», preguntó.

«Estoy seguro de ello», respondí. «Pembroke, Shakespeare y Mrs. Mary Fitton son los tres personajes de los *Sonetos;* no cabe la menor duda».

«Bueno, estoy de acuerdo contigo», dijo Erskine, «pero no siempre pensé así. Solía creer... bueno, supongo que solía creer en Cyril Graham y su teoría».

«¿Y cuál era?», pregunté, mirando el maravilloso retrato, que ya había empezado a ejercer una extraña fascinación por mí.

«Es una larga historia», dijo Erskine, apartando el cuadro de mí —más bien bruscamente, pensé en ese momento—, «una historia muy larga; pero si te interesa oírla, te la contaré».

«Me encantan las teorías sobre los *Sonetos*», exclamé; «pero no creo que me convierta a ninguna idea nueva. El asunto ha dejado de ser un misterio para nadie. De hecho, me pregunto si alguna vez fue un misterio».

«Como no creo en la teoría, no es probable que te convierta a ella», dijo Erskine, riendo; «pero puede que te interese».

"Tell it to me, of course," I answered. "If it is half as delightful as the picture I shall be more than satisfied."

"Well," said Erskine, lighting a cigarette, "I must begin by telling you about Cyril Graham himself. He and I were at the same house at Eton. I was a year or two older than he was, but we were immense friends, and did all our work and all our play together. There was, of course, a good deal more play than work, but I cannot say that I am sorry for that. It is always an advantage not to have received a sound commercial education, and what I learned in the playing fields at Eton has been quite as useful to me as anything I was taught at Cambridge. I should tell you that Cyril's father and mother were both dead. They had been drowned in a horrible yachting accident off the Isle of Wight. His father had been in the diplomatic service, and had married a daughter, the only daughter, in fact, of old Lord Crediton, who became Cyril's guardian after the death of his parents. I don't think that Lord Crediton cared very much for Cyril. He had never really forgiven his daughter for marrying a man who had no title. He was an extraordinary old aristocrat, who swore like a costermonger, and had the manners of a farmer. I remember seeing him once on Speech-day. He growled at me, gave me sovereign, and told me not to grow up 'a damned Radical' like my father. Cyril had very little affection for him, and was only too glad to spend most of his holidays with us in Scotland. They never really got on together at all. Cyril thought him a bear, and he thought Cyril effeminate. He was effeminate, I suppose, in some things, though he was a very good rider and a capital fencer. In fact he got the foils before he left Eton. But he was very languid in his manner, and not a little vain of his good looks, and had a strong objection to football. The two things that really gave him pleasure were poetry and acting. At Eton he was always dressing up and reciting Shakespeare, and when we went up to Trinity he became a member of the A.D.C. his first term. I remember I was always very jealous of his acting. I was absurdly devoted to him; I suppose because we were so different in some things. I was a rather awkward, weakly lad, with huge feet, and horribly freckled. Freckles run in Scotch families just as gout does in English families. Cyril used to say that of the two he preferred the gout; but he always set an absurdly high value on personal appearance, and once read a paper before our debating society to prove that it was better to be good-looking than to be good. He certainly was wonderfully handsome. People who did

«Cuéntamela, por supuesto», respondí. «Si es la mitad de encantadora que el cuadro, estaré más que satisfecho».

«Bien», dijo Erskine, encendiendo un cigarrillo, «debo empezar hablándote del propio Cyril Graham. Él y yo vivíamos en el mismo edificio en Eton. Yo era un año o dos mayor que él, pero éramos muy buenos amigos, y hacíamos todo nuestro trabajo y teníamos toda nuestra diversión juntos. Había, por supuesto, mucha más diversión que trabajo, pero no puedo decir que lo lamente. Siempre es una ventaja no haber recibido una sólida educación comercial, y lo que aprendí en los campos de juego de Eton me ha sido tan útil como todo lo que me enseñaron en Cambridge. Debo decirte que el padre y la madre de Cyril habían muerto. Se habían ahogado en un horrible accidente de yate frente a la Isla de Wight. Su padre había estado en el servicio diplomático y se había casado con una hija, la única hija, de hecho, del viejo Lord Crediton, que se convirtió en el tutor de Cyril tras la muerte de sus padres. No creo que Lord Crediton se preocupara mucho por Cyril. Nunca había perdonado realmente a su hija por casarse con un hombre que no tenía título. Era un viejo aristócrata extraordinario, que juraba como un vendedor callejero y tenía los modales de un granjero. Recuerdo haberle visto una vez el día del discurso. Me gruñó, me dio un soberano y me dijo que no me convirtiera en "un maldito Radical" como mi padre. Cyril le tenía muy poco afecto, y estaba encantado de pasar la mayor parte de sus vacaciones con nosotros en Escocia. En realidad nunca se llevaron bien del todo. Cyril le consideraba un oso, y él pensaba que Cyril era afeminado. Era afeminado, supongo, en algunas cosas, aunque era muy buen jinete y un esgrimista capital. De hecho, consiguió hacer los floreos antes de salir de Eton. Pero era muy lánguido en sus modales, y no poco vanidoso de su buena apariencia, y tenía una fuerte objeción al fútbol. Las dos cosas que realmente le proporcionaban placer eran la poesía y la actuación. En Eton siempre estaba disfrazándose y recitando a Shakespeare, y cuando fuimos a Trinity se convirtió en miembro del Círculo de Actores en su primer trimestre. Recuerdo que siempre estuve muy celoso de su actuación. Yo le tenía una devoción absurda; supongo que porque éramos muy diferentes en algunas cosas. Yo era un muchacho bastante torpe y débil, con pies enormes y horriblemente pecoso. Las pecas se dan en las familias escocesas igual que la gota en las inglesas. Cyril solía decir que de las dos prefería la gota; pero siempre dio un valor absurdamente alto a la apariencia personal, y una vez leyó una ponencia ante nuestra sociedad de debate para demostrar que

not like him, Philistines and college tutors, and young men reading for the Church, used to say that he was merely pretty; but there was a great deal more in his face than mere prettiness. I think he was the most splendid creature I ever saw, and nothing could exceed the grace of his movements, the charm of his manner. He fascinated everybody who was worth fascinating, and a great many people who were not. He was often wilful and petulant, and I used to think him dreadfully insincere. It was due, I think, chiefly to his inordinate desire to please. Poor Cyril! I told him once that he was contented with very cheap triumphs, but he only laughed. He was horribly spoiled. All charming people, I fancy, are spoiled. It is the secret of their attraction.

"However, I must tell you about Cyril's acting. You know that no actresses are allowed to play at the A.D.C. At least they were not in my time. I don't know how it is now. Well, of course Cyril was always cast for the girls' parts, and when 'As You Like It' was produced he played Rosalind. It was a marvellous performance. In fact, Cyril Graham was the only perfect Rosalind I have ever seen. It would be impossible to describe to you the beauty, the delicacy, the refinement of the whole thing. It made an immense sensation, and the horrid little theatre, as it was then, was crowded every night. Even when I read the play now I can't help thinking of Cyril. It might have been written for him. The next term he took his degree, and came to London to read for the diplomatic. But he never did any work. He spent his days in reading Shakespeare's *Sonnets*, and his evenings at the theatre. He was, of course, wild to go on the stage. It was all that I and Lord Crediton could do to prevent him. Perhaps if he had gone on the stage he would be alive now. It is always a silly thing to give advice, but to give good advice is absolutely fatal. I hope you will never fall into that error. If you do, you will be sorry for it.

"Well, to come to the real point of the story, one day I got a letter from Cyril asking me to come round to his rooms that evening. He had charming chambers in Piccadilly overlooking the Green Park, and as I used to go to see him every day, I was rather surprised at his taking the trouble to write. Of course I went, and when I arrived I found him in a state of great excitement. He told me that he had at last discovered the true secret of Shakespeare's *Sonnets;* that all the

era mejor ser guapo que ser bueno. Ciertamente era maravillosamente guapo. La gente a la que no le gustaba, filisteos y tutores universitarios, y jóvenes que estudiaban para trabajar en la Iglesia, solían decir que era simplemente bonito; pero en su rostro había mucho más que mera belleza. Creo que era la criatura más espléndida que he visto nunca, y nada podía superar la gracia de sus movimientos, el encanto de sus maneras. Fascinaba a todo el mundo digno de fascinación, y a mucha gente que no lo era. A menudo era voluntarioso y petulante, y yo solía pensar que era terriblemente insincero. Se debía, creo, principalmente a su desmesurado deseo de agradar. ¡Pobre Cyril! Una vez le dije que se contentaba con triunfos muy baratos, pero sólo se rió. Era horriblemente malcriado. Todas las personas encantadoras, me imagino, son malcriadas. Es el secreto de su atractivo.

«Sin embargo, debo hablarte de la actuación de Cyril. Ya sabes que no se permite actuar a las actrices en el Círculo de Actores. Al menos no se permitía en mi época. No sé cómo será ahora. Bueno, por supuesto, Cyril siempre fue elegido para los papeles de las muchachas, y cuando se produjo *Como gustéis* interpretó a Rosalinda. Fue una actuación maravillosa. De hecho, Cyril Graham fue la única Rosalinda perfecta que he visto nunca. Sería imposible describirte la belleza, la delicadeza, el refinamiento del conjunto. Causó una inmensa sensación y el pequeño y horrible teatro, como era entonces, se llenaba todas las noches. Incluso cuando ahora leo la obra no puedo evitar pensar en Cyril. Parecía haber sido escrita para él. Al curso siguiente se licenció y vino a Londres a estudiar para ser diplomático. Pero nunca trabajó. Pasaba los días leyendo los *Sonetos* de Shakespeare, y las tardes en el teatro. Estaba, por supuesto, loco por subir al escenario. Lord Crediton y yo hicimos todo para impedírselo. Quizá si hubiera subido al escenario ahora estaría vivo. Siempre es una tontería dar consejos, pero dar buenos consejos es absolutamente fatal. Espero que nunca caigas en ese error. Si lo haces, lo lamentarás.

«Bueno, para llegar al verdadero punto de la historia, un día recibí una carta de Cyril pidiéndome que fuera a sus aposentos esa misma tarde. Tenía unos aposentos encantadores en Piccadilly, con vistas a Green Park, y como yo solía ir a verle todos los días, me sorprendió bastante que se tomara la molestia de escribirme. Por supuesto fui, y cuando llegué le encontré en un estado de gran excitación. Me dijo que por fin había descubierto el verdadero secreto de los *Sonetos* de Shakespeare;

scholars and critics had been entirely on the wrong tack; and that he was the first who, working purely by internal evidence, had found out who Mr W. H. really was. He was perfectly wild with delight, and for a long time would not tell me his theory. Finally, he produced a bundle of notes, took his copy of the *Sonnets* off the mantelpiece, and sat down and gave me a long lecture on the whole subject.

"He began by pointing out that the young man to whom Shakespeare addressed these strangely passionate poems must have been somebody who was a really vital factor in the development of his dramatic art, and that this could not be said either of Lord Pembroke or Lord Southampton. Indeed, whoever he was, he could not have been anybody of high birth, es was shown very clearly by the 25th Sonnet, in which Shakespeare contrasts himself with those who are 'great princes' favourites;' says quite frankly—

"'Let those who are in favour with their stars
Of public honour and proud titles boast,
Whilst I, whom fortune of such triumph bars,
Unlooked for joy in that I honour most;'

and ends the sonnet by congratulating himself on the mean state of him he so adored:

"'Then happy I, that loved and am beloved
Where I may not remove nor be removed.'

This sonnet Cyril declared would be quite unintelligible if we fancied that it was addressed to either the Earl of Pembroke or the Earl of Southampton, both of whom were men of the highest position in England and fully entitled to be called 'great princes'; and he in corroboration of his view read me Sonnets cxxiv. and cxxv., in which Shakespeare tells us that his love is not 'the child of state,' that it 'suffers not in smiling pomp,' but is 'builded far from accident.' I listened with a good deal of interest, for I don't think the point had ever been made before; but what followed was still more curious, and seemed to me at the time to entirely dispose of Pembroke's claim. We know from Meres that the Sonnets had been written before 1598, and Sonnet civ. informs us that Shakespeare's friendship for Mr W. H. had

que todos los eruditos y críticos se habían equivocado por completo; y que él era el primero que, trabajando puramente con pruebas internas, había averiguado quién era realmente Mr. W. H. Estaba completamente enloquecido de alegría, y durante mucho tiempo no quiso contarme su teoría. Finalmente, sacó un fajo de notas, cogió su ejemplar de los *Sonetos* de la repisa de la chimenea, se sentó y me dio una larga conferencia sobre el tema.

«Empezó señalando que el joven al que Shakespeare dirigió estos poemas extrañamente apasionados debía de ser alguien que fuera un factor realmente vital en el desarrollo de su arte dramático, y que esto no podía decirse ni de Lord Pembroke ni de Lord Southampton. De hecho, quienquiera que fuera, no podía haber sido nadie de alta cuna, como lo demuestra muy claramente el soneto XXV, en el que Shakespeare, contrastándose a sí mismo con aquellos que son "los favoritos de los grandes príncipes", dice con toda franqueza:

«Que se jacten los que gozan del favor de sus estrellas
de honores públicos y orgullosos títulos,
mientras que yo, a quien la fortuna de tal triunfo veda,
despreocupado por la alegría en lo que más honro…

y termina el soneto felicitándose por el estado mezquino de aquel a quien tanto adoraba.

«Entonces feliz yo, que amo y soy amado
donde no puedo quitar ni ser quitado.

«Este soneto, según Cyril, sería bastante ininteligible si pensáramos que iba dirigido al Conde de Pembroke o al Conde de Southampton, ambos hombres de la más alta posición en Inglaterra y con pleno derecho a ser llamados "grandes príncipes"; y para corroborar su opinión me leyó los sonetos CXXIV y CXXV, en los que Shakespeare nos dice que su amor no es "hijo del estado", que "no sufre en sonriente pompa", sino que está "construido lejos del accidente". Escuché con bastante interés, pues creo que nunca antes se había planteado la cuestión; pero lo que siguió fue aún más curioso, y en aquel momento me pareció que descartaba por completo la afirmación de Pembroke. Sabemos por Meres que los *Sonetos* habían sido escritos antes de 1598, y el Soneto CIV nos informa de que la amistad de Shakespeare con Mr. W. H. existía ya desde

been already in existence for three years. Now Lord Pembroke, who was born in 1580, and not come to London till he was eighteen years of age, that is to say till 1598, and Shakespeare's acquaintance with Mr W. H. must have begun in 1594, or at the latest in 1595. Shakespeare, accordingly, could not have known Lord Pembroke till after the *Sonnets* had been written.

"Cyril pointed out also that Pembroke's father did not die till 1601; whereas it was evident from the line,

'You had a father, let your son say so,'

that the father of Mr W. H. was dead in 1598. Besides, it was absurd to imagine that any publisher of the time, and the preface is from the publisher's hand, would have ventured to address William Herbert, Earl of Pembroke, as Mr W. H.; the case of Lord Buckhurst being spoken of as Mr Sackville being not really a parallel instance, as Lord Buckhurst was not a peer, but merely the younger son of a peer, with a courtesy title, and the passage in 'England's Parnassus,' where he is so spoken of, is not a formal and stately dedication, but simply a casual allusion. So far for Lord Pembroke, whose supposed claims Cyril easily demolished while I sat by in wonder. With Lord Southampton Cyril had even less difficulty. Southampton became at a very early age the lover of Elizabeth Vernon, so he needed no entreaties to marry; he was not beautiful; he did not resemble his mother, as Mr W. H. did—

"'Thou art thy mother's glass, and she in thee
Call back the lovely April of her prime;'

and, above all, his Christian name, was Henry, whereas the punning sonnets (cxxxv. and cxliii.) show that the Christian name of Shakespeare's friend was the same as his own—Will.

"As for the other suggestions of unfortunate commentators, that Mr W. H. is a misprint for Mr W. S., meaning Mr William Shakespeare; that 'Mr W. H. all' should be read 'Mr W. Hall'; that Mr W. H. is Mr William Hathaway; and that a full stop should be placed after 'wisheth,' making Mr W. H. the writer and not the subject of the dedication,— Cyril got rid of them in a very short time; and it is not worth while to

hacía tres años. Ahora bien, Lord Pembroke, que nació en 1580, no llegó a Londres hasta los dieciocho años, es decir, hasta 1598, y la amistad de Shakespeare con Mr. W. H. debió de comenzar en 1594, o a más tardar en 1595. Shakespeare, en consecuencia, no pudo haber conocido a Lord Pembroke hasta después de haber escrito los *Sonetos.*

Cyril señaló también que el padre de Pembroke no murió hasta 1601, mientras que era evidente por la línea,

Tú tuviste un padre; que lo diga su hijo,

que el padre de Mr. W. H. había muerto en 1598. Además, era absurdo imaginar que cualquier editor de la época, y el prefacio es de mano del editor, se hubiera aventurado a dirigirse a William Herbert, Conde de Pembroke, como Mr. W. H.; el caso de que se hablara de Lord Buckhurst como Mr. Sackville no es realmente un caso paralelo, ya que Lord Buckhurst no era un par, sino simplemente el hijo menor de un par, con un título de cortesía, y el pasaje del *Parnaso de Inglaterra,* donde se habla así de él, no es una dedicatoria formal y señorial, sino simplemente una alusión casual. Hasta aquí llega Lord Pembroke, cuyas supuestas pretensiones Cyril derribó fácilmente mientras yo permanecía sentado y asombrado. Con Lord Southampton Cyril tuvo aún menos dificultades. Southampton se convirtió a una edad muy temprana en el amante de Elizabeth Vernon, por lo que no necesitó súplicas para casarse; no era bello; no se parecía a su madre, como Mr. W. H.:

Tú eres el espejo de tu madre, y ella en ti
llama de nuevo a la hermosa Abril de sus mejores tiempos;

y, sobre todo, su nombre de pila era Henry, mientras que los sonetos con juego de palabras (CXXXV y CXLIII) demuestran que el nombre de pila del amigo de Shakespeare era el mismo que el suyo propio: Will.

«En cuanto a las otras sugerencias de comentaristas desafortunados, que Mr. W. H. es un error de imprenta en vez de Mr. W. S., que significa Mr. William Shakespeare; que "Mr. W. H. all [toda]" debería leerse "Mr. W. Hall"; que Mr. W. H. es Mr. William Hathaway; y que debería ponerse un punto después de "wisheth [desea]", haciendo que Mr. W. H. sea el escritor y no el sujeto de la dedicatoria... Cyril se deshizo de ellas en

mention his reasons, though I remember he sent me off into a fit of laughter by reading to me, I am glad to say not in the original, some extracts from a German commentator called Barnstorff, who insisted that Mr W. H. was no less a person than 'Mr William Himself.' Nor would he allow for a moment that the Sonnets are mere satires on the work of Drayton and John Davies of Hereford. To him, as indeed to me, they were poems of serious and tragic import, wrung out of the bitterness of Shakespeare's heart, and made sweet by the honey of his lips. Still less would he admit that they were merely a philosophical allegory, and that in them Shakespeare is addressing his Ideal Self, or Ideal Manhood, or the Spirit of Beauty, or the Reason, or the Divine Logos, or the Catholic Church. He felt, as indeed I think we all must feel, that the Sonnets are addressed to an individual, to a particular young man whose personality for some reason seems to have filled the soul of Shakespeare with terrible joy and no less terrible despair.

"Having in this manner cleared the way as it were, Cyril asked me to dismiss from my mind any preconceived ideas I might have formed on the subject, and to give a fair and unbiassed hearing to his own theory. The problem he pointed out was this: Who was that young man of Shakespeare's day who, without being of noble birth or even of noble nature, was addressed by him in terms of such passionate adoration that we can but wonder at the strange worship, and are almost afraid to turn the key that unlocks the mystery of the poet's heart? Who was he whose physical beauty was such that it became the very cornerstone of Shakespeare's art; the very source of Shakespeare's inspiration; the very incarnation of Shakespeare's dreams? To look upon him as simply the object of certain love-poems is to miss the whole meaning of the poems: for the art of which Shakespeare talks in the *Sonnets* is not the art of the *Sonnets* themselves, which indeed were to him but slight and secret things—it is the art of the dramatist to which he is always alluding; and he to whom Shakespeare said—

"'Thou art all my art, and dost advance
As high as learning my rude ignorance,'—
he to whom he promised immortality,
"'Where breath most breathes, even in the mouth of men,'—

muy poco tiempo; y no merece la pena mencionar sus razones, aunque recuerdo que me dio un ataque de risa al leerme, me alegra decir que no en el original, algunos extractos de un comentarista alemán llamado Barnstorff, que insistía en que Mr. W. H. no era otro que "Mr. William Himself [El mismo Mr. William]". Tampoco permitió ni por un momento que los *Sonetos* fueran meras sátiras de la obra de Drayton y John Davies de Hereford. Para él, como para mí, eran poemas de importancia seria y trágica, arrancados de la amargura del corazón de Shakespeare y dulcificados por la miel de sus labios. Menos aún admitiría que eran una mera alegoría filosófica, y que en ellos Shakespeare se dirige a su Yo Ideal, o a la Hombría Ideal, o al Espíritu de la Belleza, o a la Razón, o al Logos Divino, o a la Iglesia Católica. Sentía, como de hecho creo que todos debemos sentir, que los *Sonetos* están dirigidos a un individuo, a un joven en particular cuya personalidad, por alguna razón, parece haber llenado el alma de Shakespeare de una terrible alegría y de una no menos terrible desesperación.

«Habiendo despejado así, por así decirlo, el camino, Cyril me pidió que desechara de mi mente cualquier idea preconcebida que pudiera haberme formado sobre el tema, y que diera una audiencia justa y sin prejuicios a su propia teoría. El problema que me señaló era el siguiente: ¿Quién era ese joven de la época de Shakespeare que, sin ser de noble cuna ni siquiera de noble naturaleza, fue abordado por él en términos de una adoración tan apasionada que no podemos sino maravillarnos ante la extraña adoración, y casi tememos girar la llave que abre el misterio del corazón del poeta? ¿Quién era aquel cuya belleza física era tal que se convirtió en la piedra angular del arte de Shakespeare; la fuente misma de la inspiración de Shakespeare; la encarnación misma de los sueños de Shakespeare? Considerarlo simplemente como el objeto de ciertos poemas de amor es perderse todo el significado de los poemas: porque el arte del que Shakespeare habla en los *Sonetos* no es el arte de los *Sonetos* en sí, que de hecho no eran para él más que cosas ligeras y secretas; es el arte del dramaturgo al que siempre está aludiendo; y aquel a quien Shakespeare dijo:

«Tú eres todo mi arte, y avanzas
tan alto como el aprendizaje de mi ruda ignorancia,
aquel a quien prometió la inmortalidad,
donde más respira el aliento, incluso en boca de los hombres...

was surely none other than the boy-actor for whom he created Viola and Imogen, Juliet and Rosalind, Portia and Desdemona, and Cleopatra herself. This was Cyril Graham's theory, evolved as you see purely from the *Sonnets* themselves, and depending for its acceptance not so much on demonstrable proof or formal evidence, but on a kind of spiritual and artistic sense, by which alone he claimed could the true meaning of the poems be discerned. I remember his reading to me that fine sonnet—

"How can my Muse want subject to invent,
While thou dost breathe, that pour'st into my verse
Thine own sweet argument, too excellent
For every vulgar paper to rehearse?
O, give thyself the thanks, if aught in me
Worthy perusal stand against thy sight;
For who's so dumb that cannot write to thee,
When thou thyself dost give invention light?
Be thou the tenth Muse, ten times more in worth
Than those old nine which rhymers invocate;
And he that calls on thee, let him bring forth
Eternal numbers to outlive long date'

—and pointing out how completely it corroborated his theory; and indeed he went through all the *Sonnets* carefully, and showed, or fancied that he showed, that, according to his new explanation of their meaning, things that had seemed obscure, or evil, or exaggerated, became clear and rational, and of high artistic import, illustrating Shakespeare's conception of the true relations between the art of the actor and the art of the dramatist.

"It is of course evident that there must have been in Shakespeare's company some wonderful boy-actor of great beauty, to whom he intrusted the presentation of his noble heroines; for Shakespeare was a practical theatrical manager as well as an imaginative poet, and Cyril Graham had actually discovered the boy-actor's name. He was Will, or, as he preferred to call him, Willie Hughes. The Christian name he found of course in the punning sonnets, cxxxv. and cxliii.; the surname was, according to him, hidden in the eighth line of the 20th Sonnet, where Mr W. H. is described as—

no era seguramente otro que el niño-actor para el que creó a Viola e Imogen, Julieta y Rosalinda, Porcia y Desdémona, y a la propia Cleopatra. Esta era la teoría de Cyril Graham, desarrollada, como ves, puramente a partir de los propios *Sonetos,* y que dependía para su aceptación no tanto de pruebas demostrables o evidencias formales, sino de una especie de sentido espiritual y artístico, por el que sólo, según él, podía discernirse el verdadero significado de los poemas. Recuerdo que me leyó ese bello soneto:

«¿Cómo puede mi musa querer tema para inventar,
mientras tú respiras, que viertes en mi verso
tu propio dulce argumento, demasiado excelente
para que cualquier papel vulgar lo ensaye?
Oh, date las gracias, si algo en mí
digno de ser leído se opone a tu vista;
porque ¿quién es tan mudo que no pueda escribirte,
cuando tú mismo das luz a la invención?
Sé tú la décima Musa, diez veces más valiosa
que esas viejas nueve que invocan los rimadores;
y aquel que te invoque, que engendre
versos eternos que sobrevivan largo tiempo.

y señalando lo completamente que corroboraba su teoría; y de hecho repasó todos los *Sonetos* cuidadosamente, y demostró, o creyó demostrar, que, según su nueva explicación de su significado, cosas que habían parecido oscuras, o malvadas, o exageradas, se volvían claras y racionales, y de gran importancia artística, ilustrando la concepción de Shakespeare de las verdaderas relaciones entre el arte del actor y el arte del dramaturgo.

«Es evidente, por supuesto, que debía de haber en la compañía de Shakespeare algún maravilloso niño-actor de gran belleza, a quien confiara la presentación de sus nobles heroínas; porque Shakespeare era un director teatral práctico además de un poeta imaginativo, y Cyril Graham había descubierto realmente el nombre del niño-actor. Era Will o, como él prefería llamarle, Willie Hughes. El nombre de pila lo encontró, por supuesto, en los sonetos con juego de palabras, CXXXV y CXLIII; el apellido estaba, según él, oculto en la séptima línea del soneto XX, donde se describe a Mr. W. H. como:

"'A man in hew, all Hews in his controwling.'

"In the original edition of the Sonnets "Hews" is printed with a capital letter and in italics, and this, he claimed, showed clearly that a play on words was intended, his view receiving a good deal of corroboration from those sonnets in which curious puns are made on the words 'use' and 'usury.' Of course I was converted at once, and Willie Hughes became to me as real a person as Shakespeare. The only objection I made to the theory was that the name of Willie Hughes does not occur in the list of the actors of Shakespeare's company as it is printed in the first folio. Cyril, however, pointed out that the absence of Willie Hughes's name from this list really corroborated the theory, as it was evident from Sonnet lxxxvi. that Willie Hughes had abandoned Shakespeare's company to play at a rival theatre, probably in some of Chapman's plays. It is in reference to this that in the great sonnet on Chapman Shakespeare said to Willie Hughes—

"'But when your countenance filled up his line,
Then lacked I matter; that enfeebled mine'—

the expression 'when your countenance filled up his line' referring obviously to the beauty of the young actor giving life and reality and added charm to Chapman's verse, the same idea being also put forward in the 79th Sonnet—

"'Whilst I alone did call upon thy aid,
My verse alone had all thy gentle grace.
But now my gracious numbers are decayed,
And my sick Muse does give another place;'

and in the immediately preceding sonnet, where Shakespeare says,

"'Every alien pen has got my use
And under thee their poesy disperse.'

the play upon words (use = Hughes) being of course obvious, and the phrase 'under thee their poesy disperse,' meaning 'by your assistance as an actor bring their plays before the people.'

«Un hombre en hew [matices], todos los Hews [matices] bajo su control.

«En la edición original de los *Sonetos* "Hews" está impreso con mayúscula y en cursiva, y esto, según él, demostraba claramente que se pretendía hacer un juego de palabras, recibiendo su opinión suficiente corroboración de aquellos sonetos en los que se hacen curiosos juegos de palabras con las palabras "uso" y "usura". Por supuesto, me convertí enseguida y Willie Hughes se convirtió para mí en una persona tan real como Shakespeare. La única objeción que hice a la teoría fue que el nombre de Willie Hughes no aparece en la lista de los actores de la compañía de Shakespeare tal como está impresa en el primer folio. Cyril, sin embargo, señaló que la ausencia del nombre de Willie Hughes en esta lista corroboraba realmente la teoría, ya que del soneto LXXXVI. se desprendía que Willie Hughes había abandonado la compañía de Shakespeare para actuar en un teatro rival, probablemente en alguna de las obras de Chapman. Es en referencia a esto que en el gran soneto sobre Chapman, Shakespeare le dijo a Willie Hughes:

«Pero cuando tu semblante llenó su línea,
entonces me faltó materia; eso debilitó la mía...

la expresión "cuando tu semblante llenó su línea" refiriéndose obviamente a la belleza del joven actor que daba vida y realidad y añadía encanto al verso de Chapman, la misma idea se expone también en el Soneto LXXIX:

«Mientras sólo yo invocaba tu ayuda,
sólo mi verso tenía toda tu gentil gracia;
pero ahora mis graciosos ritmos decaen,
y mi Musa enferma da lugar a otro;

y en el soneto inmediatamente anterior, donde Shakespeare dice:

«Toda pluma ajena tiene mi uso
y bajo tu protección su poesía dispersa,

el juego de palabras (use [uso] = Hughes) es, por supuesto, obvio, y la frase "bajo tu protección su poesía dispersa", significa "con tu ayuda como actor llevan sus obras ante el pueblo".

"It was a wonderful evening, and we sat up almost till dawn reading and re-reading the *Sonnets*. After some time, however, I began to see that before the theory could be placed before the world in a really perfected form, it was necessary to get some independent evidence about the existence of this young actor Willie Hughes. If this could be once established, there could be no possible doubt about his identity with Mr W. H.; but otherwise the theory would fall to the ground. I put this forward very strongly to Cyril, who was a good deal annoyed at what he called my Philistine tone of mind, and indeed was rather bitter upon the subject. However, I made him promise that in his own interest he would not publish his discovery till he had put the whole matter beyond the reach of doubt; and for weeks and weeks we searched the registers of City churches, the Alleyn MSS. at Dulwich, the Record Office, the papers of the Lord Chamberlain—everything, in fact, that we thought might contain some allusion to Willie Hughes. We discovered nothing, of course, and every day the existence of Willie Hughes seemed to me to become more problematical. Cyril was in a dreadful state, and used to go over the whole question day after day, entreating me to believe; but I saw the one flaw in the theory, and I refused to be convinced till the actual existence of Willie Hughes, a boy-actor of Elizabethan days, had been placed beyond the reach of doubt or cavil.

"One day Cyril left town to stay with his grandfather, I thought at the time, but I afterwards heard from Lord Crediton that this was not the case; and about a fortnight afterwards I received a telegram from him, handed in at Warwick, asking me to be sure to come and dine with him that evening at eight o'clock. When I arrived, he said to me, 'The only apostle who did not deserve proof was S. Thomas, and S. Thomas was the only apostle who got it.' I asked him what he meant. He answered that he had not merely been able to establish the existence in the sixteenth century of a boy-actor of the name of Willie Hughes, but to prove by the most conclusive evidence that he was the Mr W. H. of the *Sonnets*. He would not tell me anything more at the time; but after dinner he solemnly produced the picture I showed you, and told me that he had discovered it by the merest chance nailed to the side of an old chest that he had bought at a farmhouse in Warwickshire. The chest itself, which was a very fine example of Elizabethan work, he had, of course, brought with him, and in the centre of the front panel the initials W. H. were undoubtedly carved. It was

Fue una velada maravillosa, y estuvimos sentados casi hasta el amanecer leyendo y releyendo los *Sonetos*. Después de algún tiempo, sin embargo, empecé a ver que antes de que la teoría pudiera ser puesta ante el mundo en una forma realmente perfeccionada, era necesario obtener alguna prueba independiente sobre la existencia de este joven actor, Willie Hughes. Si esto podía establecerse firmemente, no habría duda posible sobre su identidad con Mr. W. H.; pero de lo contrario la teoría se vendría abajo. Expuse esto con mucha firmeza a Cyril, que se molestó bastante por lo que llamó mi tono filisteo de pensar, y de hecho se mostró bastante amargado con el tema. Sin embargo, le hice prometer que, por su propio interés, no publicaría su descubrimiento hasta que hubiera puesto todo el asunto fuera del alcance de la duda; y durante semanas y semanas buscamos en los registros de las iglesias de la ciudad, en los Manuscritos Alleyn de Dulwich, la Oficina de Archivos, en los papeles de Lord Chamberlain... en fin, en todo lo que pensábamos que podía contener alguna alusión a Willie Hughes. No descubrimos nada, por supuesto, y cada día me parecía más problemática la existencia de Willie Hughes. Cyril se encontraba en un estado espantoso, y solía darle vueltas a toda la cuestión día tras día, rogándome que creyera; pero yo veía el único defecto de la teoría, y me negaba a convencerme hasta que la existencia real de Willie Hughes, un niño-actor de la época isabelina, hubiera quedado fuera del alcance de toda duda o cavilación.

«Un día Cyril abandonó la ciudad para quedarse con su abuelo, según pensé entonces, pero más tarde supe por Lord Crediton que no era así; y unos quince días después recibí un telegrama suyo, entregado en Warwick, en el que me pedía que viniera sin falta a cenar con él esa noche a las ocho. Cuando llegué, me dijo: "El único apóstol que no mereció una prueba fue Santo Tomás, y Santo Tomás fue el único apóstol que la obtuvo". Le pregunté qué quería decir. Me contestó que no sólo había sido capaz de establecer la existencia en el siglo XVI de un niño-actor de nombre Willie Hughes, sino de demostrar con las pruebas más concluyentes que era el Mr. W. H. de los *Sonetos*. No quiso decirme nada más en ese momento; pero después de cenar sacó solemnemente el cuadro que le mostré y me dijo que lo había descubierto por pura casualidad clavado en el lateral de un viejo cofre que había comprado en una granja de Warwickshire. El arcón en sí, que era un ejemplo muy fino del trabajo isabelino, lo había traído consigo, por supuesto, y en el centro del panel frontal estaban talladas sin duda las iniciales W. H. Fue este monograma lo que había llamado su atención, y me dijo que hasta que no tuvo

this monogram that had attracted his attention, and he told me that it was not till he had had the chest in his possession for several days that he had thought of making any careful examination of the inside. One morning, however, he saw that one of the sides of the chest was much thicker than the other, and looking more closely, he discovered that a framed panel picture was clamped against it. On taking it out, he found it was the picture that is now lying on the sofa. It was very dirty, and covered with mould; but he managed to clean it, and, to his great joy, saw that he had fallen by mere chance on the one thing for which he had been looking. Here was an authentic portrait of Mr W. H., with his hand resting on the dedicatory page of the *Sonnets*, and on the frame itself could be faintly seen the name of the young man written in black uncial letters on & faded gold ground, 'Master Will. Hews.'

"Well, what was I to say? It never occurred to me for a moment that Cyril Graham was playing a trick on me, or that he was trying to prove his theory by means of a forgery."

"But is it a forgery?" I asked.

"Of course it is," said Erskine. "It is a very good forgery; but it is a forgery none the less. I thought at the time that Cyril was rather calm about the whole matter; but I remember he more than once told me that he himself required no proof of the kind, and that he thought the theory complete without it. I laughed at him, and told him that without it the theory would fall to the ground, and I warmly congratulated him on the marvellous discovery. We then arranged that the picture should be etched or facsimiled, and placed as the frontispiece to Cyril's edition of the Sonnets; and for three months we did nothing but go over each poem line by line, till we had settled every difficulty of text or meaning. One unlucky day I was in a print-shop in Holborn, when I saw upon the counter some extremely beautiful drawings in silver-point. I was so attracted by them that I bought them; and the proprietor of the place, a man called Rawlings, told me that they were done by a young painter of the name of Edward Merton, who was very clever, but as poor as a church mouse. I went to see Merton some days afterwards, having got his address from the print-seller, and found a pale, interesting young man, with a rather common-looking wife— his model, as I subsequently learned. I told him how much I admired

el cofre en su poder durante varios días no se le ocurrió hacer ningún examen cuidadoso del interior. Una mañana, sin embargo, vio que uno de los lados del cofre era mucho más grueso que el otro, y mirando más de cerca, descubrió que un cuadro enmarcado en forma de panel estaba sujeto contra él. Al sacarlo, descubrió que era el cuadro que ahora yace en el sofá. Estaba muy sucio y cubierto de moho; pero consiguió limpiarlo y, para su gran alegría, vio que había caído por mera casualidad en lo que había estado buscando. Allí había un retrato auténtico de Mr. W. H., con la mano apoyada en la página con la dedicatoria de los *Sonetos,* y en el propio marco podía verse débilmente el nombre del joven escrito en letras unciales negras sobre un fondo dorado descolorido: "Master Will. Hews".

«Bueno, ¿qué iba a decir? No se me ocurrió en ningún momento que Cyril Graham me estuviera gastando una broma, o que intentara demostrar su teoría mediante una falsificación».

«¿Pero es una falsificación?», pregunté.

«Por supuesto que lo es», dijo Erskine. «Es una falsificación muy buena; pero es una falsificación al fin y al cabo. En aquel momento pensé que Cyril estaba bastante tranquilo con todo el asunto; pero recuerdo que más de una vez me dijo que él mismo no necesitaba ninguna prueba de ese tipo y que consideraba que la teoría estaba completa sin ella. Me reí de él y le dije que sin ella la teoría se caería al suelo, y le felicité calurosamente por el maravilloso descubrimiento. Entonces dispusimos que el cuadro fuera grabado al aguafuerte o facsímil, y colocado como frontispicio de la edición de Cyril de los *Sonetos;* y durante tres meses no hicimos otra cosa que repasar cada poema verso a verso, hasta que hubimos resuelto todas las dificultades de texto o significado. Un desafortunado día me encontraba en una imprenta de Holborn, cuando vi sobre el mostrador unos dibujos extremadamente bellos en punta de plata. Me atrajeron tanto que los compré; y el propietario del local, un hombre llamado Rawlings, me dijo que los había hecho un joven pintor llamado Edward Merton, que era muy inteligente, pero tan pobre como un ratón de iglesia. Fui a ver a Merton unos días después, tras haber conseguido su dirección del impresor, y me encontré con un joven pálido e interesante, con una esposa de aspecto más bien vulgar: su modelo,

his drawings, at which he seemed very pleased, and I asked him if he would show me some of his other work. As we were looking over a portfolio, full of really very lovely things,—for Merton had a most delicate and delightful touch, I suddenly caught sight of a drawing of the picture of Mr W. H. There was no doubt whatever about it. It was almost a facsimile—the only difference being that the two masks of Tragedy and Comedy were not suspended from the marble table as they are in the picture, but were lying on the floor at the young man's feet. 'Where on earth did you get that?' I said. He grew rather confused, and said—'Oh, that is nothing. I did not know it was in this portfolio. It is not a thing of any value.' 'It is what you did for Mr Cyril Graham,' exclaimed his wife; 'and if this gentleman wishes to buy it, let him have it.' 'For Mr Cyril Graham?' I repeated. 'Did you paint the picture of Mr W. H.?' 'I don't understand what you mean,' he answered, growing very red. Well, the whole thing was quite dreadful. The wife let it all out. I gave her five pounds when I was going away. I can't bear to think of it now; but of course I was furious. I went off at once to Cyril's chambers, waited there for three hours before he came in, with that horrid lie staring me in the face, and told him I had discovered his forgery. He grew very pale, and said—'I did it purely for your sake. You would not be convinced in any other way. It does not affect the truth of the theory.' 'The truth of the theory!' I exclaimed; 'the less we talk about that the better. You never even believed in it yourself. If you had, you would not have committed a forgery to prove it.' High words passed between us; we had a fearful quarrel. I daresay I was unjust. The next morning he was dead."

"Dead!" I cried.

"Yes; he shot himself with a revolver. Some of the blood splashed upon the frame of the picture, just where the name had been painted. By the time I arrived his servant had sent for me at once—the police were already there. He had left a letter for me, evidently written in the greatest agitation and distress of mind."

"What was in it?" I asked.

"Oh, that he believed absolutely in Willie Hughes; that the forgery of the picture had been done simply as a concession to me, and did not in the slightest degree invalidate the truth of the theory; and that

según supe posteriormente. Le dije lo mucho que admiraba sus dibujos, ante lo cual pareció muy complacido, y le pregunté si me enseñaría algunos de sus otros trabajos. Mientras examinábamos una carpeta, llena de cosas realmente encantadoras —pues Merton tenía un tacto de lo más delicado y delicioso—, de repente me fijé en un dibujo del cuadro de Mr. W. H. No cabía la menor duda. Era casi un facsímil... con la única diferencia de que las dos máscaras de la Tragedia y la Comedia no estaban suspendidas de la mesa de mármol como en el cuadro, sino que yacían en el suelo a los pies del joven. "¿De dónde demonios ha sacado eso?", le dije. Se quedó algo confuso y dijo: "Oh, eso no es nada. No sabía que estaba en esta carpeta. No tiene ningún valor". "Es lo que hiciste para Mr. Cyril Graham", exclamó su esposa; "y si este caballero desea comprarlo, que se lo quede". "¿Para Mr. Cyril Graham?", repetí. "¿Pintó usted el cuadro de Mr. W. H.?". "No entiendo lo que quiere decir", respondió él, poniéndose muy rojo. Bueno, todo el asunto fue bastante espantoso. La esposa lo soltó todo. Le di cinco libras cuando me iba. No soporto pensarlo ahora; pero, por supuesto, estaba furioso. Me fui enseguida al despacho de Cyril, esperé allí tres horas antes de que entrara, con aquella horrible mentira mirándome a la cara, y le dije que había descubierto su falsificación. Se puso muy pálido y dijo: "Lo hice puramente por tu bien. No te convencería de otro modo. No afecta a la verdad de la teoría". "¡La verdad de la teoría!", exclamé; "cuanto menos hablemos de eso, mejor. Ni siquiera tú mismo has creído nunca en ella. Si lo hubieras hecho, no habrías cometido una falsificación para demostrarlo". Nos dijimos palabras fuertes entre nosotros; tuvimos una disputa espantosa. Me atrevo a decir que fui injusto. A la mañana siguiente él estaba muerto».

«¡Muerto!», grité.

«Sí; se disparó con un revólver. Parte de la sangre salpicó el marco del cuadro, justo donde había pintado el nombre. Cuando llegué —su criado me había mandado llamar enseguida— la policía ya estaba allí. Había dejado una carta para mí, evidentemente escrita en la mayor agitación y angustia de su mente».

«¿Qué decía?», pregunté.

«Oh, que creía absolutamente en Willie Hughes; que la falsificación del cuadro se había hecho simplemente como una concesión a mí, y no invalidaba en lo más mínimo la verdad de la teoría; y, que para demos-

in order to show me how firm and flawless his faith in the whole thing was, he was going to offer his life as a sacrifice to the secret of the *Sonnets*. It was a foolish, mad letter. I remember he ended by saying that he intrusted to me the Willie Hughes theory, and that it was for me to present it to the world, and to unlock the secret of Shakespeare's heart."

"It is a most tragic story," I cried; "but why have you not carried out his wishes!"

Erskine shrugged his shoulders. "Because it is a perfectly unsound theory from beginning to end," he answered.

"My dear Erskine," I said, getting up from my seat, you are entirely wrong about the whole matter. It is the only perfect key to Shakespeare's *Sonnets* that has ever been made. It is complete in every detail. I believe in Willie Hughes."

"Don't say that," said Erskine, gravely; "I believe there is something fatal about the idea, and intellectually there is nothing to be said for it. I have gone into the whole matter, and I assure you the theory is entirely fallacious. It is plausible up to a certain point. Then it stops. For heaven's sake, my dear boy, don't take up the subject of Willie Hughes. You will break your heart over it."

"Erskine," I answered, "it is your duty to give this theory to the world. If you will not do it, I will. By keeping it back you wrong the memory of Cyril Graham, the youngest and the most splendid of all the martyrs of literature. I entreat you to do him justice. He died for this thing,—don't let his death be in vain."

Erskine looked at me in amazement. "You are carried away by the sentiment of the whole story," he said. "You forget that a thing is not necessarily true because a man dies for it. I was devoted to Cyril Graham. His death was a horrible blow to me. I did not recover it for years. I don't think I have ever recovered it. But Willie Hughes? There is nothing in the idea of Willie Hughes. No such person ever existed. As for bringing the whole thing before the world—the world thinks that Cyril Graham shot himself by accident. The only proof of his suicide was contained in the letter to me, and of this letter the public

trarme lo firme e intachable que era su fe en todo aquello, iba a ofrecer su vida como sacrificio por el secreto de los *Sonetos.* Era una carta insensata y loca. Recuerdo que terminaba diciendo que me confiaba la teoría de Willie Hughes, y que me correspondía a mí presentarla al mundo y desvelar el secreto del corazón de Shakespeare».

«Es una historia de lo más trágica», grité; «pero ¿por qué no has cumplido sus deseos?».

Erskine se encogió de hombros. «Porque es una teoría perfectamente poco sólida de principio a fin», respondió.

«Mi querido Erskine», le dije levantándome de mi asiento, «tu estás totalmente equivocado en todo este asunto. Es la única clave perfecta de los *Sonetos* de Shakespeare que se ha hecho nunca. Completa en cada detalle. Creo en Willie Hughes».

«No digas eso», dijo Erskine gravemente; «creo que hay algo fatal en la idea, e intelectualmente no hay nada que decir en su favor. He estudiado todo el asunto y te aseguro que la teoría es totalmente falaz. Es plausible hasta cierto punto. Después se detiene. Por el amor de Dios, querido muchacho, no retomes el tema de Willie Hughes. Te romperás el corazón con ello».

«Erskine», le contesté, «es tu deber dar a conocer esta teoría al mundo. Si tú no lo haces, lo haré yo. Al retenerla, agravias la memoria de Cyril Graham, el más joven y el más espléndido de todos los mártires de la literatura. Te ruego que le hagas justicia. Él murió por esto, no permitas que su muerte sea en vano».

Erskine me miró asombrado. «Te dejas llevar por el sentimiento de toda la historia», dijo. «Olvidas que una cosa no es necesariamente cierta porque un hombre muera por ella. Yo sentía devoción por Cyril Graham. Su muerte fue un golpe horrible para mí. No me recuperé durante años. Creo que nunca me he recuperado. ¿Pero Willie Hughes? No hay nada en la idea de Willie Hughes. Nunca existió tal persona. En cuanto a llevar el asunto ante el mundo, el mundo piensa que Cyril Graham se pegó un tiro por accidente. La única prueba de su suicidio estaba contenida en la carta que me envió, y de esta carta el público nunca oyó nada.

never heard anything. To the present day Lord Crediton thinks that the whole thing was accidental."

"Cyril Graham sacrificed his life to a great idea," I answered; "and if you will not tell of his martyrdom, tell at least of his faith."

"His faith," said Erskine, "was fixed in a thing that was false, in a thing that was unsound, in a thing that no Shakespearian scholar would accept for a moment. The theory would be laughed at. Don't make a fool of yourself, and don't follow a trail that leads nowhere. You start by assuming the existence of the very person whose existence is the thing to be proved. Besides, everybody knows that the *Sonnets* were addressed to Lord Pembroke. The matter is settled once for all."

"The matter is not settled!" I exclaimed. "I will take up the theory where Cyril Graham left it, and I will prove to the world that he was right."

"Silly boy!" said Erskine. "Go home: it is after two, and don't think about Willie Hughes any more. I am sorry I told you anything about it, and very sorry indeed that I should have converted you to a thing in which I don't believe."

"You have given me the key to the greatest mystery of modern literature," I answered; "and I shall not rest till I have made you recognise, till I have made everybody recognise, that Cyril Graham was the most subtle Shakespearian critic of our day."

As I walked home through St James's Park the dawn was just breaking over London. The white swans were lying asleep on the polished lake, and the gaunt Palace looked purple against the pale-green sky. I thought of Cyril Graham, and my eyes filled with tears.

Hasta el día de hoy Lord Crediton piensa que todo fue accidental».

«Cyril Graham sacrificó su vida por una gran Idea», respondí; «y si no quieres hablar de su martirio, habla al menos de su fe».

«Su fe», dijo Erskine, «estaba fijada en una cosa que era falsa, en una cosa que era poco sólida, en una cosa que ningún erudito de Shakespeare aceptaría ni por un momento. Se reirían de la teoría. No hagas el ridículo y no sigas una pista que no lleva a ninguna parte. Empiezas por suponer la existencia de la misma persona cuya existencia es lo que hay que demostrar. Además, todo el mundo sabe que los *Sonetos* iban dirigidos a Lord Pembroke. El asunto queda resuelto de una vez por todas».

«¡El asunto no está resuelto!», exclamé. «Retomaré la teoría donde la dejó Cyril Graham y demostraré al mundo que tenía razón».

«¡Muchacho tonto!», dijo Erskine. «Vete a casa: son más de las dos, y no pienses más en Willie Hughes. Lamento haberte dicho nada al respecto, y lamento mucho haberte convertido a una cosa en la que no creo».

«Tú me has dado la clave del mayor misterio de la literatura moderna», respondí; «y no descansaré hasta haberla hecho reconocer, hasta haber hecho reconocer a todo el mundo, que Cyril Graham fue el crítico shakesperiano más sutil de nuestros días».

Mientras caminaba hacia casa a través de St. James's Park, el amanecer acababa de despuntar sobre Londres. Los cisnes blancos yacían dormidos en el pulido lago, y el macilento palacio parecía púrpura contra el cielo verde pálido. Pensé en Cyril Graham y se me llenaron los ojos de lágrimas.

It was past twelve o'clock when I awoke, and the sun was streaming in through the curtains of my room in long slanting beams of dusty gold. I told my servant that I would be at home to no one; and after I had had a cup of chocolate and a *petit-pain,* I took down from the book-shelf my copy of Shakespeare's *Sonnets,* and began to go carefully through them. Every poem seemed to me to corroborate Cyril Graham's theory. I felt as if I had my hand upon Shakespeare's heart, and was counting each separate throb and pulse of passion. I thought of the wonderful boy-actor, and saw his face in every line.

Two sonnets, I remember, struck me particularly: they were the 53d and the 67th. In the first of these, Shakespeare, complimenting Willie Hughes on the versatility of his acting, on his wide range of parts, a range extending from Rosalind to Juliet, and from Beatrice to Ophelia, says to him—

"What is your substance, whereof are you made,
That millions of strange shadows on you tend?
Since every one hath, every one, one shade,
And yon, but one, can every shadow lend"—

lines that would be unintelligible if they were not addressed to an actor, for the word "shadow" had in Shakespeare's day a technical meaning connected with the stage. "The best in this kind are but shadows," says Theseus of the actors in the *"Midsummer Night's Dream,"* and there are many similar allusions in the literature of the day. These sonnets evidently belonged to the series in which Shakespeare discusses the nature of the actor's art, and of the strange and rare temperament that is essential to the perfect stage-player. "How is it," says Shakespeare to Willie Hughes, "that you have so many personalities?" and then he goes on to point out that his beauty is such that it seems to realise every form and phase of fancy, to embody each dream of the creative imagination—an idea that is still further expanded in the sonnet that immediately follows, where, beginning with the fine thought,

"O, how much more doth beauty beauteous seem
By that sweet ornament which truth doth give!"

Eran más de las doce cuando me desperté, y el sol entraba por las cortinas de mi habitación en largos rayos oblicuos de oro polvoriento. Le dije a mi criado que no estaría disponible para nadie; y después de tomarme una taza de chocolate y un *petit-pain*, bajé de la biblioteca mi ejemplar de los *Sonetos* de Shakespeare, y empecé a repasarlos detenidamente. Cada poema me parecía corroborar la teoría de Cyril Graham. Sentí como si tuviera la mano sobre el corazón de Shakespeare y estuviera contando cada latido y pulso de pasión. Pensé en el maravilloso niño-actor, y vi su rostro en cada línea.

Dos sonetos, recuerdo, me impresionaron especialmente: eran el LIII y el LXVII. En el primero de ellos, Shakespeare, elogiando a Willie Hughes por la versatilidad de su actuación, por su amplia gama de papeles, una gama que se extiende de Rosalinda a Julieta, y de Beatriz a Ofelia, le dice:

¿Cuál es tu sustancia, de qué estás hecho,
que millones de extrañas sombras sobre ti se tienden?
Puesto que cada uno tiene, cada uno, una sombra,
y tú, siendo uno, puedes contener cada sombra...

líneas que serían ininteligibles si no estuvieran dirigidas a un actor, pues la palabra «sombra» tenía en la época de Shakespeare un significado técnico relacionado con el escenario. «Los mejores en este género no son más que sombras», dice Teseo de los actores en el *Sueño de una noche de verano*, y hay muchas alusiones similares en la literatura de la época. Estos sonetos pertenecían evidentemente a la serie en la que Shakespeare habla de la naturaleza del arte del actor, y del extraño y raro temperamento que es esencial para el perfecto actor de teatro. «¿Cómo es posible», le dice Shakespeare a Willie Hughes, «que tengas tantas personalidades?», y a continuación señala que su belleza es tal que parece realizar cada forma y fase de la fantasía, encarnar cada sueño de la imaginación creadora, una idea que se amplía aún más en el soneto que sigue inmediatamente, donde, comenzando con el fino pensamiento

¡Oh, cuánto más bella parece la belleza
por ese dulce ornamento que da la verdad!

Shakespeare invites us to notice how the truth of acting, the truth of visible presentation on the stage, adds to the wonder of poetry, giving life to its loveliness, and actual reality to its ideal form. And yet, in the 67th sonnet, Shakespeare calls upon Willie Hughes to abandon the stage with its artificiality, its false mimic life of painted face and unreal costume, its immoral influences and suggestions, its remoteness from the true world of noble action and sincere utterance.

Ah! wherefore with infection should he live,
And with his presence grace impiety,
That sin by him advantage should achieve,
And lace itself with his society?
Why should false painting imitate his cheek
And steal dead seeming of his living hue?
Why should poor beauty indirectly seek
Roses of shadow, since his rose is true?"

It may seem strange that so great a dramatist as Shakespeare, who realised his own perfection as an artist and his humanity as a man on the ideal plane of stage-writing and stage-playing, should have written in these terms about the theatre; but we must remember that in Sonnets cx. and cxi. Shakespeare shows us that he too was wearied of the world of puppets, and full of shame at having made himself "a motley to the view." The 111th Sonnet is especially bitter:—

"O, for my sake do you with Fortune chide
The guilty goddess of my harmful deeds,
That did not better for my life provide
Than public means which public manners breeds.
Thence comes it that my name receives a brand,
And almost thence my nature is subdued
To what it works in, like the dyer's hand:
Pity me, then, and wish I were renewed"—

and there are many signs elsewhere of the same feeling, signs familiar to all real students of Shakespeare.

One point puzzled me immensely as I read the *Sonnets,* and it was

Shakespeare nos invita a darnos cuenta de cómo la verdad de la actuación, la verdad de la presentación visible en el escenario, se suma a la maravilla de la poesía, dando vida a su hermosura y realidad actual a su forma ideal. Y, sin embargo, en el Soneto LXVII, Shakespeare pide a Willie Hughes que abandone el escenario con su artificialidad, su falsa vida mímica de rostro pintado y traje irreal, sus influencias y sugerencias inmorales, su lejanía del verdadero mundo de la acción noble y la expresión sincera.

Ah, ¿por qué debería él vivir con la infección
y con su presencia agraciar la impiedad,
para que el pecado por medio de él logre ventaja
y se enlace con su sociedad?
¿Por qué la falsa pintura ha de imitar su mejilla,
y robar la muerta la apariencia de su vivo matiz?
¿Por qué debería la pobre belleza buscar indirectamente
rosas de sombra, ya que su rosa es verdadera?

Puede parecer extraño que un dramaturgo tan grande como Shakespeare, que realizó su propia perfección como artista y su humanidad como hombre en el plano ideal de la escritura y la interpretación escénicas, haya escrito en estos términos sobre el teatro; pero debemos recordar que en los Sonetos CX y CXI Shakespeare nos muestra que él también estaba hastiado del mundo de las marionetas y lleno de vergüenza por haberse convertido en «un payaso para la vista». El Soneto CXI es especialmente amargo:

Oh, por mí reprende a la Fortuna,
la diosa culpable de mis actos dañinos,
que no proporcionó mejor para mi vida
que los medios públicos que los modales públicos crían.
De ahí que mi nombre reciba una marca,
y casi de ahí que mi naturaleza esté sometida
a lo que trabaja, como la mano del tintorero:
compadézcanme entonces y deseen que me renueve...

y hay muchos signos en otros lugares del mismo sentimiento, signos familiares a todos los verdaderos estudiantes de Shakespeare.

Un punto me desconcertó inmensamente mientras leía los *Sonetos,*

days before I struck on the true interpretation, which indeed Cyril Graham himself seems to have missed. I could not understand how it was that Shakespeare set so high a value on his young friend marrying. He himself had married young, and the result had been unhappiness, and it was not likely that he would have asked Willie Hughes to commit the same error. The boy-player of Rosalind had nothing to gain from marriage, or from the passions of real life. The early sonnets, with their strange entreaties to have children, seemed to me a jarring note. The explanation of the mystery came on me quite suddenly, and I found it in the curious dedication. It will be remembered that the dedication runs as follows:—

"To • the • onlie • begetter • of •
these • insuing • sonnets •
Mr W. H. • all • happinesse •
and • that • eternitie •
promised • by • our • ever-living • poet •
wisheth •
the • well-wishing •
adventurer • in •
setting •
forth.
T. T."

Some scholars have supposed that the word "begetter" in this dedication means simply the procurer of the *Sonnets* for Thomas Thorpe the publisher; but this view is now generally abandoned, and the highest authorities are quite agreed that it is to be taken in the sense of inspirer, the metaphor being drawn from the analogy of physical life. Now I saw that the same metaphor was used by Shakespeare himself all through the poems, and this set me on the right track. Finally I made my great discovery. The marriage that Shakespeare proposes for Willie Hughes is the "marriage with his Muse," an expression which is definitely put forward in the 82d Sonnet, where, in the bitterness of his heart at the defection of the boy-actor for whom he had written his greatest parts, and whose beauty had indeed suggested them, he opens his complaint by saying—

"I'll grant thou wert not married to my Muse.

y pasaron días antes de que diera con la verdadera interpretación, que de hecho el propio Cyril Graham parece haber pasado por alto. No podía entender cómo era que Shakespeare daba tanto valor a que su joven amigo se casara. Él mismo se había casado joven y el resultado había sido la infelicidad, y no era probable que hubiera pedido a Willie Hughes que cometiera el mismo error. El niño-intérprete de Rosalinda no tenía nada que ganar con el matrimonio, ni con las pasiones de la vida real. Los primeros sonetos, con sus extrañas súplicas de tener hijos, me parecieron una nota discordante. La explicación del misterio me llegó de repente, y la encontré en la curiosa dedicatoria. Se recordará que la dedicatoria dice así:

AL ÚNICO ENGENDRADOR DE
ESTOS SONETOS QUE SIGUEN,
MR. W. H., TODA LA FELICIDAD
Y LA ETERNIDAD
PROMETIDA POR NUESTRO POETA INMORTAL
DESEA
EL QUE DESEÁNDOLE EL BIEN
SE AVENTURA
A LANZAR
ESTA PUBLICACIÓN.
T. T.

Algunos eruditos han supuesto que la palabra «engendrador» en esta dedicatoria significa simplemente el procurador de los *Sonetos* para Thomas Thorpe, el editor; pero esta opinión se abandona ahora generalmente, y las más altas autoridades están bastante de acuerdo en que debe tomarse en el sentido de inspirador, extrayéndose la metáfora de la analogía de la vida física. Ahora vi que la misma metáfora era utilizada por el propio Shakespeare a lo largo de todos los poemas, y esto me puso sobre la pista correcta. Finalmente hice mi gran descubrimiento. El matrimonio que Shakespeare propone para Willie Hughes es el matrimonio con su Musa, una expresión que se plantea definitivamente en el Soneto LXXXII, donde, en la amargura de su corazón por la deserción del niño-actor para el que había escrito sus mejores papeles, y cuya belleza, en efecto, se los había sugerido, abre su queja diciendo:

Concedo que no estuvieras casado con mi Musa.

The children he begs him to beget are no children of flesh and blood, but more immortal children of undying fame. The whole cycle of the early sonnets is simply Shakespeare's invitation to Willie Hughes to go upon the stage and become a player. How barren and profitless a thing, he says, is this beauty of yours if it be not used:

"When forty winters shall besiege thy brow,
And dig deep trenches in thy beauty's field,
Thy youth's proud livery, so gazed on now,
Will be a tattered weed, of small worth held:
Then being asked where all thy beauty lies,
Where all the treasure of thy lusty days,
To say, within thine own deep-sunken eyes,
Were an all-eating shame and thriftless praise."

You must create something in art: my verse "is thine, and born of thee;" only listen to me, and I will "bring forth eternal numbers to outlive long date," and you shall people with forms of your own image the imaginary world of the stage. These children that you beget, he continues, will not wither away, as mortal children do, but you shall live in them and in my plays: do but

"Make thee another self, for love of me,
That beauty still may live in thine or thee!"

I collected all the passages that seemed to me to corroborate this view, and they produced a strong impression on me, and showed me how complete Cyril Graham's theory really was. I also saw that it was quite easy to separate those lines in which he speaks of the *Sonnets* themselves from those in which he speaks of his great dramatic work. This was a point that had been entirely overlooked by all critics up to Cyril Graham's day. And yet it was one of the most important points in the whole series of poems. To the *Sonnets* Shakespeare was more or less indifferent. He did not wish to rest his fame on them. They were to him his "slight Muse," as he calls them, and intended, as Meres tells us, for private circulation only among a few, a very few, friends. Upon the other hand he was extremely conscious of the high artistic value of his plays, and shows a noble self-reliance upon his dramatic genius. When he says to Willie Hughes:

Los hijos que le ruega que engendre no son hijos de carne y hueso, sino más bien hijos inmortales de fama imperecedera. Todo el ciclo de los primeros sonetos es simplemente la invitación de Shakespeare a Willie Hughes para que suba al escenario y se convierta en actor. Qué cosa tan estéril y sin provecho, dice, es esta belleza tuya si no se utiliza:

Cuando cuarenta inviernos asedien tu frente
y caven profundas zanjas en el campo de tu belleza,
la orgullosa librea de tu juventud, tan contemplada ahora,
será una hierba raída, de escaso valor:
entonces, si te preguntas dónde está toda tu belleza,
dónde está todo el tesoro de tus días lujuriosos,
respondieras, dentro de tus propios ojos profundamente hundidos,
fue una vergüenza devoradora y una alabanza frívola.

Debes crear algo en el arte: mi verso «es tuyo y ha nacido de ti»; sólo escúchame, y yo «engendraré versos eternos que sobrevivirán largo tiempo», y poblarás con formas de tu propia imagen el mundo imaginario del escenario. Estos niños que engendres, prosigue, no se marchitarán, como los niños mortales, sino que vivirás en ellos y en mis obras: lo único que tienes que hacer...

Hazte otro yo, por amor a mí,
para que la belleza aún viva en los tuyos o en ti.

Recogí todos los pasajes que me parecían corroborar esta opinión, y me produjeron una fuerte impresión, y me mostraron lo completa que era realmente la teoría de Cyril Graham. También vi que era bastante fácil separar las líneas en las que habla de los *Sonetos* propiamente dichos de aquellas en las que habla de su gran obra dramática. Éste era un punto que todos los críticos habían pasado totalmente por alto hasta la época de Cyril Graham. Y, sin embargo, era uno de los puntos más importantes de toda la serie de poemas. Shakespeare era más o menos indiferente a los *Sonetos*. No deseaba que su fama descansara en ellos. Eran para él su «Musa leve», como él los llama, y estaban destinados, como nos dice Meres, a la circulación privada sólo entre unos pocos, muy pocos, amigos. Por otro lado, era extremadamente consciente del alto valor artístico de sus obras teatrales, y muestra una noble confianza en sí mismo, en su genio dramático. Cuando le dice a Willie Hughes:

"But thy eternal summer shall not fade,
Nor lose possession of that fair thou owest;
Nor shall Death brag thou wander'st in his shade,
When in eternal lines to time thou growest;
So long as men can breathe or eyes can see,
So long lives this and this gives life to thee;"—

the expression "eternal lines" clearly alludes to one of his plays that he was sending him at the time, just as the concluding couplet points to his confidence in the probability of his plays being always acted. In his address to the Dramatic Muse (Sonnets c. and ci.), we find the same feeling.

"Where art thou, Muse, that thou forget'st so long
To speak of that which gives thee all thy might?
Spends thou thy fury on some worthless song,
Darkening thy power to lend base subjects light?"

he cries, and he then proceeds to reproach the mistress of Tragedy and Comedy for her "neglect of Truth in Beauty dyed," and says—

"Because he needs no praise, wilt thou be dumb?
Excuse not silence so; for 't lies in thee
To make him much outlive a gilded tomb,
And to be praised of ages yet to be.
Then do thy office, Muse; I teach thee how
To make him seem long hence as he shows now."

It is, however, perhaps in the 55th Sonnet that Shakespeare gives to this idea its fullest expression. To imagine that the "powerful rhyme" of the second line refers to the sonnet itself, is to entirely mistake Shakespeare's meaning. It seemed to me that it was extremely likely, from the general character of the sonnet, that a particular play was meant, and that the play was none other but "Romeo and Juliet."

"Not marble, nor the gilded monuments
Of princes, shall outlive this powerful rhyme;
But you shall shine more bright in these contents
Than unswept stone besmeared with sluttish time.
When wasteful wars shall statues overturn,

Pero tu eterno verano no se desvanecerá,
ni perderás la posesión de lo bello que posees;
ni la Muerte se jactará de que vagas a su sombra,
cuando en versos eternos al mismo tiempo creces:
mientras los hombres puedan respirar, o los ojos puedan ver,
tanto tiempo vivirá esto, y te dará vida...

la expresión «versos eternos» alude claramente a una de sus obras, que le estaba enviando en ese momento, al igual que el dístico final señala su confianza en la probabilidad de que sus obras se representen siempre. En su discurso a la Musa Dramática (Sonetos C y CI), encontramos el mismo sentimiento:

¿Dónde estás, Musa, que olvidas tanto
hablar de aquello que te da todo tu poder?
¿Gastas tu furia en alguna canción sin valor,
oscureciendo tu poder para dar luz a los sujetos viles?

grita él, y luego procede a reprochar a la Maestra de la Tragedia y la Comedia su «descuido por la Verdad en la Belleza teñida», y dice:

Porque él no necesita alabanzas, ¿te quedarás muda?
no disculpes el silencio, pues en ti reside
el hacer que sobreviva mucho más que una tumba dorada
y que sea alabado por edades aún por venir.
Entonces haz tu oficio, Musa; yo te enseño cómo
hacer que parezca mucho más allá de lo que muestra ahora.

Sin embargo, es quizá en el soneto LV donde Shakespeare da a esta idea su expresión más plena. Imaginar que la «poderosa rima» del segundo verso se refiere al soneto en sí, es confundir por completo el significado de Shakespeare. Me parece muy probable, por el carácter general del soneto, que se refiera a una obra en particular, y que esa obra no sea otra que *Romeo y Julieta*:

Ni el mármol, ni los monumentos dorados
de los príncipes, sobrevivirán a esta poderosa rima;
sino que brillarás más en estos contenidos
que la piedra sin barrer manchada por el tiempo vago.
Cuando las guerras derrochadoras derriben las estatuas,

And broils root out the work of masonry,
Not Mars his sword nor war's quick fire shall burn
The living record of your memory.
'Gainst death and all-oblivious enmity
Shall you pace forth; your praise shall still find room
Even in the eyes of all posterity
That wear this world out to the ending doom.
So, till the judgment that yourself arise,
You live in this, and dwell in lovers' eyes."

It was also extremely suggestive to note how here as elsewhere Shakespeare promised Willie Hughes immortality in a form that appealed to men's eyes—that is to say, in a spectacular form, in a play that is to be looked at.

For two weeks I worked hard at the *Sonnets,* hardly ever going out, and refusing all invitations. Every day I seemed to be discovering something new, and Willie Hughes became to me a kind of spiritual presence, an ever-dominant personality. I could almost fancy that I saw him standing in the shadow of my room, so well had Shakespeare drawn him, with his golden hair, his tender flower-like grace, his dreamy deep-sunken eyes, his delicate mobile limbs, and his white lily hands. His very name fascinated me. Willie Hughes! Willie Hughes! How musically it sounded! Yes; who else but he could have been the master-mistress of Shakespeare's passion [Sonnet xx. 2], the lord of his love to whom he was bound in vassalage [Sonnet xxvi. 1], the delicate minion of pleasure [Sonnet cxxvi. 9], the rose of the whole world [Sonnet cix. 14], the herald of the spring [Sonnet i. 10] decked in the proud livery of youth [Sonnet ii. 3], the lovely boy whom it was sweet music to hear [Sonnet viii. 1] and whose beauty was the very raiment of Shakespeare's heart [Sonnet xxii. 6] as it was the keystone of his dramatic power? How bitter now seemed the whole tragedy of his desertion and his shame!—shame that he made sweet and lovely [Sonnet xcv. 1] by the mere magic of his personality, but that was none the less shame. Yet as Shakespeare forgave him, should not we forgive him also? I did not care to pry into the mystery of his sin.

His abandonment of Shakespeare's theatre was a different matter,

y las hogueras desarraiguen el trabajo de la albañilería,
ni la espada de Marte ni el fuego rápido de la guerra quemarán
el registro vivo de tu memoria.
Contra la muerte y la enemistad de todos los que olvidan
caminarás; tu alabanza aún encontrará lugar
incluso a los ojos de toda la posteridad
que desgastan este mundo hasta la perdición final.
Así, hasta el juicio, en el que tú mismo te levantes,
vivas en esto, y mores en los ojos de los amantes.

También fue extremadamente sugestivo observar cómo aquí, como en otros lugares, Shakespeare prometió a Willie Hughes la inmortalidad en una forma que atrajera a los ojos de los hombres, es decir, en una forma espectacular, en una obra para ser contemplada.

Durante dos semanas trabajé duro en los *Sonetos,* sin salir casi nunca y rechazando todas las invitaciones. Cada día parecía estar descubriendo algo nuevo, y Willie Hughes se convirtió para mí en una especie de presencia espiritual, una personalidad siempre dominante. Casi podía imaginar que lo veía de pie a la sombra de mi habitación, tan bien lo había dibujado Shakespeare, con su cabello dorado, su tierna gracia en forma de flor, sus soñadores ojos profundamente hundidos, sus delicados miembros gráciles y sus manos de lirio blanco. Su mismo nombre me fascinaba. ¡Willie Hughes! ¡Willie Hughes! ¡Qué musical sonaba! Sí; quién sino él podría haber sido el señor y señora de la pasión de Shakespeare [Soneto XX, 2], el señor de su amor al que estaba ligado en vasallaje [Soneto XXVI, 1], el delicado súbdito del placer [Soneto CXXVI, 9], la rosa del mundo entero [Soneto CIX, 14], el heraldo de la primavera [Soneto I, 10] ataviado con la orgullosa librea de la juventud [Soneto II, 3], el encantador muchacho a quien era dulce música escuchar [Soneto VIII, 1] y cuya belleza era la vestidura misma del corazón de Shakespeare [Soneto XXII, 6] como era la piedra angular de su poder dramático? ¡Qué amarga parecía ahora toda la tragedia de su deserción y su vergüenza...! Vergüenza que él hizo dulce y encantadora [Soneto XCV, 1] por la mera magia de su personalidad, pero que no dejaba de ser vergüenza. Sin embargo, como Shakespeare le perdonó, ¿no deberíamos perdonarle nosotros también? No me importaba hurgar en el misterio de su pecado.

Su abandono del teatro de Shakespeare fue un asunto diferente, y lo

and I investigated it at great length. Finally I came to the conclusion that Cyril Graham had been wrong in regarding the rival dramatist of the 80th Sonnet as Chapman. It was obviously Marlowe who was alluded to. At the time the *Sonnets* were written, such an expression as "the proud full sail of his great verse" could not have been used of Chapman's work, however applicable it might have been to the style of his later Jacobean plays. No: Marlowe was clearly the rival dramatist of whom Shakespeare spoke in such laudatory terms; and that

*"Affable familiar ghost
Which nightly gulls him with intelligence,"*

was the Mephistopheles of his *Doctor Faustus*. No doubt, Marlowe was fascinated by the beauty and grace of the boy-actor, and lured him away from the Blackfriars' Theatre, that he might play the Gaveston of his "Edward II." That Shakespeare had the legal right to retain Willie Hughes in his own company is evident from Sonnet lxxxvii., where he says:—

*"Farewell! thou art too dear for my possessing,
And like enough thou know'st thy estimate,
The charter of thy worth gives thee releasing:
My bonds in thee are all determinate.
For how do I hold thee but by thy granting,
And for that riches where is my deserving?
The cause of this fair gift in me is wanting,
And so my patent back again is swerving.
Thy self thou gavest, thy own worth then not knowing,
Or me, to whom thou gavest it, else mistaking;
So thy great gift, upon misprision growing,
Comes home again, on better judgement making.
This have I had thee as a dream doth flatter,
In sleep a king, but waking no such matter."*

But him whom he could not hold by love, he would not hold by force. Willie Hughes became a member of Lord Pembroke's company, and, perhaps in the open yard of the Red Bull Tavern, played the part of King Edward's delicate minion. On Marlowe's death, he seems to have returned to Shakespeare, who, whatever his fellow-partners

investigué con detenimiento. Finalmente llegué a la conclusión de que Cyril Graham se había equivocado al considerar que el dramaturgo rival del Soneto LXXX era Chapman. Era obviamente Marlowe a quien se aludía. En la época en que se escribieron los *Sonetos,* una expresión como «la orgullosa vela llena de su gran verso» no podría haberse utilizado para referirse a la obra de Chapman, por muy aplicable que fuera al estilo de sus posteriores obras jacobeas. No: Marlowe era claramente el dramaturgo rival del que Shakespeare hablaba en términos tan elogiosos; y que

Afable fantasma familiar
que cada noche le glosa con inteligencia...

era el Mefistófeles de su *Doctor Faustus*. Sin duda, Marlowe quedó fascinado por la belleza y la gracia del muchacho-actor, y lo atrajo del teatro de Blackfriars para que interpretara al Gaveston de su *Eduardo II*. Que Shakespeare tenía el derecho legal de retener a Willie Hughes en su propia compañía es evidente por el Soneto LXXXVII, donde dice:

¡Adiós! eres demasiado querido para mi posesión,
y como suficiente conoces tu estimación:
la carta de tu valor te da la liberación;
mis lazos en ti están todos determinados.
Pues ¿cómo te poseo sino por tu concesión?
¿Y para esa riqueza dónde está lo que merezco?
Falta en mí la causa de este justo don,
y así mi patente de nuevo se desvía.
Tú mismo te alegraste, desconociendo entonces tu propio valor,
o yo, a quien se lo diste, confundiéndome;
así, que tu gran don, por error creciente,
vuelve a casa, con mejor juicio.
Así te he tenido, como un sueño que halaga,
en el sueño un rey, pero al despertar ya no es así.

Pero a quien no podía retener por amor, no lo haría por la fuerza. Willie Hughes se convirtió en miembro de la compañía de Lord Pembroke y, quizá en el patio abierto de la taberna Red Bull, interpretó el papel del delicado súbdito del Rey Eduardo. A la muerte de Marlowe, parece que volvió con Shakespeare, quien, independientemente de lo que pensa-

may have thought of the matter, was not slow to forgive the wilfulness and treachery of the young actor.

How well, too, had Shakespeare drawn the temperament of the stage-player! Willie Hughes was one of those

"That do not do the thing they most do show,
Who, moving others, are themselves as stone."

He could act love, but could not feel it, could mimic passion without realising it.

"In many's looks the false heart's history
Is writ in moods and frowns and wrinkles strange,"

but with Willie Hughes it was not so. "Heaven," says Shakespeare, in a sonnet of mad idolatry—

"Heaven in thy creation did decree
That in thy face sweet love should ever dwell;
Whate'er thy thoughts or thy heart's workings be,
Thy looks should nothing thence but sweetness tell."

In his "inconstant mind" and his "false heart," it was easy to recognise the insincerity and treachery that somehow seem inseparable from the artistic nature, as in his love of praise, that desire for immediate recognition that characterises all actors. And yet, more fortunate in this than other actors, Willie Hughes was to know something of immortality. Inseparably connected with Shakespeare's plays, he was to live in them.

"Your name from hence immortal life shall have,
Though I, once gone, to all the world must die:
The earth can yield me but a common grave,
When you entombed in men's eyes shall lie.
Your monument shall be my gentle verse,
Which eyes not yet created shall o'er-read,
And tongues to be your being shall rehearse
When all the breathers of this world are dead."

ran sus compañeros sobre el asunto, no tardó en perdonar la obstinación y la traición del joven actor.

¡Qué bien había dibujado Shakespeare el temperamento del actor de teatro! Willie Hughes era uno de esos

Que no hacen lo que más muestran,
que, moviendo a otros, son ellos mismos una piedra.

Podía fingir amor, pero no sentirlo, podía imitar la pasión sin darse cuenta.

En las miradas de muchos la historia del corazón falso
está escrita en estados de ánimo y ceño fruncido y arrugas extrañas,

pero con Willie Hughes no fue así. «El cielo», dice Shakespeare, en un soneto de loca idolatría:

El cielo, en tu creación, decretó
que en tu rostro habitara siempre el dulce amor;
sean cuales fueren tus pensamientos o el trabajo de tu corazón,
tus miradas no deben decir nada más que dulzura.

En su «mente inconstante» y su «corazón falso» era fácil reconocer la falta de sinceridad y la traición que, de algún modo, parecen inseparables de la naturaleza artística, al igual que en su amor por los elogios, ese deseo de reconocimiento inmediato que caracteriza a todos los actores. Y sin embargo, más afortunado en esto que otros actores, Willie Hughes iba a conocer algo de la inmortalidad. Inseparablemente unido a las obras de Shakespeare, iba a vivir en ellas.

Tu nombre desde aquí vida inmortal tendrá,
aunque yo, una vez ido, para todo el mundo he de morir:
la tierra no puede darme sino una fosa común,
cuando tú sepultado a los ojos de los hombres yacerás.
tu monumento será mi suave verso,
que ojos aún no creados leerán,
y lenguas para hablar de tu ser ensayarán,
cuando todos los que respiran en este mundo estén muertos.

There were endless allusions, also, to Willie Hughes's power over his audience,—the "gazers," as Shakespeare calls them; but perhaps the most perfect description of his wonderful mastery over dramatic art was in "The Lover's Complaint," where Shakespeare says of him:—

"In him a plentitude of subtle matter,
Applied to cautels, all strange forms receives,
Of burning blushes, or of weeping water,
Or swooning paleness; and he takes and leaves,
In either's aptness, as it best deceives,
To blush at speeches rank, to weep at woes,
Or to turn white and swoon at tragic shows.
So on the tip of his subduing tongue,
All kind of arguments and questions deep,
All replication prompt and reason strong,
For his advantage still did wake and sleep,
To make the weeper laugh, the laugher weep.
He had the dialect and the different skill,
Catching all passions in his craft of will."

Once I thought that I had really found Willie Hughes in Elizabethan literature. In a wonderfully graphic account of the last days of the great Earl of Essex, his chaplain, Thomas Knell, tells us that the night before the Earl died, "he called William Hewes, which was his musician, to play upon the virginals and to sing. 'Play,' said he, 'my song, Will Hewes, and I will sing it myself.' So he did it most joyfully, not as the howling swan, which, still looking down, waileth her end, but as a sweet lark, lifting up his hands and casting up his eyes to his God, with this mounted the crystal skies, and reached with his unwearied tongue the top of highest heavens." Surely the boy who played on the virginals to the dying father of Sidney's Stella was none other but the Will Hews to whom Shakespeare dedicated the *Sonnets,* and whom he tells us was himself sweet "music to hear." Yet Lord Essex died in 1576, when Shakespeare himself was but twelve years of age. It was impossible that his musician could have been the Mr W. H. of the *Sonnets.* Perhaps Shakespeare's young friend was the son of the player upon the virginals? It was at least something to have discovered that Will Hews was an Elizabethan name. Indeed the name Hews seemed to have been closely connected with music and the stage. The first English actress was the lovely Margaret Hews, whom Prince Rupert

Había un sinfín de alusiones, también, al poder de Willie Hughes sobre su público —los «mirones», como los llama Shakespeare—; pero quizá la descripción más perfecta de su maravillosa maestría sobre el arte dramático está en *La queja de un amante*, donde Shakespeare dice de él:

En él una plenitud de materia sutil,
aplicada a las cautelas, todas las formas extrañas recibe,
de rubores ardientes, o de agua llorosa,
o palidez desmayada; y él toma y deja,
en la aptitud de cada uno, como mejor engaña,
para ruborizarse en los discursos de rango, para llorar en las aflicciones,
o para ponerse blanco y desmayarse en los espectáculos trágicos.
Así que en la punta de su lengua subyugante,
toda clase de argumentos y preguntas profundas,
toda réplica pronta y razón fuerte,
por su ventaja aún despertaba y dormía,
para hacer reír al llorón, llorar al que ríe.
Tenía el dialecto y la habilidad diferente,
Atrapando todas las pasiones en su oficio voluntarioso.

Una vez pensé que realmente había encontrado a Willie Hughes en la literatura isabelina. En un relato maravillosamente gráfico de los últimos días del gran Conde de Essex, su capellán, Thomas Knell, nos cuenta que la noche antes de morir el Conde «llamó a William Hewes, que era su músico, para que tocara los virginales y cantara. "Toca", dijo, "mi canción, Will Hewes, y me la cantarás". Y así lo hizo con la mayor alegría, no como el cisne aullador que, mirando aún hacia abajo, espera su fin, sino como una dulce alondra que, alzando las manos y elevando los ojos a su Dios, montó con ello los cielos de cristal y alcanzó con su lengua incansable la cima de los más altos cielos». Seguramente, el muchacho que tocaba los virginales para el moribundo padre de la Stella de Sidney no era otro que el Will Hews a quien Shakespeare dedicó los *Sonetos*, y de quien nos dice que él mismo era una dulce «música para escuchar». Sin embargo, Lord Essex murió en 1576, cuando el propio Shakespeare no tenía más que doce años. Era imposible que su músico hubiera sido el Mr. W. H. de los *Sonetos*. ¿Quizás el joven amigo de Shakespeare era el hijo del que tocaba los virginales? Al menos era algo haber descubierto que Will Hews era un nombre isabelino. De hecho, el apellido Hews parece haber estado estrechamente relacionado con la música y el escenario. La primera actriz inglesa fue la encantadora Margaret Hews, a

so madly loved. What more probable than that between her and Lord Essex's musician had come the boy-actor of Shakespeare's plays? But the proofs, the links—where were they? Alas! I could not find them. It seemed to me that I was always on the brink of absolute verification, but that I could never really attain to it.

From Willie Hughes's life I soon passed to thoughts of his death. I used to wonder what had been his end.

Perhaps he had been one of those English actors who in 1604 went across sea to Germany and played before the great Duke Henry Julius of Brunswick, himself a dramatist of no mean order, and at the Court of that strange Elector of Brandenburg, who was so enamoured of beauty that he was said to have bought for his weight in amber the young son of a travelling Greek merchant, and to have given pageants in honour of his slave all through that dreadful famine year of 1606–7, when the people died of hunger in the very streets of the town, and for the space of seven months there was no rain. We know at any rate that "Romeo and Juliet" was brought out at Dresden in 1613, along with "Hamlet" and "King Lear," and it was surely to none other than Willie Hughes that in 1615 the death-mask of Shakespeare was brought by the hand of one of the suite of the English ambassador, pale token of the passing away of the great poet who had so dearly loved him. Indeed there would have been something peculiarly fitting in the idea that the boy-actor, whose beauty had been so vital an element in the realism and romance of Shakespeare's art, should have been the first to have brought to Germany the seed of the new culture, and was in his way the precursor of that *Aufklärung* or Illumination of the eighteenth century, that splendid movement which, though begun by Lessing and Herder, and brought to its full and perfect issue by Goethe, was in no small part helped on by another actor—Friedrich Schroeder—who awoke the popular consciousness, and by means of the feigned passions and mimetic methods of the stage showed the intimate, the vital, connection between life and literature. If this was so,—and there was certainly no evidence against it,—it was not improbable that Willie Hughes was one of those English comedians *(mimæ quidam ex Britannia,* as the old chronicle calls them), who were slain at Nuremberg in a sudden uprising of the people, and were secretly buried in a little vineyard outside the city by some young men "who had found pleasure in their performanc-

la que el Príncipe Rupert amó con locura. ¿Qué más probable que entre ella y el músico de Lord Essex hubiera surgido el muchacho-actor de las obras de Shakespeare? Pero las pruebas, los vínculos, ¿dónde estaban? ¡Ay! no podía encontrarlos. Me parecía que siempre estaba al borde de la verificación absoluta, pero que nunca podía alcanzarla realmente.

De la vida de Willie Hughes pasé pronto a pensar en su muerte. Me preguntaba cuál había sido su final.

Tal vez había sido uno de esos actores ingleses que en 1604 cruzaron el mar hasta Alemania y actuaron ante el gran Duque Enrique Julio de Brunswick, él mismo un dramaturgo de no poca monta, y en la corte de aquel extraño Elector de Brandeburgo, que estaba tan enamorado de la belleza que se decía que había comprado por su peso en ámbar al joven hijo de un comerciante griego ambulante, y que había dado desfiles en honor de su esclavo durante todo aquel espantoso año de hambruna de 1606-7, cuando la gente moría de hambre en las mismas calles de la ciudad, y durante el espacio de siete meses no llovió. Sabemos en cualquier caso que *Romeo y Julieta* se estrenó en Dresde en 1613, junto con *Hamlet* y *El rey Lear*, y seguramente no fue a otro que a Willie Hughes a quien, en 1615, la máscara mortuoria de Shakespeare fue llevada de la mano de uno de los miembros de la suite del embajador inglés, pálida señal del fallecimiento del gran poeta que tan entrañablemente le había amado. De hecho, habría habido algo peculiarmente apropiado en la idea de que el muchacho-actor, cuya belleza había sido un elemento tan vital en el realismo y el romanticismo del arte de Shakespeare, hubiera sido el primero en llevar a Alemania la semilla de la nueva cultura, y fuera a su manera el precursor de esa *Aufklärung* o Iluminación del siglo XVIII, ese espléndido movimiento que, aunque iniciado por Lessing y Herder, y llevado a su plena y perfecta culminación por Goethe, fue en no poca medida ayudado por otro actor —Friedrich Schroeder— que despertó la conciencia popular y, mediante las pasiones fingidas y los métodos miméticos del escenario, mostró la conexión íntima, vital, entre la vida y la literatura. Si esto era así —y ciertamente no había pruebas en contra— no era improbable que Willie Hughes fuera uno de esos cómicos ingleses *(mimæ quidam ex Britannia,* como los llama la vieja crónica), que fueron asesinados en Núremberg en un repentino levantamiento del pueblo, y fueron enterrados en secreto en un pequeño viñedo a las afueras de la ciudad por algunos jóvenes «que habían encontrado placer en sus actuaciones, y de los cuales algunos habían buscado ser instruidos

es, and of whom some had sought to be instructed in the mysteries of the new art." Certainly no more fitting place could there be for him to whom Shakespeare said, "thou art all my art," than this little vineyard outside the city walls. For was it not from the sorrows of Dionysos that Tragedy sprang? Was not the light laughter of Comedy, with its careless merriment and quick replies, first heard on the lips of the Sicilian vine-dressers? Nay, did not the purple and red stain of the wine-froth on face and limbs give the first suggestion of the charm and fascination of disguise—the desire for self-concealment, the sense of the value of objectivity thus showing itself in the rude beginnings of the art? At any rate, wherever he lay—whether in the little vineyard at the gate of the Gothic town, or in some dim London churchyard amidst the roar and bustle of our great city—no gorgeous monument marked his resting-place. His true tomb, as Shakespeare saw, was the poet's verse, his true monument the permanence of the drama. So had it been with others whose beauty had given a new creative impulse to their age. The ivory body of the Bithynian slave rots in the green ooze of the Nile, and on the yellow hills of the Cerameicus is strewn the dust of the young Athenian; but Antinous lives in sculpture, and Charmides in philosophy.

en los misterios del nuevo arte». Ciertamente, no podía haber lugar más apropiado para aquel a quien Shakespeare dijo: «tú eres todo mi arte», que este pequeño viñedo fuera de las murallas de la ciudad. Pues ¿no fue de las penas de Dioniso de donde surgió la Tragedia? ¿No fue la risa ligera de la Comedia, con su alegría descuidada y sus rápidas réplicas, lo primero que se oyó en los labios de los viñadores sicilianos? Es más, ¿acaso la mancha púrpura y roja de la espuma del vino en la cara y los miembros no dio la primera sugerencia del encanto y la fascinación del disfraz, el deseo de ocultarse, el sentido del valor de la objetividad mostrándose así en los rudos comienzos del arte? En cualquier caso, dondequiera que yaciera —ya fuera en el pequeño viñedo a las puertas de la ciudad gótica, o en algún sombrío cementerio londinense en medio del estruendo y el bullicio de nuestra gran ciudad— ningún magnífico monumento marcó su lugar de descanso. Su verdadera tumba, como vio Shakespeare, era el verso del poeta, su verdadero monumento la permanencia del drama. Así había sucedido con otros cuya belleza había dado un nuevo impulso creativo a su época. El cuerpo de marfil del esclavo bitinio se pudre en el rezume verde del Nilo, y sobre las colinas amarillas del Cerámico se esparce el polvo del joven ateniense; pero Antinoo vive en la escultura, y Cármides en la filosofía.

III

After three weeks had elapsed, I determined to make a strong appeal to Erskine to do justice to the memory of Cyril Graham, and to give to the world his marvellous interpretation of the *Sonnets*—the only interpretation that thoroughly explained the problem. I have not any copy of my letter, I regret to say, nor have I been able to lay my hand upon the original; but I remember that I went over the whole ground, and covered sheets of paper with passionate reiteration of the arguments and proofs that my study had suggested to me. It seemed to me that I was not merely restoring Cyril Graham to his proper place in literary history, but rescuing the honour of Shakespeare himself from the tedious memory of a commonplace intrigue. I put into the letter all my enthusiasm. I put into the letter all my faith.

No sooner, in fact, had I sent it off than a curious reaction came over me. It seemed to me that I had given away my capacity for belief in the Willie Hughes theory of the *Sonnets*, that something had gone out of me, as it were, and that I was perfectly indifferent to the whole subject. What was it that had happened? It is difficult to say. Perhaps, by finding perfect expression for a passion, I had exhausted the passion itself. Emotional forces, like the forces of physical life, have their positive limitations. Perhaps the mere effort to convert any one to a theory involves some form of renunciation of the power of credence. Perhaps I was simply tired of the whole thing, and, my enthusiasm having burnt out, my reason was left to its own unimpassioned judgment. However it came about, and I cannot pretend to explain it, there was no doubt that Willie Hughes suddenly became to me a mere myth, an idle dream, the boyish fancy of a young man who, like most ardent spirits, was more anxious to convince others than to be himself convinced.

As I had said some very unjust and bitter things to Erskine in my letter, I determined to go and see him at once, and to make my apologies to him for my behaviour. Accordingly, the next morning I drove down to Birdcage Walk, and found Erskine sitting in his library, with the forged picture of Willie Hughes in front of him.

"My dear Erskine!" I cried, "I have come to apologise to you."

III

Transcurridas tres semanas, decidí hacer un enérgico llamamiento a Erskine para que hiciera justicia a la memoria de Cyril Graham y diera al mundo su maravillosa interpretación de los *Sonetos*, la única que explicaba a fondo el problema. Lamento decir que no tengo copia de mi carta, ni he podido poner mis manos sobre el original; pero recuerdo que repasé todo el terreno y cubrí hojas de papel con la reiteración apasionada de los argumentos y pruebas que mi estudio me había sugerido. Me parecía que no sólo estaba restituyendo a Cyril Graham al lugar que le correspondía en la historia literaria, sino rescatando el honor del propio Shakespeare del tedioso recuerdo de una intriga banal. Puse en la carta todo mi entusiasmo. Puse en la carta toda mi fe.

De hecho, en cuanto lo envié, una curiosa reacción se apoderó de mí. Me pareció que había renunciado a mi capacidad de creer en la teoría de Willie Hughes sobre los *Sonetos*, que algo había salido de mí, por así decirlo, y que todo el tema me resultaba perfectamente indiferente. ¿Qué era lo que había sucedido? Es difícil decirlo. Tal vez, al encontrar la expresión perfecta para una pasión, había agotado la pasión misma. Las fuerzas emocionales, como las fuerzas de la vida física, tienen sus limitaciones positivas. Quizá el mero esfuerzo por convertir a alguien a una teoría implique alguna forma de renuncia al poder de la credibilidad. Tal vez simplemente estaba cansado de todo el asunto y, habiéndose consumido mi entusiasmo, mi razón quedó abandonada a su propio juicio falto de pasión. Fuera como fuese, y no puedo pretender explicarlo, no había duda de que Willie Hughes se convirtió de repente para mí en un mero mito, un sueño ocioso, la fantasía infantil de un joven que, como la mayoría de los espíritus ardientes, estaba más ansioso por convencer a los demás que por convencerse a sí mismo.

Como en mi carta le había dicho cosas muy injustas y amargas a Erskine, decidí ir a verle de inmediato y presentarle mis disculpas por mi comportamiento. En consecuencia, a la mañana siguiente conduje hasta Birdcage Walk, y encontré a Erskine sentado en su biblioteca, con el cuadro falsificado de Willie Hughes delante de él.

«¡Mi querido Erskine!», grité, «he venido a pedirte disculpas».

"To apologise to me?" he said. "What for?"

"For my letter," I answered.

"You have nothing to regret in your letter," he said. "On the contrary, you have done me the greatest service in your power. You have shown me that Cyril Graham's theory is perfectly sound."

"You don't mean to say that you believe in Willie Hughes?" I exclaimed.

"Why not?" he rejoined. "You have proved the thing to me. Do you think I cannot estimate the value of evidence."

"But there is no evidence at all," I groaned, sinking into a chair. "When I wrote to you I was under the influence of a perfectly silly enthusiasm. I had been touched by the story of Cyril Graham's death, fascinated by his romantic theory, enthralled by the wonder and novelty of the whole idea. I see now that the theory is based on a delusion. The only evidence for the existence of Willie Hughes is that picture in front of you, and the picture is a forgery. Don't be carried away by mere sentiment in this matter. Whatever romance may have to say about the Willie Hughes theory, reason is dead against it."

"I don't understand you," said Erskine, looking at me in amazement "Why, you yourself have convinced me by your letter that Willie Hughes is an absolute reality. Why have you changed your mind? Or is all that you have been saying to me merely a joke?"

"I cannot explain it to you," I rejoined, "but I see now that there is really nothing to be said in favour of Cyril Graham's interpretation. The *Sonnets* are addressed to Lord Pembroke. For heaven's sake don't waste your time in a foolish attempt to discover a young, Elizabethan actor who never existed, and to make a phantom puppet the centre of the great cycle of Shakespeare's *Sonnets.*"

"I see that you don't understand the theory," he replied.

"My dear Erskine," I cried, "not understand it! Why, I feel as if I had invented it. Surely my letter shows you that I not merely went into

«¿Para pedirme disculpas?», dijo. «¿Por qué?».

«Por mi carta», respondí.

«No tienes nada que lamentar en tu carta», dijo. «Al contrario, tú me has hecho el mayor servicio a tu alcance. Me has demostrado que la teoría de Cyril Graham es perfectamente sólida».

«¿No querrás decir que crees en Willie Hughes?», exclamé.

«¿Por qué no?», replicó. «Tú me has demostrado la cosa. ¿Crees que no sé estimar el valor de las pruebas?».

«Pero no hay ninguna prueba», gemí, hundiéndome en una silla. «Cuando te escribí estaba bajo la influencia de un entusiasmo perfectamente tonto. Me había conmovido la historia de la muerte de Cyril Graham, fascinado por su teoría romántica, embelesado por la maravilla y la novedad de toda la idea. Ahora veo que la teoría se basa en un delirio. La única prueba de la existencia de Willie Hughes es ese cuadro que tienes delante, y el cuadro es una falsificación. No te dejes llevar por meros sentimientos en este asunto. Diga lo que diga el romanticismo sobre la teoría de Willie Hughes, la razón no tiene chances contra ella».

«No te entiendo», dijo Erskine, mirándome con asombro. «Vaya, tú mismo me has convencido con tu carta de que Willie Hughes es una realidad absoluta. ¿Por qué has cambiado de opinión? ¿O es que todo lo que me has estado diciendo no es más que una broma?».

«No puedo explicártelo», repliqué, «pero ahora veo que en realidad no hay nada que decir a favor de la interpretación de Cyril Graham. Los *Sonetos* están dirigidos a Lord Pembroke. Por el amor de Dios, no pierdas tu tiempo en un tonto intento de descubrir a un joven actor isabelino que nunca existió, y de hacer de una marioneta fantasma el centro del gran ciclo de los *Sonetos* de Shakespeare».

«Veo que no entiendes la teoría», respondió.

«Mi querido Erskine», grité, «¡que no la entiendo! Vaya, me siento como si la hubiera inventado yo. Sin duda, mi carta te demuestra que

the whole matter, but that I contributed proofs of every kind. The one flaw in the theory is that it presupposes the existence of the person whose existence is the subject of dispute. If we grant that there was in Shakespeare's company a young actor of the name of Willie Hughes, it is not difficult to make him the object of the *Sonnets*. But as we know that there was no actor of this name in the company of the Globe Theatre, it is idle to pursue the investigation further."

"But that is exactly what we don't know," said Erskine. "It is quite true that his name does not occur in the list given in the first folio; but, as Cyril pointed out, that is rather a proof in favour of the existence of Willie Hughes than against it, if we remember his treacherous desertion of Shakespeare for a rival dramatist."

We argued the matter over for hours, but nothing that I could say could make Erskine surrender his faith in Cyril Graham's interpretation. He told me that he intended to devote his life to proving the theory, and that he was determined to do justice to Cyril Graham's memory. I entreated him, laughed at him, begged of him, but it was of no use. Finally we parted, not exactly in anger, but certainly with a shadow between us. He thought me shallow, I thought him foolish. When I called on him again, his servant told me that he had gone to Germany.

Two years afterwards, as I was going into my club, the hall-porter handed me a letter with a foreign postmark. It was from Erskine, and written at the Hotel d'Angleterre, Cannes. When I had read it I was filled with horror, though I did not quite believe that he would be so mad as to carry his resolve into execution. The gist of the letter was that he had tried in every way to verify the Willie Hughes theory, and had failed, and that as Cyril Graham had given his life for this theory, he himself had determined to give his own life also to the same cause. The concluding words of the letter were these: "I still believe in Willie Hughes; and by the time you receive this, I shall have died by my own hand for Willie Hughes's sake for his sake, and for the sake of Cyril Graham, whom I drove to his death by my shallow scepticism and ignorant lack of faith. The truth was once revealed to you, and you rejected it. It comes to you now stained with the blood of two lives,—do not turn away from it."

no sólo profundicé en el asunto, sino que aporté pruebas de todo tipo. El único defecto de la teoría es que presupone la existencia de la persona cuya existencia es objeto de disputa. Si concedemos que había en la compañía de Shakespeare un joven actor llamado Willie Hughes, no es difícil convertirlo en el objeto de los *Sonetos*. Pero como sabemos que no había ningún actor de este nombre en la compañía del Globe Theatre, es ocioso proseguir la investigación».

«Pero eso es exactamente lo que no sabemos», dijo Erskine. «Es muy cierto que su nombre no aparece en la lista que figura en el primer folio; pero, como señaló Cyril, eso es más bien una prueba a favor de la existencia de Willie Hughes que en contra, si recordamos su traicionera deserción de Shakespeare por un dramaturgo rival».

Discutimos el asunto durante horas, pero nada de lo que yo pudiera decir consiguió que Erskine renunciara a su fe en la interpretación de Cyril Graham. Me dijo que tenía la intención de dedicar su vida a probar la teoría y que estaba decidido a hacer justicia a la memoria de Cyril Graham. Le rogué, me reí de él, le supliqué, pero fue inútil. Finalmente nos separamos, no exactamente enfadados, pero ciertamente con una sombra entre nosotros. Él me creía superficial, yo le creía tonto. Cuando volví a visitarle, su criado me dijo que se había ido a Alemania.

Dos años después, cuando entraba en mi club, el portero del vestíbulo me entregó una carta con matasellos extranjero. Era de Erskine, y estaba escrita en el Hôtel d'Angleterre, Cannes. Cuando la leí me llené de horror, aunque no acababa de creer que estuviera tan loco como para llevar a la práctica su resolución. El meollo de la carta era que había intentado por todos los medios verificar la teoría de Willie Hughes y había fracasado, y que como Cyril Graham había dado su vida por esta teoría, él mismo había decidido dar también la suya por la misma causa. Las palabras finales de la carta eran éstas: «Sigo creyendo en Willie Hughes; y para cuando recibas esto, habré muerto por mi propia mano por el bien de Willie Hughes: por su bien y por el bien de Cyril Graham, a quien llevé a la muerte por mi superficial escepticismo y mi ignorante falta de fe. La verdad te fue revelada una vez, y la rechazaste. Ahora te llega manchada con la sangre de dos vidas, no la rechaces».

It was a horrible moment. I felt sick with misery, and yet I could not believe it. To die for one's theological beliefs is the worst use a man can make of his life, but to die for a literary theory! It seemed impossible.

I looked at the date. The letter was a week old. Some unfortunate chance had prevented my going to the club for several days, or I might have got it in time to save him. Perhaps it was not too late. I drove off to my rooms, packed up my things, and started by the night-mail from Charing Cross. The journey was intolerable. I thought I would never arrive.

As soon as I did I drove to the Hotel d'Angleterre. They told me that Erskine had been buried two days before, in the English cemetery. There was something horribly grotesque about the whole tragedy. I said all kinds of wild things, and the people in the hall looked curiously at me.

Suddenly Lady Erskine, in deep mourning, passed across the vestibule. When she saw me she came up to me, murmured something about her poor son, and burst into tears. I led her into her sitting-room. An elderly gentleman was there waiting for her. It was the English doctor.

We talked a great deal about Erskine, but I said nothing about his motive for committing suicide. It was evident that he had not told his mother anything about the reason that had driven him to so fatal, so mad an act. Finally Lady Erskine rose and said, "George left you something as a memento. It was a thing he prized very much. I will get it for you."

As soon as she had left the room I turned to the doctor and said, "What a dreadful shock it must have been to Lady Erskine! I wonder that she bears it as well as she does."

"Oh, she knew for months past that it was coming," he answered.

"Knew it for months past!" I cried. "But why didn't she stop him? Why didn't she have him watched? He must have been mad."

Fue un momento horrible. Me sentía enfermo de miseria y, sin embargo, no podía creerlo. Morir por las propias creencias teológicas es el peor uso que un hombre puede hacer de su vida, ¡pero morir por una teoría literaria! Parecía imposible.

Miré la fecha. La carta tenía una semana. Alguna desafortunada casualidad me había impedido ir al club durante varios días, de lo contrario podría haberla recibido a tiempo para salvarlo. Quizá no era demasiado tarde. Me dirigí a mis habitaciones, recogí mis cosas y partí en el correo nocturno desde Charing Cross. El viaje fue intolerable. Pensé que nunca llegaría.

En cuanto lo hice me dirigí al Hôtel l'Angleterre. Me dijeron que Erskine había sido enterrado dos días antes en el cementerio inglés. Había algo horriblemente grotesco en toda la tragedia. Dije todo tipo de disparates y la gente del vestíbulo me miraba con curiosidad.

De repente, Lady Erskine, muy enlutada, atravesó el vestíbulo. Al verme se acercó a mí, murmuró algo sobre su pobre hijo y rompió a llorar. La conduje a su salón. Allí la esperaba un señor mayor. Era el médico inglés.

Hablamos mucho sobre Erskine, pero no dije nada sobre su motivo para suicidarse. Era evidente que no le había dicho nada a su madre sobre la razón que le había impulsado a un acto tan fatal, tan loco. Finalmente, Lady Erskine se levantó y dijo: «George le dejó algo como recuerdo. Era algo que él apreciaba mucho. Se lo traeré».

En cuanto salió de la habitación me volví hacia el doctor y le dije: «¡Qué terrible conmoción debe haber sido para Lady Erskine! Me sorprende que lo soporte tan bien como lo hace».

«Oh, ella sabía desde hace meses que se acercaba», respondió.

«¡Lo sabía desde hace meses!», grité. «¿Pero por qué no lo detuvo? ¿Por qué no le hizo vigilar? Debía de estar loco».

The doctor stared at me. "I don't know what you mean," he said.

"Well," I cried, "if a mother knows that her son is going to commit suicide"

"Suicide!" he answered. "Poor Erskine did not commit suicide. He died of consumption. He came here to die. The moment I saw him I knew that there was no hope. One lung was almost gone, and the other was very much affected. Three days before he died he asked me was there any hope. I told him frankly that there was none, and that he had only a few days to live. He wrote some letters, and was quite resigned, retaining his senses to the last."

At that moment Lady Erskine entered the room with the fatal picture of Willie Hughes in her hand. "When George was dying he begged me to give you this," she said. As I took it from her, her tears fell on my hand.

The picture hangs now in my library, where it is very much admired by my artistic friends. They have decided that it is not a Clouet, but an Ouvry. I have never cared to tell them its true history. But sometimes, when I look at it, I think that there is really a great deal to be said for the Willie Hughes theory of Shakespeare's *Sonnets*.

El médico me miró fijamente. «No sé a qué se refiere», dijo.

«Bueno», grité, «si una madre sabe que su hijo va a suicidarse...».

«¡Suicidio!», respondió. «El pobre Erskine no se suicidó. Murió de tisis. Vino aquí a morir. En cuanto le vi supe que no había esperanza. Un pulmón casi había desaparecido y el otro estaba muy afectado. Tres días antes de morir me preguntó si había alguna esperanza. Le dije francamente que no había ninguna, y que sólo le quedaban unos días de vida. Escribió algunas cartas y se mostró bastante resignado, conservando la cordura hasta el final».

En ese momento, Lady Erskine entró en la habitación con el fatal retrato de Willie Hughes en la mano. «Cuando George agonizaba me rogó que le diera esto», dijo. Cuando lo tomé, sus lágrimas cayeron sobre mi mano.

El cuadro cuelga ahora en mi biblioteca, donde es muy admirado por mis amigos artistas. Han decidido que no es un Clouet, sino un Oudry. Nunca me he preocupado por contarles su verdadera historia. Pero a veces, cuando lo miro, pienso que realmente hay mucho que decir a favor de la teoría de Willie Hughes sobre los *Sonetos* de Shakespeare.

CLÁSICOS EN ESPAÑOL

Esperamos que haya disfrutado esta lectura. ¿Quiere leer otra obra de nuestra colección de *Clásicos en español*?

En nuestro Club del Libro encontrarás artículos relacionados con los libros que publicamos y la literatura en general. ¡Suscríbete en nuestra página web y te ofrecemos un ebook gratis por mes!

Recibe tu copia totalmente gratuita de nuestro *Club del libro* en rosettaedu.com/pages/club-del-libro

CLÁSICOS EN ESPAÑOL

Una habitación propia se estableció desde su publicación como uno de los libros fundamentales del feminismo. Basado en dos conferencias pronunciadas por Virginia Woolf en colleges para mujeres y ampliado luego por la autora, el texto es un testamento visionario, donde tópicos característicos del feminismo por casi un siglo son expuestos con claridad tal vez por primera vez.

Oscar Wilde escribe una sola novela, *El retrato de Dorian Gray*; ésta fue el objeto de una crítica moralizante mordaz por parte de sus contemporáneos que no pudieron ver que dentro de una trama perfectamente compuesta se escondía toda la tragedia del romanticismo. Cien años después no ha perdido su impacto original y sigue siendo un texto fundamental para los debates sobre la estética y la moral.

Otra vuelta de tuerca es una de las novelas de terror más difundidas en la literatura universal y cuenta una historia absorbente, siguiendo a una institutriz a cargo de dos niños en una gran mansión en la campiña inglesa que parece estar embrujada. Los detalles de la descripción y la narración en primera persona van conformando un mundo que puede inspirar genuino terror.

EDICIONES BILINGÜES

En una atmósfera constante de misterio y amenaza, *El corazón de las tinieblas* narra el peligroso viaje de Marlow por un río (sin duda el Congo aunque no es nombrado en el relato) africano. Lo que el marino puede observar en su viaje le horroriza, le deja perplejo, y pone en tela de juicio las bases mismas de la civilización y la naturaleza humana.

Durante décadas, y acercándose a su centenario, *El gran Gatsby* ha sido considerada una obra maestra de la literatura y candidata al título de «Gran novela americana» por su dominio al mostrar la pura identidad americana junto a un estilo distinto y maduro. La edición bilingüe permite apreciar los detalles del texto original y constituye un paso obligado para aprender el inglés en profundidad.

En *La señora Dalloway* Virginia Woolf relata un día en la vida de Clarissa Dalloway, una señora de la clase alta casada con un miembro del parlamento inglés, y de un ex-combatiente que lucha contra su enfermedad mental. La innovación de la novela es la corriente de consciencia: Woolf sigue el pensamiento de cada personaje, siendo excelente a la hora de narrar emociones, asociaciones y sentimientos.

rosettaedu.com